아닌 계절

아닌 계절

구효서 소설

문학동네

여기는 오래전 떠나와서 완전히 잊혔던 나의 행성이거나
보던 눈으로 이제 더는 볼 수 없는 계절이거나.

차례

아닌 겨울

세한도

여자는 방을 나와 거실을 지났다. 방도 거실도 작았다. 거실 한가운데를 지나며 여자는 자신의 발 끄는 소리를 들었다. 두 발에 얇고 가벼운 슬리퍼가 신겨 있었다. 색깔은 희지도 안 희지도 않았다. 거실을 지날 때마다 여자는 소리에 이끌려 자신의 발을 내려다보았다. 대륙이나 대양을 가로지르는 여객기의 기내용 슬리퍼라는 것을 모르지 않았으나 언제부터 그것이 집안에 있게 되었는지 여자는 알지 못했다.

슬리퍼가 거실 바닥을 스치며 소리를 냈다. 그것은 어쩐지 그리운 소리였다. 쌀을 씻거나 쌀을 덜거나 쌀을 이는 소리라고 생각하면 기분이 좋아졌다. 작은 거실을 여자는 천천히 걷거나 일부러 빙 돌았다. 방에서는 듣지 못하는 소리였다. 오래된 카펫이 방의 반을 차지했고 나머지 반은 침대가 차지했다. 방은 그랬다. 방은 지나거나 빙 돌 만한 곳이 아니었다.

잠에서 깨면 여자는 침대에서 내려와 오래된 카펫을 디뎠다. 그러고는 곧장 방문을 열고 슬리퍼를 신었다. 슬리퍼는 언제나 방문 밖에 놓여 있었다. 방에 들어가며 벗었고 방에서 나오며 신었다. 거실은, 거실이 아니었다. 처음부터 모래와 먼지로 꺼끌꺼끌했다. 현관 밖 복도 바닥과 다르지 않았다. 시멘트 가루 섞인 먼지와 모래가 이따금 차가운 회오리바람을 타고 하늘로 솟구쳤다.

여자는 거실을 가로질러, 현관을 열고, 슬리퍼 차림 그대로 밖으로 나갔다. 추위와 함께 광활한 하늘이 여자에게 들이닥쳤다. 아무 색깔도 없이 저무는 하늘이었다. 아침이 아니라 저녁이라는 것을 여자는 알았다.

현관 밖은 복도였고, 그것은 오른쪽으로 길게 뻗어 있었다. 여자의 집은 복도 끝이었다. 각층에 한 줄씩 복도가 있었고, 복도를 따라 여섯 개의 철문이 층수와 일련번호를 조합한 팻말을 달고 나란히 서 있었다. 숫자는 계단 쪽부터 시작되었다. 여자는 3층 끝, 계단에서 가장 먼, 306호였다. 나머지 다섯 개의 문은 한 번도 열리지 않았으며 여자는 복도에서 누구와도 마주치지 않았다.

복도의 폭은 한 발짝 반이었으나 여자는 한 걸음으로 현관 문턱에서 복도 난간에 닿았다. 늘 그랬다. 한 다리를 앞으로 멀리 뻗어 딛고, 한 호흡 쉬고, 나머지 발을 끌어당겼다. 역시 쌀을 씻거나 쌀을 덜거나 쌀을 이는 소리가 슬리퍼 밑에서 났다. 한 호흡 쉬는 동안 치마가 바람에 펄럭였고 차가운 공기가 여자의 벌어진 다리 사이로 스며들었다.

짧은 순간 다리 사이를 비집고 들어오는 냉기에 여자는 찔리듯 놀랐다. 모든 것을 한순간에 얼려버리는 강력하고 날카로운 냉기였다. 어느새 한겨울이었다. 겨울도 어느새 한겨울이라고, 여자는 아무도 들을 수 없는 소리로 중얼거렸다. 하늘도 땅도, 하늘과 땅 사이도 온통, 한겨울이라고. 그리고 기억도 걱정도 상상도 얼음처럼 굳어버리는 순간에 닥쳐오는 두려움과 마주쳤다.

모든 기억이 사라져 머릿속이 텅 비어버릴 때나 모든 것이 얼어 움직임을 멈출 때, 비로소 나타나 어릿거리는 두려움의 정체를 여자는 알지 못했다. 그것이 '모든'에 속하지 않고 따로 출몰하는 까닭을.

두려움이라는 것의 생리나 생태를 제대로 알지 못했지만 두려움이라는 것에도 생리나 생태 같은 게 있다는 것은 알았다. 그것은 언제나 그것을 기피하고픈 예감과 함께 왔고, 예감 이후엔 피할 수 없었고, 닥치고 나면 예감만큼 두렵지 않았으며, 내가 살아 있다는 슬픈 확신이 되었다. 그러나 그러한 생리가 두려움의 전부일 리는 없다고 여자는 생각했다.

여자는 추위를 참으며 복도 난간에 기댄 채 지상을 내려다보았다. 난간 밖은 낭떠러지였다. 3층 높이는 그 어떤 높이보다 아찔했다. 언젠가 5층 옥상에서 내려다본 지상은 아득하기는 해도 아찔하지는 않았다.

건물에 딸린, 용도를 알 수 없는 공터에는 크고 작은 균열이 거미줄처럼 나 있었다. 건물 뒤편의 막힌 공터라서 주차장으로 쓰였던 자취도 없었다. 여러 차례 콘크리트를 덧바른 흔적 위로 불규칙한 금들이 지나갔다. 그것들 말고는 공터에는 아무것도 없었다.

떨어지면 무엇이든 박살이 날 높이면서도 균열의 세부가 코앞처럼 명료하게 보이는 곳이 3층이었다. 여자의 다리 사이로 틈입하는 것은 단순한 냉기 정도가 아니었다. 엉덩이가 움찔거렸다. 여자는 두 손으로 양 어깨를 엇갈려 움켜잡고 옹송그렸다. 절로 어떤 욕인가가 튀어 나올 것 같아 이를 지그시 물었다. 추위는 연일 매서웠다. 여자는 수 없이 3층 아래로 거꾸로 떨어져 얼음처럼 박살났다.

난간의 재질과 굵기와 색깔이 녹슨 철봉과 같았다. 그것은 맹렬하게 차가워서 젖은 손이라도 대면 순간접착제로 붙인 것처럼 들러붙었다. 어떤 아이가 지하수 작두펌프의 잔뜩 언 무쇠 손잡이에 혀끝을 댔다가 한 점 뭉텅 뜯겨나갔다는 소리를 들은 적이 있었다. 여자는 언 철제 난간에 손을 대는 대신 옆구리를 기댔다. 난간은 오래되어서 휘어지고 녹슬고 용접 부분이 입을 벌렸다. 삭은 구멍마다 먼지와 모래가 고였다.

녹슨 난간이 익힌 선지 빛깔 같다고 여자는 생각했다. 동네 초입은 시내버스 종점이었다. 버스 회사 간이 정비소에서 멀지 않은 곳에 선지해장국집이 있는데 해장국에서 디젤 냄새가 난다는 여자의 말에 선짓국집 남자는 그렇게 말하는 사람은 처음이라는 말만 했다.

난간이 맹독 같은 냉기를 품으면 표면은 오히려 원래의 색깔보다 순한 빛깔을 띠었다. 영락없는 선지 빛깔이었고 그럴 때 여자는 손 대신 옆구리를 대고 공터를 내려다보았다.

공터는 점점 자랐다. 아무도 그곳을 밟고 오가지 않아서 공터 스스로 숨을 쉬기 시작한 거라고 여자는 생각했다. 갈수록 균열이 늘어나는 것도 숨 때문이라고. 여자가 처음 보았을 때보다 공터는 두 배나 커져 있었다. 그것이 땅에 묻힌 거대한 알의 표면이라면 머잖아 여자가 사는 5층 건물만한 생명이 껍질을 깨고 나올 것 같았다. 표면에서 가끔씩 흙먼지와 시멘트 가루 섞인 회오리바람이 솟아올랐다.

여자는 그런 것들이 아무도 살지 않는 동네 탓이라고 여겼다. 아무도 살지 않는 것은 아니었으나, 여자가 그러듯 사람들은 여간해서는 모습을 드러내지 않았다. 동네는 공터처럼 언제나 비어 있었다. 백 명 중 한 명꼴로 동네에 남고 모두 떠났다. 더 있다면 빈집으로 나중에 흘러든 사람들이었다.

동네는 텅 비었고 비어 있는 모든 곳을 메마른 추위가 속속들이 차지했다. 한참을 난간에 기대고 있어도 여자는 사람을 보지 못했다. 저문 하늘은 좀처럼 더 어두워지지 않았다. 저녁이 아닌가? 여자는 시야의 것들을 살폈다. 검은 겨울새 무리가 이쪽 하늘에서 저쪽 하늘 끝으로 줄지어 날아갔다. 저문 하늘에 금 그으며 날아가는 새들을, 여자는 추위를 참으며, 점으로 소멸할 때까지 바라보았다.

다시 아무 색깔도 없이 저무는 하늘이 되었다. 겨울새 무리는 더 날아오지도 날아가지도 않았다. 하늘 아랫자락의 야트막한 산이 처음 보았을 때처럼 검었다. 멀어서 수종을 알 수 없는 나무들의 빈 가지가 산등성이에 머리카락처럼 엉켜 있었다.

여자는 눈을 거두어들여 공터를 다시 내려다보았다. 그사이 균열이 몇 개 더 늘어난 것 같았다. 공터 밖 왼편의 낮은 둔덕 너머로 어떤 움직임이 보였다. 노파가, 오르는 길을 오르고 있었다. 동네에는 '오르는 길'과 '오가는 길'이 있었다. 길은 그렇게 둘뿐이었다. 오르는 길은 언덕이었고 오가는 길은 평지였다. 두 길은 동네 초입에서 슬며시 갈라졌다. 노파는 오르는 길을 오르내렸고 여자는 오가는 길을 오갔다. 노파는 한 번도 오가는 길을 오가지 않았고 여자는 한 번도 오르는 길을 오르내리지 않았다.

오르는 길은 경사가 완만했으며 휘어진 정도도 그랬다. 길을 따라 늘어선 벽도 느릿하게 휘었다. 흙 비탈로 시작한 벽은 위로 갈수록 옹벽이 되다가 콘크리트 벽으로 일어서고 마침내는 가옥의 외벽과 긴 담장으로 이어졌다. 벽은 길을 따라가며 끝없이 이어졌다. 여름에는 담쟁이가 벽을 기어올랐다. 가을에는 맨드라미가 벽의 발치에서 불탔다. 겨울에는 아무것도 없었다.

추위만 가득한 언덕길을 노파가 공벌레처럼 웅크리고 올랐다. 원인 모를 구멍들이 벽 여기저기서 검은 입을 벌렸다. 책부재규탄. 회집회. 투쟁. 구멍과 구멍 사이의 벽에서 빛바랜 글자와 새로 생긴 글자들이 뒤엉켰다. 여자는 낙서하는 사람을 한 번도 보지 못했으나 글자는 자꾸 늘어났다. 담쟁이와 맨드라미가 죽고 글자만 생명처럼 꿈틀거렸다. 모든 게 얼어붙은 한겨울에 낙서만 저 스스로 번식했다.

여자는 낙서에서 낙서로 느리게 이동하는 노파를 바라보았다. 움직이는 유일한 것이었다. 너무 추워서 여자도 노파처럼 등을 공처럼 말았다.

선짓국집 남자는 계산대에 앉아 고개를 숙이고 글을 쓰거나 그림을 그렸다. 주문과 계산 내역을 적는 노트에 동그라미를 여러 개 덧그리거나 大韓國人 같은 글자를 썼다. 글씨는 어딘지 날카로웠다. 손님이 오면 말없이 손님을 바라보았고 주문할 때까지 손님에게서 눈을 떼지 않았다.

선짓국집에서는 선짓국 말고도 콩나물해장국과 황태해장국과 술국과 순댓국을 팔았다. 손님이 주문을 하면 동그라미를 그리거나 대한

국인을 적던 노트 한쪽 면을 뜯어 말없이 주방으로 내던졌다. 손님은 주로 운행을 마치고 돌아와 다음 배차 시간을 기다리는 버스 기사들이었다.

선짓국 남자는 동그라미와 대한국인을 노트에만 그리거나 적지 않았다. 비즈 공예용 전기 인두로 팔뚝에다가도 그려넣었다. 실리콘 접착제를 녹이는 인두 끝은 볼펜 끝과 다르지 않게 뾰족했다. 가느다란 연기가 피어오르고 살 타는 냄새가 나쁜 기억처럼 식당을 떠돌았다.

—디젤 냄새가…… 나는 것 같아요.

살 타는 냄새라고 여자는 말하지 않았다. 남자는 동작을 멈추고 여자를 바라보았다. 그리고 다시 고개를 숙이고 팔뚝에다 무언가를 썼다.

—디젤 냄새가…… 아닌가.

여자 혼자 말했다. 남자는 고개를 숙인 채, 그렇게 말하는 사람은 처음이라고 중얼거렸다.

그뒤로 여자는 남자의 팔뚝에서 사필귀정이라는 글자를 보았다. 칼끝으로 쓴 것처럼 날카로웠고, 역시 한자였다. 사필귀정은 검게 마르고, 딱지가 지다가, 살비듬처럼 슬슬 떨어져나갔다. 떨어져나간 자리에는 한동안 생살의 분홍빛 사필귀정이 남았다. 옅어져 피부색과 같아지면 남자는 다시 비즈 공예용 인두로 인과응보 같은 글자를 새겼다.

여자는 선짓국집에서 노파를 처음 보았다. 여자와 노파 사이에 세 개의 빈 탁자가 놓여 있었다. 홀에는 노파와 여자, 두 사람밖에 없었다. 노파의 움직임은 매우 느렸으나 그나마도 국을 먹는 동작은 아니었다. 국그릇에 숟가락을 담가놓은 채 양손을 들어올리고 자신의 손바닥을 번갈아 들여다보았다. 어쩌다 국을 한입 뜨고 다시 두 손을 들어 오랫동안 들여다보았다.

여자는 국을 먹으며 노파를 두세 차례 바라보다가 말았다. 버스 기사들은 선지해장국 맛이 최고라고 했으나 여자는 그것을 먹지 않았다. 여자는 콩나물해장국을 먹었고 언제나 그것을 먹었다. 마지막 국물을 마시고 국그릇을 내려놓다가 노파와 눈이 마주쳤다. 노파가 여자를 빤히 바라보고 있었다.

바라볼 뿐 노파는 아무 말도 하지 않았다. 그렇게 얼마간 시간이 흘렀다. 마침내 노파가 고개를 끄덕이며 와보라는 손짓을 했다.

—봐.

노파가 자신의 양손으로 눈길을 돌리며 말했다. 그러고 그만이었다.

여자는 노파의 손을 보았다. 작고 여위고 주름이 많은 손이었다. '노파의 손'이라는 제목에 딱 어울릴 손이었다. 그 밖의 것은 없었다.

노파는 여자의 반응을 기다렸다. 오래 기다렸다. 여자는 반응하지 못했다. 어째서 손을 보여주는 것인지 알지 못했다. 그냥 보고만 있었다. 시간이 흘러갔다.

—봐. 겉에 입은 옷하고 속에 입은 옷하고 겹쳤지? 그냥 입은 건데 똑같지?

노파가 보고 있었던 것이 손이 아니라 손목이었다는 것을 여자는 알았다. 손목이 아니라 소매였다는 것을 알았다. 노파는 얇은 니트를 겹쳐 입고 있었다. 안에 입은 것이 조금 컸던지 겉에 입은 것의 소매 밖으로 비어져나와 있었다. 아주 조금이었다. 겹친 두 옷의 소매는 노파의 말처럼 재질도 색깔도 직조 형식도 같았다.

노파는 팔을 내리지 않았다. 여자는 계속 노파의 소매를 바라보고 있을 수밖에 없었다. 노파는 여전히 무슨 반응인가를 기다렸으나 여자는 어쩌지 못했다. 겉옷과 속옷의 소매 재질과 색깔과 직조 형식이 노파의 말처럼 똑같다. 똑같지? 라고 물었으니 똑같네요, 라고 대답해야 할 것 같았다.

—똑같네요.

여자가 말했다. 노파는 팔을 내리지 않고 여자를 물끄러미 바라보았다. 여자는 노파의 눈빛을 읽었다. 똑같지? 자, 그러니 이 사태를 두고 이제 네 의견을 말해봐! 노파의 눈이 그렇게 말했다. 그러므로 여자는 아무 말 하지 못했던 것이다. 겹친 니트 소매에 대해 어떤 생각도 일지 않았다.

팔뚝에 인과응보와 절치부심을 새기던 선짓국 남자는 어느 날 행방불명되었다. 누군가를 향해 보복의 의지를 다지던 그가 그 '누군가'로부터 역보복을 당했다고 했다. 사실은 알 수 없었고 선짓국집에 드나드는 버스 기사들의 말에 의하면 그랬다. 기사들은 예비 적극방어라든가 예비 과잉 정당방어라는 말을 했으나 여자는 그런 말이 있는지조차 몰랐다. 남자는 없어졌으나 선짓국집은 문을 닫지 않았다. 주방 종업원들은 남자의 무사귀환을 빌었다.

연인원 수백 명의 경찰 병력이 동네 인근을 세 차례나 수색했으나 남자의 행방도 시신도 발견하지 못했다. 남자는 아직도 선짓국집으로 돌아오지 않았다.

노파가 보이지 않았다. 노파가 지나간 자리에는 완만하게 휜 긴 언덕과 구멍난 벽과 낙서만 남았다. 그것들이 꽁꽁 언 한파에 속절없이 바래고 있었다. 글자는 햇빛과 시간으로만 바래는 것이 아닐 거라고 여자는 혼자 생각했다. 전날 보지 못했던 글자가 하나 늘었다. 鬤. 크고 빨갛고 선명해서 더 추워 보였다.

흙 비탈에서 시작된 담쟁이 줄기가 옹벽을 지날 때만 해도 기세가 좋다가 콘크리트 담장에 이르러 안간힘을 썼다. 여자는 검은 담쟁이 덩굴을 바라보았다. 여름과 가을의 무성했던 잎들이 추위에 쓸려나가고 그것은 말라붙은 핏줄처럼 앙상하고 어지러웠다. 덩굴은 원한이거나 못된 미련이거나 갈퀴처럼, 노파의 메마른 손가락처럼, 콘크리트 벽을 절박하게 움켜쥐었다. 그나마도 鬤에 이르러 덩굴은 기력을 다하고, 잔해밖에 안 되어, 그곳부터는 나날이 늘어가는 낙서에다가 번식의 자리를 내주었다.

여자는 저무는 하늘로 눈길을 돌렸다. 새 한 마리가 검은 비닐봉지처럼 차가운 허공을 날았다. 천천히 오래오래 날아 시야에서 사라졌다. 떼 지어 한 줄로 날아가는 겨울새와는 다른 궤적이었다. 여자는 차가운 난간에서 차가운 몸을 뗐다. 현관문 손잡이를 잡으려다 말고 계단이 있는 복도 끝을 바라보았다. 계단에서 시작된 복도는 여자의 집에서 그쳤다. 흰 벽이 가로막았고 바닥은 타일이었다. 여자는 오랫동안 복도가 끝나는 곳의 타일을 바라보았다.

몸이 고드름처럼 얼어 저절로 부서질 것 같았다. 추위로 인한 통증은 어딘가 순수하고 명징한 데가 있었다. 그것이 이유를 알 수 없는 두려움을 희석시킨다고 믿었다. 희석시키길 바랐다. 여자는 현관문 손잡이를 잡고 선 채 타일을 바라보았다. 명함 크기의 타일들은 옅은 녹색을 품고 있었다. 여자가 집중해서 바라보는 것은 흰 벽으로 가로막힌 복도 끝 바닥의, 스무 개 남짓한 타일이었다. 다른 타일과 다를 게 없었으나 여자는 그곳의 타일들을 오랫동안 바라보았다.

온몸이 추위의 통증으로 가득해지면 얼마 동안은 육신이 얼음처럼 투명해질 수 있다고 여자는 생각했다. 견딜 수 없게 될 때까지 여자는 그 상태를 유지하려고 애썼다. 수도가 언 지 오래되었다. 단전 공지만 있었을 뿐 전기는 끊기지 않았다.

여자는 집안으로 들어와 거실을 가로질렀다. 흡족할 만큼 자신의 몸이 얼어 투명해졌다고 생각했다. 슬리퍼를 벗고 방안으로 들어갔다.

전기장판의 전원은 꺼져 있었으나 침대에 앉자 엉덩이에 미온이 느껴졌다. 여자는 낡은 카펫으로 내려앉으며 두리번거렸다. 전기장판 온도조절기는 침대 밑 방바닥에 늘어져 있었다. 온도조절기를 향해 여자는 무릎걸음을 걸었다. 코를 대다시피 하고 '꺼짐'을 확인했다. 확인하고도 여자는 엎드린 자세 그대로 있었다.

엎드려 엉덩이를 치켜올린 채 여자는 어두운 방바닥을 오래 응시했다. 여자가 보는 곳은 침대 다리와 카펫이 만나는 경계였다. 침대 다리에 눌려 카펫이 해져 있었다. 네 개의 다리 중 한 곳이 그랬다. 해진 카펫의 보푸라기와 그것에 박힌 먼지가 보였다. 먼지 말고 다른 것은 없었다. 여자는 침대 다리를 보고 눌린 카펫을 보고 카펫의 보푸라기를 보고 그곳에 박힌 먼지를 보았다.

—아무 생각 없이 그냥 입은 건데 말이야.

여자는 노파의 말을 떠올렸다. 침대 밑으로 고개를 처박고 네 개 중 하나의 침대 다리를 응시하자 노파의 말이 저절로 떠올랐던 것이다.

—우연인 것 같지만, 응? 다 이유가 있는 거란 말이야. 사소하게 이렇게 겹치는 것도, 응? 몰라서 그렇지, 우리가 몰라서 그렇지 세상은 죄다, 응? 죄다 연결돼 있으니까, 빈틈없이 세상은.

첫날 보았던 노파의 니트 소매가 떠올랐다. 노파의 야윈 손가락과 깊은 손금도. 핏줄 불거진 손목도.

집으로 찾아온 경찰이라는 사람을 따라 여자는 경찰서에 갔었다. 선짓국집 남자가 사라지고 나서 한 달이 지난 뒤였다.

—기러기가 발견되었어요.

조사를 맡은 경찰은 여자에게 요구르트 한 병과 빨갛고 찐득찐득한 젤리를 권하며 말했다. 젤리는 잘 녹지 않았고 이 사이에 끼어서 오래 갔다.

의무경찰을 동원해 동네를 샅샅이 뒤졌으나 선짓국 남자의 시신 같은 건 찾을 수 없었다고 경찰이 말했다. 대신 땅에 묻힌 기러기 한 마리를 발견했노라고 여자에게 말했다.

찐득거리는 입으로 말하기 싫어서 여자는 입속의 혀를 맹렬하게 움직였다. 젤리는 쉽게 녹지도 삭지도 않았다. 경찰은 조용히 기다려주었고 젤리는 이와 이, 잇몸과 이 사이로 밀려들어갔다. 여자는 뜸을 들이며, 침을 삼키고 말했다. 어느 날, 죽은 기러기가, 복도 타일 위에, 있었다, 고.

내가 묻은 걸 어떻게 알았느냐는 질문 따위는 하지 않았다. 상대는 경찰이었다. 여자는 그 말만 했다. 어느 날, 죽은 기러기가, 복도 타일

위에, 있었다, 고. 더는 아무 말도 할 수 없어서 아무 말도 하지 않으려 했으나 여자는 자기도 모르게 양팔을 좌우로 벌리고 말았다.

자신의 벌린 팔을 보며 여자가 놀라 말했다.

—이만했어요. 컸어요.

복도에 떨어진 기러기는 여자가 상상했던 것보다 훨씬 컸다. 그것은 복도 끝 타일 위에 놓여 있었다. 몸통 아래쪽에 드리운 그림자 때문에 언저리의 타일 색이 조금 짙어 보였다. 여자는 눈을 들어 하늘을 보았다. 새가 걸리거나 부딪힐 만한 것은 아무것도 없었다. 하늘은 언제나처럼 텅 비어 있었다. 나무도 전깃줄도 철탑도 없었다.

커다란 새는 뜬눈으로 누워 있었다. 몸은 차갑고 뻣뻣했다. 크긴 컸었지만 팔을 너무 벌린 것 같아 여자는 팔과 팔 사이의 간격을 조금 줄이고 경찰을 바라보았다.

경찰에게 선짓국 남자의 낮잠에 관해 말해야 할지 여자는 가늠하지 못했다. 남자는 어쩐 일인지 웃통을 다 벗고 식당 한쪽 좁은 골방에서 낮잠을 잤다. 계절은 생각나지 않았으나 웃통을 벗었던 걸로 봐서 추운 겨울은 아니었을 거라고 여자는 생각했다.

그것이 남자의 벗은 몸인 줄 몰랐다. 주방에서 일하던 사람이 달려 나와 남자 대신 돈을 받았고 여자는 돈을 냈다. 돌아서 선짓국집을 나오면서 그것이 남자의 벗은 몸이었다는 사실을 깨달았다. 처음에는 뭉쳐놓은 이불인 줄 알았다. 푸르고 불긋한 무늬가 느리게 꿈틀거렸다. 커다란 거북의 등 같기도 했다. 크고 작은 육각형과 번들거리는 수초 무늬가 조금씩 부드럽게 움직였다. 갑각이 아니라 피부였다. 큰 구렁이가 몸을 사리고 조용히 숨쉬는 것 같은.

식당을 나서면서 여자는 그것이 이불도 거북도 큰 구렁이도 아닌, 남자의 벗은 몸이라는 사실을 알았다. 푸르고 검고 불긋한 정교한 문신이 남자의 온몸을 뒤덮고 있었다. 거대한 문신 구렁이가 남자를 통째로 삼킨 건지도 모른다고, 완전 소화돼버려서 찾을 수 없는 건지도 모른다고 여자는 말하려다 말았다.

—그만했다구요?

경찰이 물었다. 그때까지 여자는 팔을 벌리고 있었다. 여자는 대답 대신 고개를 끄덕였다.

그뒤로 경찰은 여자의 집에 들렀다. 기러기에 대해 더는 묻지 않았다. 붕어빵과 델몬트 주스를 들고 여자를 찾아왔다. 그때만 하더라도 수도가 얼지 않았을 때였다. 데친 문어와 순대, 매실주를 들고 올 때도 있었다. 경찰은 그녀의 침대에서 한 시간 정도 머물다가, 돌아갈 때는 언제나 황급히 돌아갔다.

러닝셔츠를 허리춤에 미처 다 욱여넣지 못하고 경찰은 신을 신었다. 경찰은 언제나 늘어진 흰 러닝셔츠를 입고 있었다. 겉옷을 벗고 양말을 벗고 팬티를 벗고 가장 나중에 러닝셔츠를 벗었다. 입을 때는 러닝셔츠를 가장 먼저 입었으나 급히 입느라 괴춤 밖으로 언제나 그것의 아랫자락이 한줌 비어져나왔다.

경찰은 키가 컸고 살이 없었고 피부가 검었다. 철거 문제로 연일 미친듯이 소란스러웠을 때 폭삭 늙어버렸다고 그는 말했다. 경찰 지구대 일반 순경들까지도 죽 빠지게 힘들었던 세월이었다고 했다. 여자는 시위 군중의 함성과 악다구니를 떠올려보려고 했으나 그의 길고 마른 적막한 등만 눈에 보였다. 담벼락의 빛바랜 구호와 검은 구멍들도 여자에게는 처음부터 유적처럼 고요했다.

한 계절 여자를 찾던 경찰은 어느 날부터 나타나지 않았다. 나머지 한쪽 양말을 찾으려고 침대 밑으로 고개를 숙였던 그가, 고개를 들지 않은 채 무어라고 혼자 중얼거린 뒤로 다시는 모습을 보이지 않았다. 그가 가고 난 뒤 여자는 그가 했던 것처럼 고개를 숙이고 침대 밑을 살폈다. 해진 카펫에 닿은 침대 다리가 그곳에 있었다.

그때나 지금이나 침대 다리는 그곳에 박혀 있었다. 전기장판 온도 조절기를 작동할 때마다 여자는 그곳을 바라보았다. 여자는 온도조절기의 '꺼짐'을 다시 한번 확인했다. 그리고 일어나 벽에 걸린 모든 옷을 껴입기 시작했다.

여자는 어둑해진 골목을 걸었다. 건물 틈새에 웅크리고 있던 고양이들이 여자의 기척을 알아차리고 건물 모퉁이로 느리게 사라졌다. 유기견 무리가 고양이를 잡아먹기 시작하면서 고양이들도 떼를 지어 다녔다. 공기는 추운 만큼 맑았다. 각막까지 얼어버릴 것 같아 여자는 실눈을 뜨고 눈을 껌벅거렸다.

갑자기 튀어나오는 고양이나 개보다, 없던 낙서가 앞을 가로막거나, 어디선가 첼로 소리가 들려올 때 여자는 놀라 잠시 걸음을 멈추었다.

한때 동네의 희망을 노래했을 벽화들은 색깔이 날아간 지 오래였다. 골목을 가득 채웠을 그때의 활기도 따라서 자취를 감추었다. 바랜 벽화 위로 연탄재가 던져지고 목숨건 단결과 투쟁의 구호가 사납게 덧그려졌다. 이제는 그마저도 무덤에서 나온 뼈처럼 빛을 잃었다. 의미도 모양도 분명치 않은 글자나 그림이 벽을 덧칠해갔다. 비정상적으로 비대해진 엉덩이나 가슴, 혹은 무한 변신하며 확장하는 정체 불명의 로봇이 새로 나타났다. 누가 왜 언제 그런 그림을 그리는지 여자는 알지 못했다. 느닷없이 생기고 빠르게 늘어나 겹치고 쌓였다. 온 벽들이 무언가의 집하장 같다고 생각했다. 한때 들끓었을 분노와 증오와 함성은 차가운 흔적으로 남았고 동네는 고요했다.

여자는 불쑥 나타난 체 게바라에 놀라 섰다. 못 보던 것이었다. 모자와 수염은 까맣게 반들거렸고 얼굴은 피를 뒤집어쓴 것처럼 붉었다. 누군가 금방 그린 것처럼 크고 선연했으나 물감 냄새는 나지 않았다. 차가운 공기만 여전히 송곳처럼 여자의 콧속을 파고들 뿐이었다.

여자는 앞섶을 여미고 여미며 걸음을 옮겼다. 낙서가 번지는 담장 아래로 메마른 강아지풀과 자라다 만 뽀리뱅이가 찬바람에 흔들렸다. 그것들은 죽은 짐승의 가죽에 성글게 붙어 있는 터럭 같았다. 담장 너머 집들은 속이 비었고 작은 나무들마저 헐벗었다. 살아 있는 것이라고는, 앙상한 나뭇가지와 빈집 사이를 제멋대로 헤집는 겨울 저녁 바람, 그리고 담벼락을 소리 없이 점령해가는 낙서의 기세뿐이었다.

허기가 질수록 여자는 등을 더 구부리고 방범등이 켜지기 시작하는 길을 걸었다. 골목은 냉동 창고처럼 추웠다. 여자의 웅크린 그림자가 벽의 낙서를 쓸며 지나갔다. 풍선처럼 부풀기만 하고 뜻은 모를 거대한 글자들, 방사상으로 끝없이 퍼져나가는 붉은 삼각형들을 스치며 지나갔다. 흩어지면 지하셋방, 세입자 대책위, PHOTO, 58, 철거는 살인, 토지변상 철회, 너 죽고 나 죽, 다 조져, 겨울이 길어도 봄이 와요, 65, HOPE, POST, 빨간 우체통, 높은음자리를 천천히 지나고, 어린왕자, 과개주다, 협향촌, 쟁선포식, 부부동산투, 선봉투쟁주거, 검은 해골, 흰 뼈, 갈아 죽여를 지난 여자의 그림자는, WXY, 유나국민 쌍년, 시장새끼좆, 누구나 금세 천사가 되는 곳, 퍼뜩 오이소, 그들보단 행복해, 현위치, 집안으로 통행금지, 담길바, 노보보상, rnjz, 뷁을 지났다.

첼로 소리는 들리지 않았다. 첼로가 들리지 않을 때는 첼로가 들릴 리 없지, 있을 곳이 아니지, 중얼거리다가도 첼로 소리가 들리면 여자의 걸음은 저절로 멈추었다. 한 발짝도 앞으로 나아가지 못했다. 몸안에 퍼지는 기운과 물질이 관절을 딱딱하게 굳히는 대신 신경과 근육은 콧물처럼 흐무러져내리게 만들었기 때문이었다. 그 첼로 소리가 그랬기 때문이었다. 소리가 멈출 때까지 여자는 온몸의 살이 깨끗이 흘러내린 해골로 무기력하게 서 있었다. 이유를 알지 못했다. 소리가 어디서 나는지 알지 못했고 궁금하지도 않았다. 찾아가볼 생각도 들지 않았다. 소리가 없을 때 여자는 소리를 잊고 지냈다. 그랬기 때문에 소리가 들릴 때마다 매번 놀라 우뚝 멈추었다. 이번에는 첼로 소리가 들리지 않았다.

낙서는 여자가 오가는 길보다 노파가 오르는 길에 조금 더 많았다. 훨씬 다양했고 본격적인 데가 있었다. 여자가 오가는 길은 양쪽의 건물 벽으로 자주 가려지는 좁은 골목이었고 노파가 오르는 길은 한쪽이 트인 넓은 오르막이었다. 오르는 길을 굽은 허리로 오르던 노파가 허리를 젖히고 서서 언제까지고 낙서를 바라볼 때가 있었다. 여자는 복도 난간에 기대서서 추위에 떨며 먼 담장 아래 멈추어 선 노파의 골몰한 모습을 건너다보곤 했다. 하치장의 쓰레기 같은 낙서에 일일이 의미와 사연을 부여하는 것이라고 여자는 생각했다. 노파의 세상엔 무엇 하나 거저 되는 것도 허튼 것도 없었으므로.

노파는 선짓국집에서 복지쿠폰을 내고 이런저런 해장국을 먹게 된 사연을 얘기했다. 여자가 노파를 두번째 보았던 날이었다. 그날도 여자는 콩나물해장국을 먹다가 노파의 눈과 마주쳤고 노파는 고개를 끄덕이며 와보라는 손짓을 했다. 처음 보았던 날과 똑같은 눈빛 똑같은 손짓이었다.

노파는 자신의 잃어버린 은비녀와 철거촌 독거와 복지쿠폰을 말하기 시작했다. 팔촌 시당숙네 결혼식 날 아침 노파는 자신의 은비녀를 찾을 수 없었다. 귀신이 곡할 노릇이었다고 했다. 머리를 감고 머리를 빗고 쪽을 찌은 다음 입을 더듬었으나 손이 허전했다. 머리를 빗고 쪽을 찌는 동안 비녀는 늘 입에 물려 있었던 것이다.

오래되어 표면이 이리저리 긁힌 자국에 때가 끼어 은빛은커녕 거무스름한 비녀였으나 노파는 언제나 그것을 입에 가로로 물고 참빗으로 머리를 빗은 뒤 쪽을 찌었다. 온 집안을 뒤졌으나 찾지 못한 채 노파는 남편의 채근을 견디며 다른 비녀를 꽂기 시작했다. 집에는 잃어버린 은비녀 말고도 구슬까지 달린 더 좋은 중국 구리비녀와 옥비녀도 있었다. 서른다섯의 나이에는 그런 때깔이 더 어울린다고 남편은 소리를 질렀다. 그러나 어떤 것을 꽂아도 맘에 들지 않았다. 어떤 저울도 쪽진머리가 알아채는 비녀의 무게를 잴 수 없는 거라고 말하며 노파는 여자를 바라보았다.

—간발이라는 거 알지? 간발. 간발의 차이.

노파가 묻고 노파가 대답했다. 머리카락과 머리카락 사이라는 뜻이야. 간발. 쪽찐 머리카락은 알아. 은비녀와 은비녀 아닌 것의 차이를 말이야. 구리비녀를 꽂고 시당숙네 결혼식에 가는 순간부터 세상이 간발의 차이로 기울어졌고 나중에는 그것이 호리천리가 돼서 내 인생 완전 그지가 된 거야.

그 작은 차이가 어떻게 노파를 복지쿠폰에 기대어 사는 철거민촌의 독거노인이 되게 했는지, 그날 노파의 이야기 주제는 그것이었다. 하나의 원인이 결과가 되고, 그 결과가 다시 원인이 되는 노파의 빙글빙글 도는 사슬 같은 이야기는 여자가 보기에 매우 정교한 데가 있었다. 서른이 넘도록 애가 없던 노파에게 아이가 생긴 것도 은비녀와 은비녀 아닌 것의 간발의 차이 때문이었고, 그 아이로 인해 박대당했던 것도 은비녀와 은비녀 아닌 것의 간발의 차이 때문이었으며, 선짓국집에서 여자를 만나 이야기를 늘어놓는 것도 은비녀와 은비녀 아닌 것의 간발의 차이 때문이라고 했다. 노파는 진지했으며, 이야기는 어느 곳 하나 허튼 데가 없었고, 믿기 어려우나 무시할 수도 없는 절묘한 사실들의 연쇄로 이어졌다.

—그러니까 뭔 말인지 알겠지?

말을 다 마치고 노파가 여자에게 물었다. 뭔 말인지 몰랐으나 여자는 왠지 알 것도 같아서 고개를 끄덕였고 노파는 흡족하고 벅찬 듯 크게 웃었다.

거기에도 무슨 간발의 차이가 있었던 것일까. 여자는 자신을 마지막으로 방문했던 날의 경찰을 떠올렸다. 그날 여자는 침대에 누워 경찰에게 노파의 은비녀 얘기를 했다. 그랬던 것으로 기억했다. 경찰은 말없이 들으며 여자의 가슴을 주물렀다. 노파가 어느 날 밤잠을 이루지 못했던 것은 남편이 돌아오지 않아서도 아니고 밤비가 억수같이 쏟아져서도 아니었다. 어디까지나 은비녀 때문이라고 여겼으며 노파의 믿음은 그뒤로도 변하지 않았다. 서른다섯 살이었던 노파는 은비녀 때문에 자리에서 일어나 은비녀 때문에 장대비 내리꽂히는 캄캄한 밤길을 헤치며 산중턱까지 올랐다. 그곳에는 근본 모를 뜨내기 사내가 움막을 짓고 혼자 기거했는데 노파는 한밤중에 그곳까지 숨이 턱에 닿도록 쉬지 않고 뛰어올라가 임신을 했다. 빙글빙글 도는 사슬 같은 이야기의 한 부분이었다.

경찰은 여전히 말이 없었다. 침대에서 일어나 러닝셔츠를 입은 뒤 양말을 찾아 신으려고 침대 밑으로 고개를 숙인 경찰은 한동안 움직이지 않았다. 그러다가 고개를 들고 그늘진 얼굴로 혼자 중얼거렸다.

—아, 봄도 아니고 아, 다 간 가을에 원, 참……

경찰이 가고 난 뒤 여자는 경찰이 그랬던 것처럼 침대 밑으로 고개를 디밀었다. 그리고 무언가를 발견했다. 침대 다리와 해진 카펫 사이의 틈에서 바늘보다 가느다란 싹 한줄기가 돋고 있었다. 무슨 풀인지 알 수 없었으나 실처럼 희고 투명하고 가느다란 식물의 싹이 오 센티미터쯤 자라올랐다. 그것과 경찰이 발걸음을 끊은 데에 어떤 간발의 차이 혹은 필연의 연쇄가 있는 것인지 여자는 알지 못했다. 알려고도 하지 않았다. 방안 침대 다리 밑에서 싹이 돋는 것은 돋는 것이었다. 여자에겐 그랬다. 첼로 소리가 들리는 것도, 낙서가 저 스스로 번식하는 것도, 경찰이 다시는 찾아오지 않는 것도 여자가 알 바 아니었다. 아는 세계란 그녀의 것이 아니라 노파의 몫이었다.

노파는 동네에 사는 이유가 있었다. 남편과 열여섯 해를 살던 곳이고, 비녀를 잃은 곳이며, 뛰어올라 임신한 움막터가 저만치 바라다보이는 곳이었다. 꿈에 그리던 신흥주택 입주권을 얻은 곳이고 홀로 자식을 키워 장가보낸 곳이었다. 무엇보다, 잃어버린 은비녀와 은비녀 아닌 것 사이의 간발의 차이가 아직도 계속해서 자신을 동네에 머물게 하는 거라고 노파는 굳게 믿었다.

그러나 여자는 동네에 사는 이유가 없었다. 밀물처럼 번지는 낙서도 복도에 떨어진 기러기도 경찰이 자기를 찾아와 옷을 벗던 이유도 알지 못했고 알 바 아니었다. 그러든 저러든, 두 여자는 한 동네에 살았다. 노파는 오르는 길을 오르내리고 여자는 오가는 길을 오갔지만 같은 동네였다. 같은 폐허의 시간이 두 여자의 머리 위로 묵묵히 지나갔다.

여자는 어깨를 움츠리고 문을 닫은 자매식품과 남정임美·場을 지났다. 우편물 취급소 유리문에도 "이번주 금요일 문 닫습니다"라고 씌어 있었다. 불이 켜진 곳은 공중전화 부스뿐이었으나 부스 안의 형광등은 얼음처럼 퍼랬다. 버스 종점이 가까워지자 디젤 냄새가 끼쳤다. 몸을 트는 버스의 헤드라이트 불빛에 주변의 웅크린 지붕과 앙상한 콘크리트 기둥들이 드러났다. 몇 마리 고양이가 콘크리트 벽 발치의 낙서를 스치며 지나갔다. 여자는 자꾸 앞섶을 여미고 여미며 할인의류점과 구이포장마차를 지났다. 추위가 몸 구석구석으로 칼날처럼 파고들었다. 삼색등이 멈춘 이발소를 지났다. 사람의 왕래가 없어 거의 모든 가게가 장사를 접었다. 앞섶을 여밀 때마다 긴 손톱이 외투에

긁혀 듣기 싫은 소리를 냈다. 여자는 언 손을 움켜쥐며 추워, 추워, 중얼거렸다.

채소와 생필품을 파는 가게 옆에서 젊은 여자가 얼룩말 무늬 리본 머리띠를 하고 가면을 팔았다. 키가 작고 왜소한 것일 뿐 젊지 않을지도 모른다고 여자는 생각했다. 머리통에 비해 얼룩말 무늬 리본이 지나치게 컸다.

채소와 생필품을 파는 사람도 얼룩말 리본이라는 것을 여자는 알고 있었다. 과일 종류는 손가락으로 꼽을 만큼이었고 채소는 양파, 대파, 당근, 미나리가 전부였다. 남은 가게라고는 그곳뿐이었다. 미나리는 바비인형의 머리카락처럼 푸르고 길었는데 매대에 놓인 채 계속 자라는 것 같았다. 미나리만 유독 싱싱하고 번들번들 빛났다.

얼룩말 리본은 그러니까 채소와 과일, 생필품과 가면을 파는 사람이었다. 가게 앞을 지날 때마다 여자는 그 사실을 새롭게 상기했다. 가게는 두 개지만 주인은 하나라는.

한 개의 전구가 두 개의 가게를 비추었다. 가면 있는 쪽이 약간 어두웠다. 아무래도 가면을 사가는 사람은 없는 것 같았으나 가면은 늘 그곳에 진열되어 있었다. 사람의 얼굴을 충분히 가릴 만큼 큰 가면이었고 가면마다 동그랗고 어둡고 깊은 눈구멍이 패어 있었다.

청년 하나가 가면 진열대 앞에 서 있었다. 등을 보인 채 우두커니 서서 가면을 바라보았다. 여자가 기러기를 땅에 묻었다고 경찰에 알린 청년이었다. 경찰은 밝히지 않았으나 여자는 청년이 제보자였다는 걸 알았다. 청년은 여자의 뒤를 졸졸 따라다녔다. 음식 보따리 따라다니는 들고양이처럼 여자의 뒤를 밟았다. 여자가 뒤돌아보면 황급히 돌아서서 멀어졌다. 자격증 서른두 개를 따고 또다른 자격증을 공부하면서 취업을 준비하는 사람이라고, 머리는 좋다고, 버스 기사들이 말했다. 십칠 년 동안 취업 준비만 하는, 머리는 좋은 놈이라고 노파가 말했다.

여자는 청년이 어느 집에 사는지 몰랐으나 동네를 감싸고 흐르는 폐허의 시간이 그의 머리 위로도 묵묵히 지난다는 것을 알았다. 여자가 뒤돌아보면 황급히 돌아서서 얼마큼 멀어지다가 청년은 바지를 내리고 낙서에다 오줌을 누었다. 누런 오줌 줄기에서 피어오르는 머리 좋은 사람의 허연 수증기를 보면서 여자는 잠깐 갈 길을 잊었다.

여자가 청년에게서 들은 것이라고는 작두펌프라는 말뿐이었다. 왜 따라다니는지 따위는 말하지 않았다. 어떤 애가 지하수 작두펌프에 말예요, 잔뜩 언 무쇠 손잡이에 혀끝을 댔대요. 혀가 철썩 달라붙어서 뭉텅 뜯겨나갔대요, 라고 혀 짧은 소리로 말했다. 작두펌프라고 하는구나 그것을, 하고 생각했을 뿐 여자는 청년을 노려보며 아무 대꾸도 하지 않았다. 그뒤로 청년은 여자에게 아무 말도 하지 않았다. 졸졸 따라오다가 여자가 돌아보면 황급히 돌아서서 멀어졌고 허연 수증기를 피워올리며 오줌을 누었다.

경찰이 여자의 집을 드나들면서 청년은 여자의 뒤를 밟지 않았을 뿐더러 멀리 피했다. 사람에게 잡아먹히려다 살아나 겁이 많아진 개처럼 저만치 에둘러 지나쳤다. 경찰이 드나들지 않게 되었다는 사실을 이제 알게 된 걸까. 청년이 다시 자신의 뒤를 밟을지도 모른다고 여자는 생각했다.

여자는 청년의 눈길이 닿지 않을 곳에 비켜서서, 추워 발을 동동 구르며 공동수도 쪽을 바라보았다. 공동수도는 신선로 모양의 커다란 콘크리트 구조물이었다. 가게의 백열전구 불빛이 그곳에 이르러 맥을 못 추었다. 돌아가며 박혀 있는 여섯 개의 수도꼭지에서는 오래전부터 물이 나오지 않았다. 꼭지의 손잡이도 남김없이 달아나버린 폐쇄된 공동수도였다. 느티나무 나목 한 그루가 앙상한 잔가지를 뻗치고 있었고 잔가지 너머는 역청빛으로 얼어붙은 밤하늘이었다.

공동수도는 바싹 메말랐을 뿐 아니라 참혹할 만큼의 낙서를 뒤집어쓰고 있었다. 골목과 벽들이 시작되는 입구였으므로 공동수도는 낙서꾼들의 팔레트나 마찬가지였다. 동네의 모든 낙서가 그곳에서 시작되었다. 그랬을 거라고 여자는 생각하며 몸을 떨었다. 온갖 색깔과 온갖 무늬와 온갖 그림과 온갖 글자로 가득했다. 붓질과 스프레이가 몇 겹이고 덧칠해져 빈틈이 없었다. 무늬 요란한 비닐로 진공포장 해놓은 듯했다.

선짓국집 문신 구렁이를 떠올리면서 그것은 어쩌면 비닐 소재가 아닌 뱀일지도 모른다고 여자는 생각했다. 공동수도를 삼킨 뱀. 여자는 다시 한번 선짓국집 남자를 떠올렸다. 정말로 구렁이에게 통째로 먹힌 것은 아닐까. 그러면서 여자는 겨울잠에 든 구렁이의 몸안에서 서서히 소화되고 있는 남자를 상상했다. 구렁이가 선풍기를 삼킨 모습, 구렁이가 자전거를 먹은 모습 따위를 연속해 떠올렸다. 빈틈없이 동네를 점령한 밤공기가 너무 추워서 여자는 뱀의 껍질이라도 뒤집어쓰고 싶었다.

추위를 더는 견딜 수 없어서 여자는 덜덜 떨며 가게로 걸어갔다. 가면의 크기와 표정은 각각 달랐지만 머리카락 모양과 눈구멍만큼은 차이가 없었다. 색깔이 검다는 것만 빼면 모든 가면의 머리카락은 채소 매대에서 스스로 자라며 번들거리는 푸른 미나리 같았다. 눈구멍은 필름통을 박아놓은 것처럼 하나같이 동그랗고 검고 어두웠다. 청년은 그것들을 바라보고 있었다.

여자는 얼룩말 리본에게 말없이 돈을 건넸고 얼룩말 리본은 여자에게 말없이 해열제를 주었다. 청년이 이쪽으로 눈길도 주지 않은 채 슬금슬금 피해 동네 안쪽 어둠으로 멀어져갔다. 여자는 백열전구의 불빛이 미치는 곳까지 청년의 등을 눈으로 좇았다. 청년은 오줌도 누지 않은 채 어둠 속으로 빠르게 걸어들어갔다.

종점에 들어온 버스들이 차머리를 돌리며 여자가 돌아가는 길을 언뜻언뜻 서치라이트처럼 비추었다. 어깨를 움츠린 채 여자는 종종걸음 쳤으나 몸이 말을 듣지 않아 속도를 내지 못했다. 깜깜한 어둠을 희뜩희뜩 가르는 푸른 헤드라이트 불빛도 얼음처럼 차가웠다.

불빛이 지날 때마다 탈색한 수염 같은 잡초들이 벽과 도로가 수직으로 만나는 틈새에서 발각되듯 흔들렸다. 어떤 나무는 강도가 약해진 담장의 틈서리를 빠개며 자라오르다 질식한 듯 멈추었다. 담장 균열에 박혀 압사한 줄기와 가지들이 어지러운 낙서와 구별되지 않았다. 버스의 불빛이 그것들을 이따금 비추며 지나갔고, 여자는 버스의 움직임에 따라 길어지고 짧아지고 회전하는 자신의 그림자를 밟으며 왔던 길을 더듬어 갔다.

3층 복도에 이를 동안 여자는 계단의 난간을 잡고 더듬으며 한 발 한 발 올랐다. 복도 난간으로 바꿔 잡고 발바닥으로 타일 바닥의 감촉을 느끼며 천천히 걸었다. 기러기가 떨어져 있던 복도 끝에는 짙은 어둠이 고여 있었다. 여자는 무언가에 이끌려 3층 아래 공터를 내려다보았다. 어두워 깊이를 가늠할 수 없었으나 집을 나설 때보다 훨씬 넓어진 공터가 서서히 열리고 있다는 건 알 수 있었다.

거미줄처럼 엉켰던 공터의 균열들이, 빠르게 벌어지며, 늦은 낮시간에 봤던 하늘빛이 그 틈에서 새어나왔다. 더는 검은 겨울새 무리가 날아가지 않던, 아무 색깔도 없이 저물던 하늘빛이었다. 공터는 눈뜨듯 제 몸을 열었다. 균열도 콘크리트 바닥도 어느새 깨끗이 자취를 감추어버린 그곳에는 맑은 허공이 호수처럼 떠올랐다.

여자는 차가운 난간에 기대어 추위에 떨며 투명한 허공의 내부를 들여다보았다. 선짓국집 남자가 방을 나와 거실을 지났다. 방도 거실도 작았다. 거실 한가운데를 지나며 남자는 자신의 발 끄는 소리에 귀 기울였다. 발 끄는 소리를 듣는 남자를, 여자는 물끄러미 내려다보았다. 행방불명된 선짓국 남자도 어딘가에서 저토록 불쑥, 과거를 망각하고 혼자 살아가고 있겠구나, 하고 여자는 생각했다. 나는 지금 여기서 누구의 삶을 살아가는 것일까, 하고 중얼거렸다. 알 수 없는 일이므로 누구든 어디든 상관없었다. 분명한 건 각막을 에는 듯한 추위뿐이었다. 난간이 또다시 맹독 같은 추위를 품었다. 여자는 난간에서 손을 떼고 허리춤을 댔다.

소리에 이끌려 남자는 자신의 발을 내려다보았다. 두 발에 얇고 가벼운 슬리퍼가 신겨 있었다. 그는 현관을 열고 밖으로 나갔다. 복도의 폭은 한 발짝 반이었으나 남자는 한 걸음으로 현관 문턱에서 복도 난간에 닿았다. 남자는 한 다리를 앞으로 멀리 뻗어 딛고, 한 호흡을 쉬고, 나머지 발을 끌어당겼다. 그리고 고개를 들어 아련한 눈으로 3층의 여자를 올려다보았다.

몇 시간이 지났는지 며칠이 지났는지 해열제를 얼마나 먹었는지 여자는 알지 못했다. 침대에서 내려오다가 쓰러졌고 간신히 몸을 일으켜세웠다. 슬리퍼를 끌며 천천히 거실을 지났다. 발은 몽동발이가 되어 바닥을 감촉하지 못했고 소리도 듣지 못했다. 깊은 물속처럼 귀가 먹먹했다.

현관을 열고 복도로 나섰다. 낯익으면서도 처음 보는 빈 하늘이 차갑게 걸려 있었다. 몸이 부르르 떨렸다. 빛은 없었으나 눈이 부셨다. 여자는 어깨를 감싸고 공터를 내려다보았다. 짐승의 창자처럼 생긴 커다란 글씨와 그림들이 금간 콘크리트 바닥을 가득 메우고 있었다. 공동주택의 모든 벽에도 온통 낙서였다. 엄청난 붓과 페인트로 무장한 천군만마가 동네를 짓밟고 지나간 것 같았다. 무엇 하나 남기지 않고 초토화시켜버리는 잔혹한 군대의 행렬이 이미 오래전에 지나간 듯했다. 한겨울인 것은 여전했다. 여자는 복도의 난간에 기대어 벌벌 떨었다. 고드름처럼 야윈 여자의 몸이 저절로 깨져 박살날 것 같았다.

여자는 고개를 들고 오르는 길을 바라보았다. 그곳에도 빛의 기운 같은 것은 한 점도 없었으나 시리게 눈이 부셨다. 노파는 보이지 않았다. 움직이는 것이라고는 고양이 한 마리조차 없었다. 헐벗은 나무들이 삭은 무쇠 기둥처럼 꼼짝 않고 서 있었다. 모든 것은 정지했고, 첼로의 개방현 C음이 작고 느리게 흐르기 시작했다. 그것이 개방현 C음이라는 것을 여자는 알았고 그것을 아는 것에 놀랐다.

오르는 길의 긴 담벼락이, 그 처음과 끝이, 빈틈없는 낙서로 뒤덮였다. 노파가 느리게 오르던 언덕길 바닥도 이제는 예외 없이, 의미와 내용을 비웃는, 짐승의 울룩불룩한 창자 그림들로 빼곡했다. 거대한 문신 구렁이가 동네를 가뭇없이 삼키는 중이었다. 동네는 진작 숨을 멈추고 모든 맥을 놓아버린 건지도 모른다고 여자는 생각했다. 높낮이 없고 간단없는 C음이 절명을 알리는 기계음처럼 길게 이어졌다. 소리는 검은 겨울새 무리도 날지 않고 빛깔도 없는 언 허공을 수평으로 수평으로 가로질렀다.

거대한 문신 구렁이가 동네를 마저 삼켰다. 살아 움직이는 것은 아무것도 없었다. 여자는 몇시인지 알지 못했다. 칼에 잘리듯 위아래로 나뉜, 얼어붙은 허공과 낙서의 허물이 전부인 세상을 보고 있었다. 그 세상 한가운데 아무것도 모른 채 추위에 떨며 놓여 있었다. 여자가 아는 것은 겨울도 한겨울이라는 것, 그래서 몹시 춥다는 것, 분명한 것은 그것뿐이라는 것이었다.

12월 12일
—이상에게

1.

아내는 저쪽 방에 앉아 티브이를 보고, 이웅은 이쪽 방에 누워 천장을 보았다.

강씨잖아.

아내가 먼저 말했고

그러네.

이웅이 나중 말했다.

먼저 말한 게 아내고 나중 말한 게 이웅이었으나, 둘이 이쪽 방의 벽시계를 올려다본 건 동시였다.

저쪽 방과 이쪽 방 사이의 문은 언제나 열려 있었다. 둘은 서로를 그다지 바라보지 않았다. 열린 방문을 통해 말을 하고 말을 들을 뿐이었다. 부부는 쥐띠 동갑이었다. 시계를 바라보고는 아무 말도 하지 않았다. 지붕 위에서 겨울바람이 우웅, 소리를 냈다.

강씨는 티브이에 나오는 사람이 아니었다. 이웅의 집 앞을 지나는, 이웅과 비슷한 나이의 남자였다. 대개는 해가 뜨기 전에 이웅의 집 앞을 지났다. 더러는 구름이 끼거나 비가 오는 등의, 말하자면 해가 없는 낮시간에 이웅의 집 앞을 지났다.

아내와 이웅은 강씨가 집 가까이 다가오는 기척을 느꼈고 시계를 보았다. 아침이든 낮시간이든 강씨의 기척이 느껴지면 아내나 이웅은 이쪽 방 벽시계를 올려다보았다.

강씨야.

아내가 스웨터 앞섶을 여미며 말했고

그러게.

중얼거리는 이웅의 입에서 흰 입김이 스쳤다.

이웅은 일어나 창문을 반 뼘쯤 열고, 그 틈새로 카메라 렌즈만 겨우 내밀었다. 이웅의 목에 언제나 목걸이처럼 걸려 있는 카메라였다. 밖엔 눈이 펄펄 내렸다. 이웅은 셔터를 눌렀다.

차마 강시라고 할 수 없어서 아내와 이웅은 그를 강씨라고 했다. 한 번도 그를 향해 강씨라고 불러본 적이 없었다. 아내와 이웅 사이에서만 쓰이는 호칭이었다. 강씨는 길을 지나는 사람이었고 아내와 이웅은 그를 바라보는 사람이었다.

강씨가 뷰파인더 안으로 들어왔다. 이웅은 셔터를 눌렀다. 강씨는 위아래 모두 두 개의 흰 줄이 나란히 세로로 그어진 운동복을 입었다. 바뀌는 법이 없었다. 12월이었다. 밖은 추웠고 눈까지 날렸으나 강씨는 홑겹의 푸른 운동복을 입고 어딘가에서 와서, 이웅의 집 앞을 지나, 어딘가로 갔다. 늘 이웅의 집 왼쪽에서 와서 오른쪽으로 갔다. 이웅은 그가 돌아오는 걸 본 적이 없었다. 볼 때마다 강씨는 이웅의 집 왼쪽에서 나타나 오른쪽으로 사라졌다. 말 그대로, 지나는 거였다. 돌아오거나 오가거나 하는 것이 아니었다. 그런 적은 한 번도 없었다.

강씨는 젓가락처럼 마른데다 허리도 다리도 젓가락처럼 뻣뻣했다. 발꿈치와 발가락만을 사용해 겨우 깡충 뛰고 끌며 앞으로 나아갔다. 체공 시간은 찰나에 지나지 않았다. 그 체공 시간이나마 늘리려는 듯, 한 번 뛸 때마다 두 팔을 한차례 짧게 파닥거렸다. 두 팔은 털 뽑힌 닭 날개처럼 접힌 채 잘 펴지지 않았다. 뒤에서 보면 M자를 등에 지고 죽음의 언덕을 파닥거리며 오르는 것 같았다. 강씨는 해가 없을 때 나타나 뻣뻣한 몸으로 이웅의 집 앞을 지났다.

강씨의 기척은 특별할 수밖에 없었다. 동작이 요란하거나 소리가 크지는 않았으나 그의 독특한 보행법 때문에 티브이가 켜져 있는 집 안에서도 아내와 이웅은 그의 기척을 알아차렸다. 아내는 강씨잖아, 라고 말했고 이웅은 그러네, 라고 말하며 일어섰다. 창문을 반 뼘쯤 열고 이웅은 다가오는 강씨를, 지나가는 강씨를, 멀어지는 강씨를 카메라에 담았다. 그렇게 강씨를 찍은 것이, 아무리 적게 잡아도 만 컷은 될 것 같았다. 아마도 만 컷. 강씨의 것만 아니라 이웅은 자신이 찍은 모든 사진의 숫자를 세지 않았다. 그가 사용하는 필름은 75×96 스페셜 롤이었다. 언제나 그것이었다. 75×96 스페셜 롤이 커다란 옹기의 반을 차지했다. 장독으로 쓰던 옹기였다. 그는 사진을 현상하거나 인화하지 않았다. 필름이 다 돌아가면 카메라에서 분리하여 옹기에 던져넣고 새 75×96 스페셜 롤을 샀다. 흔치 않아서 이즈음엔 사기도 힘든 필름이었다. 옹기는 이쪽 방구석의 늘 있는 자리에 놓여 있었다.

이쪽 방이나 저쪽 방이나 웃풍이 심했다. 아내는 전기장판 위에 앉아 티브이를 보았다. 엉덩이 밑에 넣었던 손을 꺼내 얼굴과 코를 문질렀다.

이응은 창문을 닫고, 다시 방바닥에 누워 이불을 덮었다. 그리고 천장을 똑바로 올려다보았다. 카메라는 턱밑 이불 밖에 덩그마니 놓였다. 지붕 위로 겨울바람이 우웅, 소리를 내며 지나갔다. 아침결에 책보만큼 들었다가 오후에 손수건만해지면서 나가버리는 해가 오늘은 그나마도 들지 않았다.

이응이 찍은 사진 중에 강씨의 것은 0.1퍼센트에도 미치지 못했다. 강씨는 이응이 자신의 모습을 카메라에 담는 사실을 알지 못했다. 이응이 자주 거니는 시장통 사람들만 그의 유별난 사진 사랑을 알 뿐이었다. 시장통 사람들은 기꺼이 찍혀주었고, 그러거나 말거나 찍혀주었고, 때론 짜증내며 찍혀주었다. 시장통 사람들에게 이응의 사진은 마침내 아무것도 아니게 되었다. 걸음을 걷듯 숨을 쉬듯 그는 셔터를 눌렀다. 찍은 사진을 보여주지도 팔지도 버리지도 않았다. 혼자 다시 꺼내 보는 법도 없었다. 출력이라는 걸 그는 몰랐다. 필름은 차곡차곡 쌓이며 커다란 옹기를 차지해갔다.

어쩌다 그리되었는지 이응은 알지 못했다. 시장통의 오래된 사진관에서 오래된 카메라를 산 뒤로 사진을 찍기 시작했을 뿐이다. 시장통에는 오래된 이발관과 오래된 중국요리점이 있었다. 모범업소 형제이발관은 목요일마다 휴무였다. "BARBERSHOP 어서오십시오 정성껏 모시겠읍니다"라는 팻말이 낡은 외벽에 붙어 있었다. 붉은 바탕에 검은 글씨로 國泰民安 龍騰虎躍이라고 써붙인 영화루는 "PM 3:00~5:00까지 재료 준비중"이었다. 오래된 사진관은 그 오래된 이발관과 오래된 중국요리점에 이어 있었다. 그곳에서 이웅은 어느 목요일 PM 4:00쯤 99 MILLITARY AERIAL 중고 카메라를 샀다. 오래된 카메라 뒷덮개에는 12월 12일이라고 적힌, 역시 오래된 종이쪽지가 붙어 있었다. 손을 대자 쪽지는 곧 바스러지듯 떨어져내렸다. 오래된 사진관의 주인은 카메라의 원주인으로부터 카메라를 사들인 날짜일 거라고 말했다. 아마도 그럴 거라고 했다. 그러면서 군사용으로 개발된 카메라인데 '야미'로 유출된 것 같다고 덧붙였다. 12월 12일이라고 적힌 쪽지 뒷면에는 1936년이라고 쓰여 있었다. 그것을 산 날부터 이웅은 사진을 찍기 시작했다. 이전에는 무얼 했는지 대체로 기억나지 않았다.

사진을 찍기 시작했을 때는 춥지 않은 계절이었다. 사진기 안에서 오동나무 잎이 지고 후박나무 잎이 떨어졌다. 길 위에 마른 먼지가 일었다. 사람들은 마구 옷을 껴입기 시작했고 차고 매서운 바람이 허공을 가르며 지나갔다.

시장통에 드럼통 난로와 페인트 통 난로가 등장했다. 폐 각목이 난로 안에서 벌겋게 타올랐다. 온열기는 전기 잡아먹는 귀신이라며 멀리했다. 상점 사람들은 웅크리고 앉아 좀처럼 몸을 움직이려 하지 않았다. 춥다는 말을 대개는 욕과 함께 내뱉었다. 도무지 끝나지 않을 것 같은 추위가 와버렸다. 모든 게 꽁꽁 얼었다. 떡집과 찐빵집과 어묵집에서는 폭발물 터뜨리듯 번갈아 흰 김을 뿜어냈다. 추울수록 김은 희고 빛나고 거대했다. 시장통의 낮은 유리돔 천장에 갇혀 김은 하늘로 흩어지지 못하고 지나가는 사람을 덮쳤다. 시야가 막혀 허둥거리는 사람들을 보며 떡집과 찐빵집과 어묵집 주인이 해해해해 웃었다. 얼결에 희고 빛나고 거대한 김 무더기를 흡입한 사람들이 캑캑캑캑 밭은기침을 했다.

이응은 그런 걸 찍었다. 사람들은 잔뜩 웅송그린 채 시장을 나고 들었다. 두툼한 외투깃을 귀 위까지 추켜올리고 눈만 겨우 내놓았다. 겨울바람은 높은 공중에서 시장통의 긴 지붕을 굽어보며 우우웅, 으름장을 놓았다. 이응은 추위에 떨며 그 모든 것을 찍었다. 추위 때문에 사람들은 종종걸음 쳤다. 이응은 손가락이 떨려 저도 모르는 사이 셔터를 눌렀다. 누르고 눌렀다. 사진 찍기 전의 삶이 어떠했는지는 대체로 기억나지 않았다.

궁금하지 않아서 이응은 아내에게 묻지 않았다. 아내의 대답이 참일 리도 없었다. 그럴 바에야 알지 못하는 게 나을지도 모른다고 이응은 생각했다. 안다고 해도 그것은 그가 아는 것이 아니고, 아내가 아는 것을 빌리는 것이었다. 앞뒤 없이 어느 날부터 문득 사진을 찍기 시작한 거였지만, 이응은 쭉 그러기로 했다. 언제까지고 계속될 것 같은 추위 속에서, 조금씩 게으르게 움직이며, 이응은 사진을 찍었다. 무언가를 기억해내는 일보다, 아는 일보다, 눈앞의 것들을 마냥 바라보거나 카메라를 통해 하염없이 들여다보는 게 좋았다.

온종일 사진만 찍어도 살아갈 수 있다는 게 이응이 그 무엇도 궁금해하지 않는 가장 큰 이유였다. 어째서 아내와 동갑내기인 것인지, 언제부터 아내와 방 두 개를 나눠 갖게 된 것인지, 강씨는 어쩌다 그리 되었으며 해 없는 틈을 타 강시처럼 어디로 가는 것인지, 이응은 궁금하지 않았다.

당장 이응이 아는 것은 12월이라는 것과 정말이지 몹시 춥다는 것과 지금 눈이 오고 있다는 것과 강씨가 지나간다는 것 따위였다. 카메라가 손안에 있다는 것이었다. 아내와 웃풍 심한 집안에서 오후를 보낸다는 것, 생각만 해도 절로 몸이 움츠러드는 무시무시한 동장군이 이응의 집과 동네를 온통 점령해버렸다는 것이었다. 모든 걸 압도하는 추위 때문에 의욕과 상상은 물론 호기심과 궁금증도 맥을 못 춘다는 것이었다.

2.

큰 나무가 작은 가지를 뻗듯, 시장통은 몇 개의 골목을 좌우로 거느렸다. 이응은 첫 골목으로 들어섰다. 모든 골목은 리어카도 들어갈 수 없을 만큼 비좁았다. 오래된 마을의 오래된 시장이었고 골목이었다. 오래전에 내린 눈이 녹지 않아 빙판이었다. 사람의 발길이 닿지 않는 곳에는 허연 눈이, 막 내렸을 때의 모양 그대로 수북했다. 골목집들의 지붕은 한결같이 낮았고 창문도 어깨보다 높지 않았다. 처마의 고드름이 이마에 닿았다. 청어 굽는 냄새, 화장품 냄새, 뜨물 냄새, 비누 냄새가 솔솔 흘러나왔다. 사람들은 그 안쪽 어딘가에서 겨우내 오글거렸다. 일곱번째 집의 아이도 그중 하나였다.

얼굴을 보여줘.

카메라를 쥔 이응이 일곱번째 집 창문 밖에 서서 말했다.

창문이 반쯤 열리고, 황금빛 왕관을 쓴 흰 수염의 가면이 나타났다.

예서 뭐하는 게냐?

아이가 물었다. 호랑이 가면을 쓴 날 아이는 호랑이가 되었고, 악어 가면을 쓴 날은 악어가 되었다. 시장통 사람 중 누구도 아이의 얼굴을 보지 못했다.

얼굴을 찍고 싶어 그러……하옵니다.

뭐하는 놈이기에 허구한 날 사진이란 말이냐?

얼굴을 보여주십시오.

이응은 아이의 가면을, 특히 뻥 뚫린 눈구멍을 응시했다.

어째 하루도 빠지지 않고 창문 앞을 서성인단 말이더냐?

이응은 셔터를 눌렀고, 아이는 쯧쯧쯧쯧 혀를 찼다.

여간해서는 밖에 나오지 않는 아이였다. 어쩌다가 제 아버지의 손에 이끌려 시장통에 모습을 드러냈다. 여섯 살이라고 했다. 이응의 카메라가 놓칠 리 없었다. 아이를 찍고 또 찍었다. 어떤 날은 인디언 가면이었고 어떤 날은 붉은 호박 가면이었다. 왜 가면을 쓰지? 이응이 물었던 날은 개구리 가면이었다. 무서워서, 라고 개구리가 짧게 대답했다. 그때부터 이응은 아이의 무서워하는 눈을 찍기 시작했다. 작고 동그랗게 뚫린 가면 속 깊고 어두운 눈을 찍었다. 기름떡볶이와 김 서린 순대와 잔치국숫집 아주머니와 정육점에 걸린 통돼지 따위를 아이는 겁에 질린 눈으로 바라보았다. 아이의 눈이 겁에 질린 것인지 개구리의 눈이 겁에 질린 것인지 이응은 따지지 않고 찍었다.

얼굴이 보고 싶다고 하지 않았사옵니까.

얼굴을 보고 싶다고 할수록 아이는 가면 안에 꽁꽁 숨었다. 그래야 눈이 더 어둡고 깊어졌다. 이응은 때를 놓치지 않고 셔터를 눌렀다.

어째서 아이가 얼굴을 보여주지 않는 건지 이응은 알지 못했다.

"감히 황제의 얼굴을 보려 하다니"와 같은, 가면으로 분한 캐릭터의 대사 말고는 아이는 어떤 말도 하지 않았다. 가면이 아닌 아이와 직접 이야기를 나누고 싶다면 내용을 종이에 적어 창문 틈으로 밀어넣어야 했다. 여간해서는 필담으로 얻어낼 만한 것도 없었다. 걸핏하면 응, 아니, 그만, 꺼져, 같은 삐뚤빼뚤한 대답만 돌아왔다.

아이에 대해 이응이 아는 것은, 아이가 그 집안에서 누대로 이어져 오던 이름을 받은 뒤로 가면을 쓰고 사람을 피하게 되었다는 것뿐이었다. 아이의 7대조는 너무 귀하디귀한 것이라 차마 제 자식에게는 주지 못하고, 마땅히 그것을 가질 만한 자손에게 주어지기를 바란다며 비단에 이름을 적어 남겼다. 이름은 주인을 찾지 못한 채 6대를 고이 이어져내려왔고 마침내 황제의 사주를 타고난 아이가 받게 되었다. 그러나 이름과 운명이 맞지 않았던지 아이는 자꾸 해괴한 가면을 쓰고 말을 끊고 집안에만 숨었다. 아이의 아버지는 다시 후대로 전해지기를 바라며 이름을 물렸다. 그리고 새 이름을 지어주었으나 아이는 달라지지 않았다.

이응이 몇 차례 필담으로 얻어낸 내용을 정리한 바로는 그러했다. 아이의 응답은 짧고 조각나고 제멋대로였다. 상상력을 곁들인 정리가 사실에 부합하는지 이응은 알 수 없었고 더는 궁금하지도 않았다. 아이에 대해서는커녕 자신의 이전 삶마저 궁금한 게 없는 이응이었다. 깊고 둥근 구멍을 찍으면 그만이었다. 그것을 왜 찍어야 하는지도 궁금하지 않았다. 다만 아이의 눈이, 시장통이란 곳이, 그리고 카메라의 구조 등이 깊고 둥근 구멍이라는 사실을 알 뿐이었다. 깊고 둥글며 어두운 구멍은 어떻게 해도 메울 수 없는 절망 같은 것이었다. 그러나

무엇과도 바꿀 수 없는 쾌감 같은 것이었다. 이응은 매번 갈급하게, 떨리는 손가락으로 셔터를 더듬고 눌렀다. 자신의 눈구멍으로, 구멍을 통해 보고자 하는 것은, 구멍이었다.

궁금해해봤자 소용없는 것들이 길과 시장통에 넘쳐났다. 이응이 거닐며 보고 찍는 것들 모두 소용과는 아무 관련이 없었다. 그래서 이응은 같은 걸 매번 찍고 또 찍고 다시 찍었다. 찍은 걸 장독에 넣어두었다.

마이크를 마시는 여자도 매번 찍었다. 여자는 시장통 입구의 2층 방에서 노래를 불렀다. 이틀에 한 번, 길어도 사흘에 한 번쯤은 그곳에서 어김없이 마이크를 잡았다.

노래하는 사람이 창가에 얼핏얼핏 비쳤다. 소리는 들리지 않고 뻥긋거리는 입과 표정만 보였다. 소리가 문틈을 비집고 나오는 순간 소리는 추위에 꽝꽝 얼어붙는 것 같았다. 여자는 한낮에 그곳에서 혼자 노래를 불렀다. 마이크를 움켜쥐고 노래에 한껏 감정을 넣는 여자를 이응은 매번 그냥 지나치지 않았다.

2층 유리창 안쪽도 추운지 여자는 언제나 번들거리는 다갈색 밍크코트 차림이었다. 감정이 최고조에 이르면 목에 선 핏대가 보였다. 미친듯이 고개를 뒤로 꺾은 채 턱이 빠져라 입을 벌리고 여덟 박자쯤 길게 후렴을 끄는 광경이 자주 잡혔다. 마이크를 잡는 여자만의 파지법이 따로 있었다. 기이한 파지법과 한도 끝도 없이 뒤로 꺾는 고개 때문에, 그리고 벌겋게 벌린 입 때문에, 시커멓고 길쭉하고 딱딱해서 징그럽고 흉측한 물건을 왠지 목구멍 깊숙이 아귀아귀 밀어넣는 것만 같아 보였는데, 이응은 셔터를 누를 때마다 쌀 듯이 오줌이 마려웠다.

마이크를 마시는 여자라고 말했던 건 아내였다. 아내도 시장통을 오가며 노래하는 여자를 보았다고 했다. 마이크 마시는 여자라는 말을 들은 뒤로 병나발 부는 모양새로 비쳤고 이응은 더는 요의에 시달리지 않았다. 여자가 어째서 사흘이 멀다 하고 그곳에서 미친듯이 노래를 부르는 건지 이응은 궁금하지 않았다. 바깥은 추웠고, 꼭꼭 닫힌 2층 방에서 루주 칠한 입을 벌리고 노래하는 여자를, 이응은 찍을 뿐이었다.

양쪽 귀 위에 국기 꽂은 노인을 찍는 것도 소용과는 멀었다. 노인은 눌러쓴 벙거지가 벗겨지지 않게 붕대 같은 것으로 벙거지 바깥 테두리를 처매고 다녔다. 양쪽 귀 위, 벙거지와 붕대 사이에 나무젓가락을 끼워 세웠는데, 그 끝에 색종이만한 국기가 매달려 팔락거렸다.

화랑도 모자에 꽂힌 깃털 같기도 하고 어딘가 어사화 같기도 한 그것은 팔락거리지 않을 수 없었다. 노인은 키도 얼굴도 작았다. 목과 팔이 가늘었다. 걸을 때마다 절로 목이 까딱까딱 흔들렸다. 벙거지에 꽂힌 국기가 따라서 팔락거렸다. 검은 피부의 노인은 언제나 웃는 표정이었다. 웃는 표정으로 굳어 다시는 펴지지 않을 것 같았다. 벌어진 입이 둥글고 깊고 어두웠다. 팔이 짧아서 손은 언제나 긴 소매 속에 감춰져 있었다. 노인은 유난히 추위를 탔고 그래서 수도 없이 옷을 껴입었다. 하지만 워낙 손목과 팔이 가늘어서 헐렁거렸다. 헐렁한 두 팔을 곧장 앞으로 내뻗고, 가위처럼 번갈아 올리고 내리며 아장아장 걸었다. 작은북이라도 치는 모양새였다. 팔의 움직임과 까딱거리는 고갯짓에는 경쾌한 리듬이 깃들었다. 두 발이 아장아장 앞으로 나아가면, 두 팔이 엇갈려 오르내렸고, 고개가 까딱거렸다. 그것은 대단히 단순한 몇 개의 톱니바퀴로만 이루어진 기계의 움직임처럼 보였다. 아니면 줄을 조종해 신체의 모든 부분을 움직이는 마리오네트거나. 노인은 그렇게 앞으로 나아가거나 뒤로 움직였다. 앞으로 네 걸음 나아가고 뒤로 세 걸음 물러나는 식이었다. 시장통은 추위로 얼어붙고 사람들은 웅크린 채 움직이려 하지 않았다. 외투깃 속에 얼굴을 묻고 이를 앙다문 채 겨우 종종걸음 치며 시장통을 지날 뿐이었다. 노인은 그들 사이를 경쾌하게 움직이며 아장아장 앞으로 네 걸음 나아갔다가 뒤로 세 걸음 물러섰다. 쉬지 않고 팔락거리는 국기는 어딘지 공포스러웠다. 최면에라도 걸려 자빠질 것 같았다.

노인의 벙거지에만 국기가 있는 것이 아니었다. 사단법인 축산기업중앙회가 지정한 시장통 초입의 정육점에는 한쪽 벽 전체를 차지하는 거대한 국기가 있었다. 말 그대로 거대했다. 왜들 그러는지 이웅이 알 리 없었다. 매운 족발집 트럭의 운전석 뒷면에도, 낡고 더럽긴 하지만 꽤나 큰 국기가 붙어 있었다. 그들이 그러는 것은, 이웅이 어째서 사진을 찍는 것인지, 그리고 어째서 사진을 보여주지도 팔지도 버리지도 않는 것인지 알 수 없는 이치와 다를 바 없었다. 아이는 가면을 쓰고 여자는 마이크를 마시고 노인은 국기를 팔락거리고 이웅은 사진을 찍을 뿐이었다. 찐빵집 솥은 흰 김을 내뿜고 잔치국숫집 여자는 짜장면보다 안 팔린다고 투덜거리고 떡집 할머니는 젊어서부터 떡 파는 일보다는 거울 들여다보는 일이 우선인 것과 같았다. 한겨울에도 생쥐들은 시장통 후미진 곳을 기어다니고 어떤 집에서는 개미가 나오고 빈대도 나왔다. 그럴 뿐이었다. 그렇다는 걸 이웅은 알았다. 왜 그러는지는 궁금해해도 소용없는 일이었다. 삶도 목숨까지도 다.

이유나 목적 따위와는 상관없이 이응은 당면해 있는 것들을 찍었다. 매번 다시 돌아와 당면하는 것들. 그리고 또 가뭇없이 사라지는 것들. 다시 와도 이전의 그것은 아닌 것들. 딱히 찾아 찍는 것이 아니라, 셔터를 누르면 언제나 그런 것들이 찍혔다. 이응의 사진 찍기는 그런 것이었다. 이응은 추위를 찍었다. 불붙은 페인트 통 난로와 웅크린 시장통 사람들을 찍었다. 대부분의 사람들은 나들이를 삼가고 골목 안 낮은 지붕 아래서 오글거렸다. 쉼터 방 노인들은 등을 굽히고 앉아 칼국수 국물을 후룩후룩 들이켰다. 추위의 기세가 워낙 드세서 추위 이외의 것들은 모두 무기력했다. 무기력한 것들은 온순했고 어딘지 비겁해 보였다. 시장통 사람들은 보온 마스크로 입을 가린 채 겨우 말했고 간신히 웃었다. 시장 바깥쪽에는 겨울바람이 버티고 서서 매섭게 으름장을 놓았다.

이유와 사정이 무엇이든, 그것을 알 수 있든 없든, 사람과 집과 골목과 마을이 온통 거대한 배에 바리바리 실려 우주를 유랑하는 광경을, 이응은 자주 떠올렸다. 눈보라인지 운석우인지를 헤치며 몹시도 추운 은하를 건너는 광경을. 크고 어둡고 깊은 구멍과도 같은, 가없는 허공의 위용을 이응은 떠올렸다. 그럴 때마다 이루 헤아릴 수 없는 적막이 그를 에워쌌고, 딛고 있는 땅이 기우뚱 흔들렸다.

3.

아내는 오늘도 말했다.

안 나가볼 거야?

이응도 어제처럼 말했다.

나가……봐야지.

그리고 이불 속에서 나와 집을 나섰다. 집을 나섰을 때 더는 눈이 오지 않았다. 언제나 그랬던 것처럼 시장통을 걷고 골목의 가면 아이를 불러보고 친구의 집을 들러 중앙역까지 가볼 생각이었다.

집 나간 아버지를 찾아 나서는 걸음이었으나, 아버지가 아니더라도 오후엔 늘 집을 나섰다. 거리를 걷고 사진을 찍었다. 그게 이응의 일이었다. 거기에 아버지의 가출이라는 구실이 얹힌 셈이었다.

아버지의 가출을 환기하는 것은 언제나 아내였다. 아버지에겐 돈이 있었다. 아내와 이응은 돈도 하는 일도 없었다. 그럼에도 절로 살아지게 되는 데는 그럴 만한 이유가 있었던 것이다. 그 이유를 아내는 매우 잘 아는 것 같았고 이응은 아주 어렴풋이 알았다. 잘은 알 수도 없었고 알기도 싫었다.

아버지를 찾는 일이 밖에 나가 사진 찍는 일과 부딪히지 않았으므로 이응으로선 아무래도 상관없었다. 오늘도 아내는 안 나가볼 거냐고 말했고, 이응은 나가볼 거라고 어제처럼 말했다. 그리고 나왔던 것이다. 눈이 멈추니 추위가 더했다. 옷을 많이 껴입었다. 두꺼운 점퍼에 달린 모자를 썼다. 모자 가장자리의 늑대털이 부얼부얼했다. 늑대털이라고 했다. 이응은 중앙역 역사 안에 들어서서야 그 모자를 간신히 벗곤 했다.

아버지에게는 생활의 경계 바깥으로 나가거나 다시 돌아오는 지점이 중앙역이었다. 오로지 중앙역뿐이었다. 때늦게 수전노가 된 아버지는 적지 않은 돈을 끌어안고 혼자 살면서, 몇 해 전에도 까닭을 알 수 없는 가출을 일삼았었다. 어쨌거나 돌아온다면 그때처럼 중앙역으로 돌아올 것이었다. 이응은 매일 대합실에 앉아 두 시간 동안 아버지를 기다렸다. 오늘도 그럴 것이고, 해가 지고 어두워져야 이응은 다시 집으로 돌아올 것이었다. 밤길은 훨씬 더 추울 것이었다.

이응은 곧장 중앙역으로 향하지 않았다. 시장통은 중앙역과 반대 방향이었다. 시간은 많고, 그에 비해 이응의 행선은 그다지 길지 않기 때문이었다. 이응은 집을 나서서 북쪽을 향했다. 시장통을 벗어나면 친구의 집에 다다랐고 그곳에서 서쪽으로 방향을 틀었다. 사직을 지나 석성을 넘고 남쪽으로 난 큰길을 따라 천천히 걸어가면 중앙역이었다. 오늘도 이응의 행선은 어김없을 터였다.

중앙역을 나서면 남산 자락을 끼고 명동까지 걸었다. 보신각을 거쳐 집으로 오는 사이에 날이 어두워지곤 했다. 지구가 일 년마다 태양을 한 바퀴 도는 거라면, 이응은 한나절 걸리는 공전을 날마다 반복했다. 덕수궁쯤을 태양으로.

광화문 추녀 밑을 지나 집에 거의 다다를 즈음에는 몸이 더는 추위를 견디지 못했다. 어두워 사진 찍는 일도 시들해졌다. 그러면 이응은 오늘도 어깨를 움츠리며 심상치 않은 기침을 해댈 것이다. 까맣게 잊었던 무언가를 문득 깨닫듯이 기침을 할 것이다.

아버지에게는 두 명의 여자가 있었다. 대지주의 아들로 태어난 아버지는 거의 모든 재산을, 평생에 걸쳐, 나중 여자에게 바쳤다. 이응의 어머니는 이응 아래로 1남 1녀를 더 낳고 서른둘에 죽었다. 나중 여자는 자식이 없어서였는지 오랜 세월 돈만 차분히 빼내서 튀었다.

최근에서야 세번째 여자가 있었다는 사실이 드러났다. 돈을 싹싹 긁어 튄 것은 두번째가 아니라 세번째라는 사실도 함께 드러났다. 아버지가 툭하면 가출하는 까닭도 세번째 여자를 찾기 위해서라고 했다. 이 모든 얘기는 아내가 이응에게 들려준 것이었다. 싹싹 긁어 튀었다는데도 남은 돈이 지금 그 정도인데 말이야…… 아내가 말했다. 도대체 그 세번째가 갖고 튄 돈이 얼마였겠느냔 말이야 글쎄. 이응은 그런 게 다 어렴풋했다. 돈이 아니라, 세번째 여자가 그리워 그토록 가출하는 것은 아닐까 혼자 생각해볼 뿐이었다. 언젠가 아버지가 했던 뜻 모를 말이 떠오르기도 했다. 속아도 꿈결 속여도 꿈결, 나는 하여간 허울 좋게 말하자면 망명해야겠다……

아버지에게는 아버지의 이유가 있고 아내에게는 아내의 해석이 있겠으나, 이응에겐 그 모든 이유와 해석마저 거대한 배에 한꺼번에 실려 끝없는 허공의 우주를 하릴없이 유랑하는 것처럼 느껴졌다. 광막한 어둠 속에서. 이응은 아무려나 그런 광경을 떠올리며, 셔터를 누르며, 시장통을 어슬렁어슬렁 지났다.

급해서팝니다점포하나에1억5천이구요매월136만원씩월세받아요전철역바로옆즉시등기이전01026217865.

이응은 전봇대 종이에 코를 박고 몇 차례 거듭해 읽었다.

급해서팝니다점포하나에1억5천이구요매월136만원씩월세받아요전철역바로옆즉시등기이전01026217865.

이응은 사진을 찍거나 얼어붙은 하늘을 응시하거나 나붙은 종이의 것들을 소리내어 읽었다. 글을 읽을 때는 그의 목소리에서 고저와 장단이 일시에 사라졌다. 책받침처럼 평평해졌다. 그에게 말과 글은 그런 식으로 확연히 다른 것이었다.

점포하나에보증금1억5천이고월세가136만원이라는건가아니면매

매가가1억5천이고그걸세놓으면다달이136만원수익을올릴수있다는 건가.

이응은 부동산 시세를 몰랐다. 그는 읽듯이 중얼거렸다.

기능성화장품천연에센스꿀피부기미잡티없는하얀얼굴집에서만든 수제천연비누율무비누보습노화방지쪽비누진정항균여드름.

이응은 걸음을 옮겼다.

신축관계로이사갑니다통인동오거리가기전중국집건너편으로요중앙부동산불편을드려죄송하오며변함없는사랑부탁드립니다꼭방문해주세요중앙부동산조강희올림.

읽고 사진을 찍었다. 시간이 지날수록 날은 추워졌고 사람들은 점점 더 두꺼운 외투 속으로 기어들었다. 위태롭게 직립한 커다란 애벌레들이 어렵사리 꿈틀거리며 도심의 겨울 뒷골목을 지나다니는 것 같았다.

변함없는사랑부탁드립니다꼭방문해주세요, 라고 다시 읽던 중 이응은 어딘가에서 들려오는 예에…… 라는 대답을 들었다.

그것은 대답이 아니었다. 어느새 커피 볶는 집 앞에 당도했음을 알리는 신호음 같은 것이었다. 예에…… 커피 볶는 집 앞에는 북청 물장수의 물통같이 생긴 빈 생두 통이, 추녀까지 세 줄로 쌓여 있었다. 그 한편에, 버려진 폐기물 같은 사내가 붙박이로 웅크리고 있었는데 그는 삼십 초마다 한 번씩 예에……라고 말했다. 그의 음성은 낮고 차분하고 굵었다. 소리는 추녀까지 쌓아올린 생두 통과 기묘하게 공명하며 공중으로 퍼졌다. 예에…… 휴대전화를 쥔 그의 왼손은 언제나 왼쪽 귀에 닿아 있었다. 고개를 푹 숙인 채 늘 통화중이었다. 예에…… 그 말 말고는 없었다. 그는 삼십 초마다 그 말을 반복했다. 목소리는 낮고 차분하고 매우 진지했으며 놀랄 만큼의 여유가 있었다.

사내가 기대앉은 벽 안쪽은 열풍식 커피로스터가 자리한 곳이었다. 한겨울에도 벽이 따스한 모양이었다. 커피로스터가 아니라면 한두 시간 안에 냉동이 되고도 남을 추위였다. 그가 자신의 음성에 스스로 취한 사람이라면 그곳이 최적의 자리일 것이라고 매번 생각하며 이응은 사진을 찍었다. 원리를 알 수는 없었으나 세 줄로 쌓아올린 빈 생두통은 사내의 음성을 믿기지 않을 만큼 구수하게 로스팅했다.

사내 이전에는 젊은 여성의 자리였다. 여성도 그곳에 웅크리고 앉아 종일 통화했다. 사내는 예에…… 하고 듣는 편이었지만 여성은 쉬지 않고 말하는 쪽이었다. 그래서인지 사내보다는 덜 추워 보였었다. 옷차림도 깨끗했다. 1차 서류전형에 합격한 입사 지원자에게 2차 면접을 위한 정보를 통보하는 내용이었다.

저희 회사에 입사 원서를 제출하셨었지요? 아 네, 그러니까요. 그러게요. 응, 그렇죠. 예, 호호. 그래서 내일 면접 날짜와 장소를 알려드리려구요. 벌써부터 긴장되나봐, 호호. 먼저 준비해주실 게 있어요. 받아 적을 수 있죠? 응, 음. 1차 합격자에 한해서 최종 학교 졸업증명서와 성적증명서가 추가로 필요하거든요. 예, 응. 그렇지요. 시간 없는 건 알아요. 알죠, 물론. 하지만 인터넷으로 다 되잖아. 되잖아요. 알면서. 그러니 지금 전화 끊자마자 어서 빨랑, 알았죠? 호호. 그래. 응. 그건 급이 다른 프라이버시에 해당하니까 1차 서류심사에는 첨부를 요구하지 않았던 거구요. 예, 예. 호호, 그렇지요. 응, 응. 잘 아시는구나. 역시. 응, 응. 아니. 예, 맞아요. 신사역 1번 출구로 나오면 롯

데시네마가 있어요. 아, 시골이라 하루 일찍 와야겠구나. 집이 시골이었구나. 시골이었어. 시골. 면접이 아홉시부터거든. 예, 예. 오, 그러면 되겠구나. 역시 센스쟁이인 것 같아. 서울 지리는 잘 알아요? 그래그래. 그러면 되지 뭐. 걱정할 거 없어. 복장은 정장이 아니어도 돼요. 간편한 복장이 더 좋지 뭐. 응, 응. 에이, 그러시구나. 응, 응. 면접 보나마나 합격이시겠네……

여성은 추위 속에서 매일 수백 명에게 동일한 내용을 통보했다. 통화 내용이 저절로 외워졌다. 어느 날 여성이 자취를 감추고 사내가 그 자리를 차지했다. 사내가 차지하게 되자 그 자리는 처음부터 사내의 자리였던 것 같았다. 여성은 또다른 어떤 곳에선가 오늘도 여전히 2차 면접 통보를 하고, 그 전화를 이곳의 사내가 혼자 다 받으며 종일 예에…… 하는 것인지도 몰랐다. 그럴지도 모른다고 이응은 생각했다. 아무려나 상관없었다. 아무리 추워도 벽은 따뜻하고, 입을 열어 소리를 내면 생두 통이 근사하게 공명한다는 사실이 그곳에 있을 뿐이었다. 그들이 왜 그곳에 있다가 혹은 없어지며 어째서 똑같은 말을 종일 반복하는 건지는, 선생이 학교에서 늙도록 수학을 가르치고 신발 장수가 평생 신발을 팔며 사는 이유처럼이나 이응에겐 알 수 없는 것이었다.

저만치 친구 집의 대문이 보였다.

4.

물려받은 것이라고는 달랑 장독 하나뿐이라고 아내는 가끔 말했다. 옹기의 키는 이응의 배꼽에 닿을 만큼 컸다. 실제로 이응은 옹기와 키를 재곤 했다. 불룩한 옹기의 몸이 허벅지며 사타구니에 슬그머니 와 닿는 감촉이 좋았다.

그런 장독이 마흔 개도 넘는 집안이었다고 아내가 말했으나 이응은 아내의 말뜻을 헤아리지 않았다. 그런 말을 할 때마다 아내는 매우 분하다는 표정을 지었다. 마흔 개 중 하나가 어째서 이쪽 방 귀퉁이에 놓인 건지 이응은 궁금하지 않았다. 방에 비해 옹기가 너무 크고 옹기에 비해 방이 너무 작다는 생각만 들었다.

이응은 그 안을 필름통으로 채웠다. 단 한 개의 필름도 다시 꺼낸 적이 없었다. 필름에 담긴 시간은, 순간 혹은 찰나는, 장독 안에 고인 채 장처럼 익어가는 거라고 생각했다. 익어간다는 말의 뜻을 이응은 아내에게도 설명한 적이 없었다. 말로 할 수 없는 것이라고 여겼다.

옹기의 안쪽은 깊고 둥글고 어두웠다. 그런 것이 옹기였다. 이응은 팔을 뻗어 손끝으로 옹기 안쪽 벽을 오랫동안 더듬곤 했다. 오래된 물건이었으나 벽면은 유약으로 번들거려 매끄러웠다. 바깥에 비해 속 표면은 균일하지 않았다. 우둘투둘하거나 울룩불룩한 느낌이 옹기의 제조과정을 떠올리게 했다. 침전된 흙을 맨발로 오래 밟아 반죽하고, 숙성시키고, 부드러워진 흙을 가늘고 길게 늘여 차츰 둥그렇게 쌓아올리는 자신을 이응은 상상했다. 한 켜 한 켜 높이를 더해갈 때마다 따라서 깊이와 어둠도 더해갔다. 미처 굳지 않은 옹기의 말캉한 속살이 물기 묻은 손끝에서 미끈거렸다.

옹기가 서서히 숨을 들이켜는 것 같았다. 깊이 들이켜며 어둠의 용적을 한껏 넓혔다. 더는 넓힐 수 없을 만큼 팽창했다. 무엇이든 다 빨아들일 것 같았다. 들숨의 끝점에서 옹기는 숨을 멈추고 굳었다. 굳었으나 맹렬한 팽창의 기운과 갈망은 보고 만질 때마다 확연히 느껴졌다. 이응은 깊고 어두운 구멍 속으로 곤두박질쳐 빨려들어가고 싶었다. 그러고 싶을 때마다 급히 오줌이 마려웠다. 다만 그곳에 필름을 넣고 넣고 넣을 뿐이었다. 카메라가 거머쥐었으리라 생각한 시간들로 그곳을 채울 뿐이었다. 생모는 젊은 나이에 죽었다. 이응은 아내를 안아본 기억이 없었다.

친구의 집은 잠겨 있었다.

여보게, 나 왔네.

이응은 시린 손으로 대문 문고리를 잡고 두어 번 두들겼다.

나일세. 있는가? 여보게.

외칠 때마다 허연 입김이 펄펄 나왔다. 친구의 집은 죽은 나무처럼 침묵했고, 문패도 없었다. 늘 그랬다. 초등학교 입학 때 알게 된 친구였다. 오랫동안 한 동네에 살았다. 체구가 몹시 작았다. 그림을 그렸는데, 캔버스 앞에 앉은 그의 모습은 필름 담긴 장독의 반에도 못 미쳤다. 하지만 친구야말로 작고 빛나고 오달진 진짜배기 옹기라고 이응은 생각했다.

이응이 요양차 어딘가의 온천에 묵을 때, 기어이 찾아와 술을 먹이던 친구였다. 온천 여관 한등 아래 밤이면 늘 억울해하던 때였다. 친구가 아니었다면 온천에 가기도 전에 죽었을 이응이었다. 이응은 늘 아팠다. 이응은 목숨의 일부를 친구에게 빚지고 있다고 항상 생각했다. 그의 그림과 너스레와 술은 곧 죽어도 좋을 명품 세트였다. 이응은 그것 때문에 삶을 연장시킬 수 있었다고 굳게 믿었다. 그와 함께라면 술을 마다하지 않았다. 둘은 세상에도 없이 현란하고 아기자기하였다.

그런 그를 볼 수 없었다. 철제 문고리가 나무 대문에 덜컥덜컥 소리를 내며 부딪쳤다. 골목을 휘젓는 12월의 차갑고 마른 바람이 이웅의 여린 발목을 할퀴었다. 하늘이 어두워지기 시작했다. 눈발은 날리지 않았다. 이웅은 어깨를 추어올렸다. 어디로 갔을까. 친구는 어디로 간 걸까. 중얼거리다가 이웅은 비로소 방향을 바꾸었다. 어제처럼 서쪽을 향했다.

좁은 골목에 행인이라고는 이웅뿐이었다. 매서운 바람이 끈질기게 따라붙었다. 고통에 가까운 추위가 아니라면 자신의 생존 여부마저 의심될 만큼 기괴하게 조용한 골목이었다. 추위와 적막만 남은 미로. 사실은 언제나 그랬다. 이웅은 서둘러 조금 큰길로 나섰다. 헐벗은 가로수들이 보이기 시작했다. 추위 때문에 영화루와 형제이발관은 더 남루했다.

두 건물에 잇닿아 있는 오래된 사진관에 들러 이웅은 카메라를 내려놓았다. 팔려는가? 사진관 주인이 물었고 이웅은 고개를 끄덕였다. 군사용이구만, 이거. 주인은 중얼거리며 카메라 뒷 덮개에 붙일 흰 종이쪽지에 12월 12일이라고 오늘 날짜를 적었다. 정말 추운 날이야, 안 그런가? 역시 혼자 중얼거리며 쪽지 뒷면에 1936년이라고 적었다. 이웅은 뒤늦게, 그럴 일밖에 없다는 듯이 고개를 끄덕였다. 카메라 멜빵에서 놓여난 뒷목이 칼에 베인 것처럼 서늘했다. 이웅은 숫자 12와 12를 내려다보며 손바닥으로 뒷목을 쓰다듬었다.

사진관을 나와 차가운 바람 속을 거닐면서도, 카메라를 팔지 않으면 안 되었던 이유 따위는 생각하지 않고, 계속 12와 12를 떠올리며 뒷목을 쓰다듬었다. 뒷목엔 좀처럼 온기가 돌아오지 않았다.

이웅의 이쪽 방에 걸린 달력에도 아내의 저쪽 방에 걸린 달력에도 숫자라고는 온통 1과 2뿐이었다. 1936 같은 것도 1과 2의 중첩이거나 반복으로 보였다. 아무리 봐도 이웅에겐 그렇게 보여서 이웅은 그렇게 알았고 그렇게 기억했다. 달력 속의 시간은 그러니까 1과 2 사이를 오가며 그렇게 겹치고 그렇게 흘렀다. 1이 2여도 상관없어서 2가 1로도 읽혔다. 그러므로 모든 것이 1과 2 사이의 흐름에서 생성되거나 소멸하되 거기엔 순서 같은 게 없었다. 세상은 오고가고 겹치며 어딘가로 흘러가거나, 앞뒤 없는 거대한 허공 한가운데 둥둥 떠 있거나 했다. 이웅은 그런 사정들이 궁금하지 않았고 궁금할 수도 없었다. 1과 2의 순서 없는 반복을 떠올리며, 아무려나 추운 길을 오늘도 걸을 따름이었다. 걷다가 이웅은 무언가를 보았다. 카메라가 매달려 있던 명치께가 허전했다. 손도 허방을 짚는 듯했다. 이웅은 읽을 수밖에 없었다.

참기름고마아부라이만삼천원참깨고마삼천원들기름애고마아부라만사천원들깨차애고마챠사천원고춧가루토우가라시코나육백그람만사천원보리차무기챠삼천원.

5.

중앙역을 나서면 언제나 깜깜했다. 집을 향해 이웅은 걸음을 옮겼다. 대한문 쪽으로 곧장 가지 않고 남산 아랫길을 따라 명동 방향으로 우회했다.

아버지는 오늘도 돌아오지 않았다. 중앙역 대합실 창문이 모두 어두워지는 때를 기다려 이웅은 긴 나무의자에서 몸을 일으켰다. 역에 들어서며 벗었던 외투의 모자를 역광장으로 나서며 다시 썼다. 늑대털이 바람에 날리며 눈썹을 간지럽혔다.

느린 걸음으로 명동과 보신각을 에둘러 돌아가도 아내는 생동생동한 표정으로 불만을 드러냈다. 더 늦게 귀가하길 바랐다. 자신이 집에 없는 동안 아내가 무얼 하는지 그는 알지 못했다. 아내에게 직업이 있었던가. 이응은 아내의 직업이 무엇인지 알 수 없었다. 알고 싶지도 않았다. 집에는 언제나 아내 혼자였다. 계집의 얼굴이란, 이응에겐, 양파였다. 암만 벗기어도 마지막에 아주 없어질지언정 정체는 안 내놓느니……

방안에는 내객이 남기고 간 낯익거나 낯선 남성 화장품 냄새가 열게 떠다녔다. 이응은 상관하지 않았다. 웃어야 할 터인데 근육이 없었다. 울려 해도 근육이 없었다.

어둠이 내린 거리는 낮보다 훨씬 추웠다. 그 또한 언제나 그랬다. 이응은 묵묵히 걸었다. 길을 걷는 이들 모두 말이 없었다. 웅크린 채 눈만 내놓고 앞으로 앞으로 나아갔다. 어딘가로 흘러갔다. 목적지도 없이, 그렇게 가다가, 시나브로 멸실되고 말 것 같은 사람들이 길을 걸었다. 이응은 그들과 함께 걸었다. 밤 추위로부터 몸을 보호하는 것만이 전부인 것 같은 사람들과. 그러나 장엄하게.

적막한 밤길은 적막해서, 오히려 있지도 않은 소리를 불러왔다. 말하는 이 하나 없어서, 오히려 많은 말들이 바람과 함께 길 위를 굴렀다. 얼어붙은 하늘이 하도 꽝꽝 얼어서 이제 곧 유리처럼 부서져내리고야 말 듯, 우우우웅 마지막 울음을 길게 토했다. 그런 소리가 들렸다. 내딛는 땅 아래로 기다란 기관차가 전기톱 소리를 내며 끝도 없이 지나갔다. 말소리도 멈추지 않았다. 1차 서류심사에 합격하셨습니다.

예에…… 그런 소리가 들렸다. 아, 시골이라 하루 일찍 와야겠구나. 집이 시골이었구나. 시골이었어. 시골. 면접이 아홉시부터거든. 예에…… 토지 등 도로가 없거나 구분이 명확하지 않은 부동산 거래에 해당한다니까, 그건. 예에…… 국내 금융사들도 유언대용신탁 상품을 운용하고 있다는 거야. 알아들어? 예에…… 군사용이구만, 이거. 예에…… 그런 소리였다. 마이크 마시는 여자는 마이크를 마시고, 국기 까딱거리는 노인은 국기를 까딱거렸다. 그런 소리와 서슬들이 어둠과 추위와 적막에 뒤섞여 분열하는 병정처럼 길 위를 진군해갔다.

희끗희끗 눈발이 날리기 시작했다. 너무도 오래 너무도 똑같은 길을 걸었다고 이응은 생각했다. 길은 끝날 것 같지 않았다. 매일 반복되는 오후의 행선이 곧 은하며 구멍이었다. 가없는 어둠 속으로 유성우처럼 눈이 내렸다. 도무지 알 수 없는 방향으로, 무언가가, 그러나 모든 것이, 도저하게 흘러갔다. 이응은 그 아득함의 와중에 있었다. 그저 추울 뿐 자신의 현재가 괴이쩍거나 슬프거나 외롭게 느껴지지 않았다. 설령 그렇게 느껴지더라도 밤 추위는 아무것도 아랑곳하지 않았다.

중앙역 내부는 춥지 않았다. 많은 사람들이 추위를 피해 중앙역 대합실로 모여들었다. 잠깐 추위를 잊으면서 그들은 삶의 시름을 잊고 졸거나 잡담을 나누었다. 주먹밥을 먹거나 찐밤을 까먹었다. 시름 따위야 저 바깥의 일이라는 듯이. 나중이야 어찌되어도 좋다는 듯이. 돌아갈 행성이라도 있다는 듯이. 시간을 마음대로 앞서거나 거스르며 원하는 플랫폼에 정차해주는 열차를 예약했다는 듯이. 이미 그런 영원한 항행을 시작했다는 듯이.

대합실을 차지한 사람 중 어딘가로 떠나거나 돌아오는 사람은 반도 되지 않았다. 그나마 아버지는 없었다. 아버지가 돌아오지 않음으로써 이응이 내일 또다시 중앙역에 와야 할 이유가 되었다.

아버지의 귀가는 아내의 희구일 뿐이었다. 아버지가 돌아온다고 해서 뭐가 달라지는지 이응은 알지 못했다. 아버지라는 사람은 언제나 외출중이었다. 어머니가 살아 있을 때도, 오랜 투병중에도, 그리고 새어머니와 함께일 때도 아버지는 곁에 없었다. 아버지의 부재가 더 자연스러웠다. 그런 아버지를 찾아 나설 이응이 아니었다. 아버지가 돌아와야 하는 이유도, 오후에 집을 비워줘야 하는 이유도 아내에게 있었다. 처음부터 아버지와 아내와 자신이 각기 다른 배를 타고 다른 어둠의 세계를 떠도는 건지도 모른다고 이응은 생각했다.

아버지에게서 물려받은 것이 달랑 장독 하나뿐이라고 말하는 아내가 모르는 사실이 있었다. 응이라는 이름도 아버지가 물려준 것이었다. 너무도 특별해서 집안의 가보처럼 몇 대를 이어져오던 이름이었다니 말 그대로 '물려받은' 것이 아닐 수 없었다. 더는 후대를 위해 남겨두지 않고 자식 이름으로 호적에 올린 것이 아버지였다. 누구에게 들은 기억도 없이, 이응은 그 사실을 강력한 기시감으로 알아차렸다. 날이 추워질수록 기억보다 더 명징해지는 것이 이응의 기시감이었다. 중앙역 대합실 안에서, 창문이 어두워지기를 기다리며, 이응은 아버지를 떠올렸다가 지우고 떠올렸다가 지웠다. 그럴 일밖에 없었다. 그의 명치도 뒷목도 더는 카메라를 기억하지 않았다.

집에 가까울수록 날은 더 추워졌고 기침이 쏟아졌다. 이응은 보신각을 들러 조계사 옆길을 지났다. 매번 광화문 추녀 밑을 지날 때 시작되는 기침은 갈수록 격해졌다. 옆구리가 결렸고 생철을 삼킨 듯 목구멍이 새큰거렸다. 뜨거워진 이마 위로 눈이 내려와 부딪혔다. 그럴수록 정신만큼은 은화처럼 맑았다. 십 년 긴 세월을 두고 세수를 할 때마다 자살을 생각해왔다는 사실이 맑은 정신 한가운데를 빠르게 가로질렀다. 그러나 그것을 결심하는 방법도 결행하는 방법도 아직 알지 못하노라 중얼거리며 그는 광화문 처마 밑을 지났다.

언제나 광화문 앞을 문-화-광 방향으로 지났다. 광-화-문 순으로 지나지 않았다. 돌아오거나 오가는 법도 없었다. 언제나 문-화-광, 일방이었는데도 이응은 매일 그 앞을 다시 지나게 되었다.

장사를 마친 빈 수레들이 어두운 길가에 줄지어 물구나무서 있었다. 쇠사슬로 서로의 몸을 묶은 손수레의 그림자가 마른 길바닥에 희미하고 어지럽게 널브러져 있었다.

허공에 뜬 바퀴 사이로 수레의 초라한 뱃구레가 들여다보였다. 급소를 무방비로 드러낸 것 같아 안쓰러웠으나 밤이었다. 어둠은 초라하고 보잘것없는 것들을 모두 덮어주었다. 집에 가까워질수록 길은 더 좁아지고 더 어두워졌다. 이응의 집은 그런 곳에 있었다. 삼양 공업사 간판을 지나고 체부동 술집을 돌았다. 정일 지압원이 보이면 다 온 거였다.

어제와 다르지 않은 시각이었다. 아내의 표정도 어제와 다르지 않을 것이었다. 그런데 집의 대문이 보이지 않았다. 키보다 높은 푸른 담장이 가로막고 있었다.

어둠 때문에 푸르게 보였을 뿐, 집을 온통 에워싼 그것은 평평하고 매끄럽고 흰 패널 거푸집이었다. 바닥을 딛고 선, 완전하고 완강한 수직. 이응은 거푸집에 손을 뻗었다. 낯선 감촉이 추위보다 무섭게 손끝을 옥죄었다. 어두운 하늘 아래로 지붕의 용마루 기와가 겨우 모습을 드러낼 뿐이었다.

이응은 얼마 동안 우두커니 서 있었다. 집 쪽으로는 한 발짝의 진입도 허용되지 않았다. 버티고 선 거푸집의 위용은 크기도 높이도 아닌, 너무도 낯선 그것의 재질에서 뿜어져나왔다. 백화점의 벽처럼 매끄럽고 평평했다. 그 벽 한가운데에 공책 크기의 종이 한 장이 붙어 있는 것을 발견했다. 이응은 늑대털 모자를 벗고 고개를 내밀어 작은 글씨들을 읽기 시작했다. 이응의 코끝이 그것에 닿을락 말락 했다.

공사개요공사명통인동이응의집중축공사공사위치서울시종로구통인동154-10공사기간2013년08월19일-2014년01월14일시행기관재)아름지기감리사주)SSWA소장이지은시공사주)창크소장김판수담당은희명01046994033.

이응은 어둠 속에 서서 작은 글씨를 오래오래 읽었다.

동네는 잔뜩 웅크리고 있었다. 사람들은 그 속에서 이유도 없이 언제까지나 오글거렸다.

바람이 불고 추웠다. 몹시 추웠다. 세상에 분명한 건 그것뿐이었다.

아닌 여름

여름은 지나간다

집안은 어둡고, 집밖은 밝았다.

여름 한낮.

집안의 하가 나무의자를 끌어다 작은 유리창 아래에 바투 놓았다. 한 손으로 의자 등받이를 짚고 조심스레 앉았다. 유리창은 안과 밖, 어둠과 밝음 사이에 붙어 있었다. 하는 등을 펴고 목을 펴고 턱을 들어 바깥을 내다보았다. 러닝셔츠 차림이었다. 깡마른 검은 어깨가 번들거렸다.

마당가의 무성한 산벚나무와 층층나무가 바람에 흔들렸다. 멈추었다가 흔들리고 다시 멈추었다가 흔들렸다. 하는 그것을 바라보았다. 푸른 이파리 사이로 하오의 여름빛이 부서져내렸다. 마당 한가운데 고인 빛 웅덩이가 눈부셨다. 하의 눈에 눈물이 고였다.

모레는 전국에 비가 내리겠습니다. 오늘도 전력 수급 상황은 그다지

좋지 않습니다.

또한 여름 한낮.

하가 등을 보인 채 바깥을 내다보았다. 십자형 곧은 막대가 사등분한 창문 유리는 오래된 먼지로 탁했다. 햇빛은 없고 바람만 불었다. 바람에서 비냄새가 났다. 층층나무와 산딸나무가 같은 날 하얀 꽃을 피웠다는 걸 하는 기억했다. 마당가에는 많은 나무가 자랐다. 나무들은 계곡과 능선으로 끝없이 이어졌다. 수백 년 된 팽나무 한 그루가 마당 끝을 지켰다. 빗방울이 떨어지기 시작했다.

하의 발치에 주먹만한 붉은 흙덩이가 떨어졌다. 오래된 벽은 이따금 한숨처럼 마른 흙덩이를 떨구며 딱 그만큼의 소리를 냈고 그만큼씩 더 늙어갔다.

장관급회담 개최라는 큰 틀에서 합의를 보고도 세부 쟁점에서 견해차를 좁히는 데는 적지 않은 난항을 겪고 있습니다.

또한 여름 한낮.

여전히 집안은 어두웠고 집밖은 밝았다. 하는 창문 밑 그 의자에 앉았다. 자투리 널빤지에 못을 박아 만든 의자는 표면이 거칠었다. 거칠었으나 오랜 세월 손때가 묻어 검고 반들거렸다. 이따금 새소리가 들릴 뿐 바깥엔 바람 한 점 없었다. 모든 것들이 묵묵히 폭염을 견디듯, 하도 등을 보인 채 꼼짝하지 않았다. 온몸이 혹투성이인 마당 끝 팽나무도 지쳐 보였다.

하의 눈에서 질금질금 눈물이 흘렀고 듬성듬성 검버섯 핀 수척한 목덜미에 땀이 어렸다. 땀은 늘어진 러닝셔츠를 천천히 적셨다. 이마에는 바깥의 빛이 비쳐들었고 등과 어깨에는 집안의 어둠이 스며들었다. 하는 더운 숨을 고르게 쉬었다. 나무도 새도 계곡의 어름치도 간신히 숨만 쉬는 여름 한낮이었다.

땀에 젖은 하의 어두운 등으로 파의 음성이 날아와 얹혔다.

"자셔요."

파는 늘 그랬다. 먹을 것을 탁자에 올려놓으며 하에게 하는 말이었다. 그 한마디밖에 안 하는 날이 많았다.

하는 의자에서 일어나 창을 떠났다. 식탁까지 여남은 발짝을 오래오래 걸어 당도했다. 하도 파도 여간해서는 끼니를 거르지 않았다.

접시에는, 너무 잘 씻어서 반들반들 윤기가 도는 죽은 시궁쥐 한 마리가 담겨 있었다. 그 옆에는 겨자간장 종지가 놓였다. 하는 오랫동안 그것을 내려다보았다. 그리고 식탁을 떠나 다시 창가로 향했다.

의자에 앉았다가 하는 다시 일어섰다. 턱밑으로 땀이 주르륵 흘렀다. 탁자로 다가가 리모컨을 움켜쥐었다. 혼자 떠드는 텔레비전을 끄고, 오래 걸어 하는 다시 창가로 갔고 그곳의 의자에 앉았다.

파는 돼지우리의 돼지를 살폈다. 돼지의 불룩한 배가 더위에 축 늘어졌다. 파는 층층나무 그늘을 지나 고추밭으로 향했다. 발을 내디딜 때마다 숨이 턱에 닿았다. 비뚤어진 고추 지지대를 바로 세우고 느슨해진 비닐끈 매듭을 풀고 다시 맸다.

짧게 움직이고 오래 멈춰 숨을 쉬었다. 햇빛으로 백지장 같아진 빈 마당을 가로질러 추녀로 향했다. 머리를 뒤덮은 흰 머리카락이 수백 송이의 산딸나무 꽃처럼 엉겨 빛났다. 집안으로 들어선 파는 한참을 꼼짝 않고 서 있었다. 깜깜했던 눈에 창문이 보이고, 하의 등이 보였다. 함지박에 가득 담긴 실타래도 눈에 띄었다. 표백제 냄새가 봉당을 떠다녔다.

오늘도 전력 수급 상황은 그다지 좋지 않습니다.

교미는, 잘되었다. 파는 쌀겨와 뜨물을 돼지 여물통에 부어주었다. 교미는 잘되었어. 돼지의 등을 긁고 두드리고 가만가만 배를 쓸어주었다. 파는 매일 그 일을 거르지 않았다. 이웃 마을 고씨가 고마웠다. 고씨는 넉 달 전, 종톹을 몰고 와 접붙여주었다.

고추는 대만 자라고 가지와 이파리가 부실했다. 왜 그럴까. 파는 고춧잎을 바라보고 또 바라보았다. 이즈막엔 꽃이 피어야 쓰지. 평생을 바라본 밭을, 아무려나 또 바라보았다. 그리고 흐린 하늘을 올려다보았다. 왜 그럴까. 파는 하늘에 물었다. 빗방울 하나가 파의 이마에 대답처럼 떨어졌다.

마당을 가로질렀다. 날이 흐려 눈부시지 않았다. 세 아름이나 되는 팽나무가 검게 서 있었다. 흐린 날 파의 머리카락은 층층나무 꽃술처럼 가닥가닥 선명했다. 집안으로 들어섰다. 표백해 봉당 한쪽에 쌓아놓은 실타래가 그녀의 머리카락 같았다. 창문에 앉은 하의 모습이 보였다.

견해차를 좁히는 데는 적지 않은 난항을 겪고 있습니다.

돼지의 배가 전날보다 좀더 불렀다. 음부도 더 붉게 부었다. 고씨가 접붙여주었던 건 지난 2월이었다. 고씨는 돼지 밑으로 들어가 맨손으로 종톹의 생식기를 잡고 땀을 흘렸다. 그것은 찾아들 곳을 제대로 찾아들지 못했다. 돕는 고씨의 손이 정액으로 번들거렸고 그의 어깨와 목덜미에서 무럭무럭 김이 올랐다.

돼지는 넉 달마다 여덟 마리씩 새끼를 쏟아냈다. 신기하고 고맙고 무서웠다. 파는 평생 수백 마리 새끼 돼지를 키워냈다. 그것들을 일일이 받아내고, 먹이고, 팔고, 또 받아내며 늙었다. 오로지 그러며 늙었다.

두 마리 누룩뱀이 계곡 쪽으로 빠르게 기어갔다. 개구리들이 놀라 물로 뛰어들며 민들레 씨앗을 건드렸다. 홀씨가 물위에 눈처럼 흩어졌다. 파는 닭장에 들러 달걀을 살폈다. 뱀은 종종 달걀을 통째로 삼켰다. 파는 뱀을 쫓으며 닭을 키우고 개를 키우고 돼지를 키웠다. 숱한 밭작물을 키웠다. 아들을 키웠다. 그것들을 키우지 않으면 시간이 흐르지 않았다. 실타래를 삶고 표백하고 염색하고 빨고 밟고 짜고 말리고 털지 않고는 나이를 먹을 것 같지 않았다. 세월이 멈출 것만 같았는데, 파는 무엇보다 그것이 가장 무서웠다.

파는 고래고기를 잘 씻어 찜통에 쪘다. 더위와 화기로 파의 얼굴이 발갛게 익었다. 숨이 턱에 차오를수록 고르게 쉬려고 애썼다. 큰 항구도시에 사는 아들이 보내준 고기였다. 태어나 처음 먹어보는 건데 참 맛이 좋다고 하가 말했고, 태어나 처음 보는 아버지인데 참 낯설지 않다고 아들이 말했다. 그들이 처음 만난 것은 일 년 전이었다. 아들은 종종 고래고기를 부쳐왔다.

"자셔요."

겨자간장과 함께 고기를 탁자로 옮겼다.

하는 고기를 바라보기만 하고 먹지 않았다. 창가 의자로 되돌아가 앉았다. 그는 바깥을 내다보았다. 집안은 어둡고, 집밖은 밝았다. 얼마 뒤 텔레비전이 꺼졌다. 뚝, 하고 꺼졌다. 소리가 죽자 집안의 어둠이 한결 짙어졌다. 파는 나머지 고래고기를 잘 씻어 갈무리했다.

하는 동굴 앞에 섰다. 집에서 동굴까지는 이십여 분 걸렸다. 하는 천천히 걷고 쉬며 날마다 동굴에 당도했다. 동굴이라기보다는 돌 절벽에 난 크고 둥근 구멍이었다.

입구는 두 길이 넘었다. 구멍은 곧고 깊고 완벽하게 둥글었다. 절벽에 깊이 박혔던 거대한 오이나 가지가 어느 날 불현듯 쑤욱 뽑혀나온 자리 같았다. 구멍은 약간 하늘을 향했다. 오연하게 허공을 우러르는 듯했으나 하가 그 구멍에서 매번 느끼는 것은 갈망이었다. 무슨 갈망인지는 알 수 없었다.

뚫려 있기보다는 한껏 벌리고 있는 게 구멍이었다. 무엇이든 빨아들일 것같이 동굴은 크고 깊고 어두운 갈망을 품고 있었다. 하는 동굴 앞에 서서 하늘을 올려다보았다. 안으로 들어가본 적은 없었다. 절벽에 드리운 커다란 나무 그림자를 바라보고, 더위를 식히며, 막대 지팡이를 휘둘러 날벌레를 쫓았다. 그러고는 또 오래오래 동굴을 바라보았다. 그늘도 바람도 좀처럼 더위를 어쩌지 못했다.

열대여섯쯤 먹은 남자아이가 야구방망이를 어깨에 메고 하의 곁을 지나쳤다. 질겅질겅 씹던 뽀리뱅이 풀대궁을 하의 발치에다 아무렇게나 뱉었다. 소년은 오래된 나무 곁을 지나치듯 하를 스쳐지나갔다. 소년의 등에 단풍나무 그늘이 어룽거렸다. 검은 얼굴과 목덜미에 땀이 흘렀다.

언젠가 처음 소년과 마주쳤을 때 소년은 굵고 실한 물푸레나무 몽둥이를 갖고 있었다. 소년은 가끔씩 그렇게 나타나 하의 곁을 지나쳤다. 인사도 말도 눈길도 나누지 않았다. 소년이 사라지고 얼마간 시간이 지나면 소년이 사라진 숲 안쪽에서 퍽, 퍽, 거리는 소리가 들렸다. 언제나 그랬다. 하는 그 소리가 무슨 소리인지 알지 못했다.

물푸레나무가 알루미늄 야구방망이로 바뀐 지는 얼마 되지 않았다. 알루미늄 방망이가 반짝반짝 빛났다. 소년이 사라지고 나면 영락없이 소년이 사라진 숲 안쪽에서 퍽, 퍽, 소리가 났다. 하가 육십 년 넘게 살았던 저쪽 나라에서 야구방망이는 흔치 않은 물건이었다. 그러나 그 소리가 야구방망이로 무언가를 때리는 소리라는 건 알았다. 소리는 오 분 이상 지속되지 않았다.

동굴에 오르면 옷이 온통 땀으로 젖었다. 숨막히고 현기증이 일었으나 하는 날마다 동굴에 올랐다. 더운 공기 덩어리가 나무 사이와 풀숲 위를 유령처럼 떠돌았다. 어쩌다 그것과 정면으로 부딪히면 아뜩 정신을 잃고 땅바닥에 주저앉았다. 그래도 하는 매일 동굴에 올라, 하늘 향해 벌린 검은 구멍을 넋 놓고 바라보았다. 그럴 수밖에 없었다. 하에게 별다른 일은 생기지 않았다.

돌 절벽의 표면은 평평한 듯 울퉁불퉁했고 거친 듯 부드러웠다. 계절과 기후에 따라 질감이 변했으나 대체로는 곡절 많은 사람의 피부 같았다. 돌 절벽 표면의 결이 완만하게 안쪽으로 모이며 휘어지다가, 검은 구멍이 결정적인 느낌으로 느닷없이 열렸다. 구멍 입구와 주변 절벽 표면을 볼 때마다 하의 호흡이 절명하듯 멈추었다. 완벽한 동그라미와 그 속에 가득한 어둠과 마주할 때마다.

하는 우두커니 서서 구멍 주변의 절벽 표면을 오래오래 눈으로 훑었다. 더위를 아랑곳하지 않았다. 그러다보면 곡절 많은 사람의 살갗을 쓰다듬는 기분이 들었다.

장독 빛깔로 이마가 그은 사내가 하에게 인사를 건네고는 벌써 저만치 멀어졌다. 웃지도 안 웃지도 않는 표정으로, 말도 없이, 사내는 고개를 숙였다. 그게 다였지만 사내는 한 번도 인사를 빠뜨린 적이 없었다. 걸음걸이가 빠른 사내였다. 소년이 그랬듯, 사내도 가끔씩 이쪽에서 나타나 저쪽으로 사라졌다. 하는 그곳에서 동굴을 보고, 어느 날은 소년을 보고, 하늘을 보고, 어느 날은 사내를 보았다.

사내는 새를 잡는 사람이었다. 텔레비전에 나오는 어느 외국인의 새 포획법을 보고 그대로 따라해보니 되더라는 게 그의 말이었다. 그의 움막이 좀 멀긴 해도 하의 가장 가까운 이웃이었다. 스무 살이나 어린 여자와 살았다. 그는 그물 뜰채를 들고 바다가 아닌 산으로 갔고 고기가 아낸 새를 잡았다. 산중턱 바위틈에 숨어서.

골바람이 부는 날 산사면을 빠르고 낮게 타고 오르는 새를 덥석덥석 잡았다. 바위틈에 웅크리고 숨어서 새가 날아오면 뜰채를 재빠르게 쭉, 올리면 그만이었다. 그렇다고 했다. 그가 새를 잡는 광경을 하는 본 적이 없었다.

잡는 족족 새의 모가지를 꺾어 기절시키고 몇 겹의 투명 비닐부대에 백여 마리씩 쑤셔 담았다. 한줌의 공기도 스며들지 못하게 꽁꽁 여며 그대로 한 계절 발효시켰다. 그런다고 했다. 이 나라 어디에서도 그런 고기맛을 볼 수 없고, 대처의 아는 호텔 한 곳에만 혼자 은밀히 납품하는 거라며 하에게 새고기를 가져온 적이 있었다. 하는 파와 함께 지난겨울 그 새고기를 먹었다. 세상에 둘도 없는, 그리고 알 수 없는 맛이었다.

바삐 멀어지는 사내의 어깨에 금방 잡아 여민, 새가 가득한 비닐부대가 얹혀 있었다. 모양새도 그렇지만 무게도 가정용 엘피지 통 정도는 될 듯했다. 사내는 동굴 앞으로 난 개울을 폴짝 뛰어넘었다. 사내의 몸도 땀범벅이었다. 가물든 홍수가 지든 동굴에서는 언제나 꼭 그만큼의 물이 그치지 않고 흘러나왔다. 이것도 사내가 알려준 사실이었다.

작은 개울은 동굴 앞을 구불거리며 쫄쫄 흘렀다. 살짝 보이는 동굴 천장은 입천장처럼 주름이 졌다. 매끈한 그 주름이 어째서 무작정 애틋하기만 한 건지 하는 알지 못했다. 안쪽은 아뜩한 어둠이었다. 왕과 왕의 누이가 들어가 영영 나오지 않았다는 전설과 동굴에서 흐르는 일정량의 물과 작은 개울과 주름진 동굴 천장과 완벽한 동그라미와 아뜩한 어둠 등이 하를 언제까지고 그곳에 붙들어놓았다.

동굴은 비스듬히 하늘을 향했고 하의 눈길은 동굴의 입구를 향했다. 어쩌다 소년과 사내가 이쪽에서 저쪽 숲 안으로 사라지거나 저쪽 숲 안에서 이쪽으로 나와 하의 곁을 지나갔다. 새들은 울거나 먹이를 찾거나 싸우거나 교미했다. 뱀이 많은 만큼 개구리도 쥐도 많은 숲이었다. 담비는 고라니 사체를 한곳에 숨겨놓고 두고두고 뜯어먹었다. 그런 일들은 매일 반복되었다. 동굴에 닿기 위한 하의 발걸음도 계속되었다. 이유라고는 없었다. 새가 울 때 어디에선가는 파도가 치고 꽃이 피고 돌이 구를 뿐이었다. 그렇듯 파는 밭에 가고, 하는 동굴에 올랐으며, 사내는 새를 잡고, 소년은 무언가를 두드리러 숲 안으로 들어갔다. 그 모든 것에 무더위가 날날이 스며들었다.

—만날 그렇지, 뭐, 다.

파의 목소리가 집안의 어둠에 섞여들었다.

—괜찮다. 예서 평생을 살았는데 뭘. 예서.

하는 유리창 가에 우두커니 앉아 밖을 내다보았다.

여름 한낮. 파는 전화를 받았다.

—괜찮대두…… 애들은?

밖은 밝고 안은 어두웠다.

—그러게.

—그러게 말이다.

—……

—에미는?

—조심해야 하는디.

—글쎄 만날 그렇다니깐, 그래.

—그러게.

—그러게 말이다.

—……

—……

유리창 밖으로 한 무리의 청년들이 분망하게 지나갔다.

—와서 뭘, 찍는다구 해? 또?

유리가 탁해서 청년들의 모습이 제대로 보이지 않았다. 떠들며 지나갔으나 소리가 집안까지 들어오진 않았다.

—모른다, 난. 뭘 찍어가든 말든.

—것도 모르겠다. 뭐라 하든 말든.

—오든 말든.

—그러게.

—그러게 말이다.

청년들이 지나간 마당에 빛 웅덩이가 다시 고였다. 밖은 언제나처럼 적막했고 눈부셨다.

—헛것을 봤나?

—응? 응, 아니다. 뜬금없이 젊은이들이 지나가길래.

—창밖으로 우르르.

—그러게.

—그러게 말이다. 그러니 헛것을 봤나보다 하지.

—……

—괜찮어.

—괜찮다니까. 만날 그러니까, 뭐, 다.

하가 어깨를 숙여, 발치의 어둠 속에서 뭔가를 집어올렸다. 파는 하를 바라보았다.

하가 천천히 허리를 펴고 어깨를 펴고 턱을 들었다. 파를 향해 손을 들어 보였다. 손에 쥔 것은 주먹만한 붉은 흙덩이였다. 하는 오래 그러고 있었다.

—선풍기면 되지.

선풍기는 멈춰 있었다.

—선풍기면 되여.

집밖은 좀더 밝아졌고 집안은 좀더 어두워졌다. 파의 윗옷 앞섶이 땀으로 펑 젖었다.

—봐요.

하가 파를 불렀다.

—봐요.

파는 수화기를 내려놓고 텔레비전 리모컨을 찾아 두리번거렸다.

—봐요.

—말해요.

—이거, 이거 말이오.

—말하라니까.

하는 마른 흙덩어리를 계속 들고 있었다.

—이 벽, 내가 쌓은 거였던가?

—……

—내가 쌓은 거였던가, 이 벽?

—그럼 누가 쌓아요?

—그랬단 말인가?

—그랬어요.

—그랬단 말인가?

호가 군 입대를 했습니다. 너무 조용하게 입대를 해서 신기할 정도입니다. 조용하지만 당당하게 입대한 호의 행동은 많은 연예인들의 좋은 예가 될 듯합니다. 그럴 줄 알았어. 뭐가요? 그 친구 그럴 줄 알았다구. 호와 친해요? 내가 구라잖아. 그래서요? 아, 참 나, 왜들 나만 갖구 그래. 뭐가요?

해가 지면 산골은 곧장 한밤이었다. 혼자 수런거리던 텔레비전도 오래전에 꺼졌다. 집안의 어둠은 딱딱한 덩어리로 굳었다. 파와 하는 어둠 어딘가에 있었다.

텔레비전이 꺼지면 파와 하의 숨소리밖에 남지 않았다. 숨소리마저 고르게 가라앉으면, 전기 모기 퇴치기가 살짝살짝 적막을 찢었다. 어느 날 파는 그 소리를 찌직, 이라고 했고 하는 아작, 이라고 했으나 서로 우기진 않았다. 우길 일이 아니었다. 어느 날이었는지도 몰랐다.

모기가 감전되며 고갈하는 짧은 순간의 소리일 뿐이었다. 뭔가 빠르게 단절되고, 사라지고, 차원이 바뀌는 소리였다. 소리는 딱딱하게 굳은 어둠을 가장자리부터 조금씩 조금씩 허물었다. 그것은 멀고 작은 소리였다. 전기 모기 퇴치기는 온밤 내 돼지우리 곁에 서서 푸르고 어두운 네온 빛을 게슴츠레 흘렸다. 날벌레들은 그 속으로 날아들어, 뭐라 이름할 수 없는 소리를 내며 줄지어 타 죽었다. 퇴치기는 이태 전 아들이 설치한 거였다.

—들리는가?

어둠 속에서 하가 말했다.

—……

파도 하도 어둠 속에서 말을 건네는 일은 여간해선 없었다.

—저 소리.

—……

—저 소리.

—찌직이요?

—말고.

—……

—밤에까지 저러진 않았어.

하는 소년의 방망이 소리를 들었다. 전기 모기 퇴치기 소리를 들었고, 부쩍 잦아진 집쥐들 싸우는 소리도 들었다. 그러나 하가 듣고 있었던 것은 먼 숲속의 방망이 소리였고, 파에게 물었던 것도 그거였다. 해가 저문 뒤 소년이 숲으로 가는 일은 없었다.

파는 모기 퇴치기 소리와 집쥐 소리를 들었다. 다른 소리는 들리지 않았으나, 얼마 뒤에 욕을 들었다. 이웃 사내였다. 멀어서 제대로 알아들을 수는 없었으나 파는 평소의 경험으로 그것이 욕이라는 걸 알았다. 소리는 들리다 말다 했다. 바람이 지나가거나 어둡고 무더운 공기가 덩어리지어 몰려가는 틈틈이 사내의 성난 소리가 밀려왔다.

—밤에까지 저러진 않았어.

하가 모를 리 없었다. 사내는 밤에 그랬고 밤에만 그랬다. 젊은 여자를 휘두르고 욕했다. 여자에게선 언제나 아무 소리도 나지 않았다. 다음날 여자는 간질에서 깨어난 것처럼 헝클어져 있곤 했다.

바람과 무더운 공기의 흐름 때문에 사내의 욕설은 쓸려가고 묻혔으나, 모든 것이 잠든 밤이어서 사내의 분노는 숲으로도 퍼져나갔다. 아무리 욕하고 휘둘러도 여자는 목청 없는 개처럼 소리를 내지 않았다. 넘어뜨리고 넘어지는 서슬, 벽에 내동댕이치거나 몸끼리 부딪히는 소리가 아득히 들렸다. 사흘이 멀다 하고 벌어지는 일이었으나 다른 날에 비해 사내의 분노가 길었다.

날이 밝으면 사내는 지친 여자를 신주처럼 떠받들며 죄인처럼 굴었다. 그러는 걸 파는 여러 번 보았다. 늘 그러더라도 한밤의 사내는 무서웠다. 사내의 집은 가건물이나 다름없었다. 여자를 던지고 밀어붙일 때마다 부실한 패널 벽이 삐걱, 툭, 탁, 거렸다.

파는 사내가 밤마다 분노하는 까닭을 알 수 없었으나, 모를 것도 없겠다는 생각이 문득문득 들었다. 사내의 욕이 잦아들면서 삐걱거리는 소리도 시나브로 멈추었다. 무언가를 내려치거나 올려치는 듯, 퍽, 퍽, 거리는 소리만 희미하게 남아 길게 이어졌다. 살과 살이 부딪히는 것 같은.

하의 귀에는 그 소리만 들린 모양이라고 파는 생각했다. 해가 저문 뒤에는 소년이 숲으로 가지 않는다는 걸 파는 알았다.

파가 어둠을 더듬어 스위치를 올렸다. 갓등에 불이 들어오며 식탁 위를 밝혔다. 빛의 테두리는 작은 식탁을 벗어나지 못했다.

갓등 불빛을 등진 채 파가 천천히 움직였다. 물 흐르는 소리와 그릇 부딪히는 소리가, 사내의 집에서 넘어오던 소리를 밀어냈다. 파는 무겁게 발을 끌었다. 이 밤중의 일이 노상 있어온 거였다는 걸 파는 모르지 않았다. 파와 하는 자주 잠을 깼고, 한번 깨면 좀처럼 잠은 다시

오지 않았다.

하는 상체를 일으켜세웠다. 갓등 불빛 뒤편에서 움직이는 파의 모습을 물끄러미 바라보았다. 얼마나 많은 밤을 그렇게 깨고 그렇게 일어나 앉고 그렇게 바라보았는지 염두에 둘 요량도 없이, 그렇게 깨고 그렇게 일어나 앉고 그렇게 바라보았다. 그러는 사이 첫 여름이 지나고 가을이 지나고 겨울과 봄이 지나고 다시 무더워졌다. 그랬고, 그러할 뿐이었다.

"자셔요."

파가 식탁 위에 접시를 가져다놓으며 말했다.

하는 어둠의 가장자리를 오래 더듬어 식탁에 당도했다. 크고 깨끗한 접시 한가운데에 고래고기 한 점이 놓여 있었다. 하는 손가락 끝으로 그것의 감촉을 확인한 뒤 두 손으로 먹을 만큼 뗐다. 겨자간장을 찍어 입에 가져가면서, 삶은 돼지 대가리를 혼자서 다 벗겨 먹던 이웃 사내의 먹성을 떠올렸다. 사내는 시끄럽고 게걸스럽게 먹었다. 파와 하는 조용히 조금씩 먹었다. 유리창 밖은 칠흑같이 어두웠다. 창 안의 의자는 비어 있었다. 모기 퇴치기가 아작, 소리를 냈다. 파가 손전등을 찾아 들고 밖으로 걸어나가며 중얼거렸다. 오밤중에, 새끼가, 나오나봐…… 불빛이 돼지우리 쪽으로 느리게 움직였다.

—할아버지께서 돌아오시지 않았을 때 어떤 생각이 드셨어요?

남자가 물었으나 파는 대답하지 않았다. 푸르고 희고 밝은 광선이 파의 얼굴에 쏟아져내렸다. 시커먼 카메라 렌즈가 파를 노려보았다.

—전쟁 나고 얼마 안 돼서 할아버지가 감쪽같이 사라지셨잖아요.

그때 할머니는 어떤 생각이 드셨냐구요.

반바지 차림의 남자가 물었고 파는 카메라 렌즈만 바라보았다.

—할머니!

—할머닌 무신. 스물두 살이었어.

파가 입을 떼자 반바지 남자의 표정이 반짝 살아났다.

—맞아요. 그랬죠. 꽃다운 나이 스물둘 신혼이었는데 할아버지, 아, 신랑이 행방불명된 거였어요. 그때 어떤 생각이 드셨습니까?

파는 다시 입을 꾹 다물고, 쇠 눈깔 같은 카메라 렌즈를 물끄러미 바라보았다. 오래 그러고 있었다.

—아, 몇 시간째야, 이거? 더워서 안 되겠다. 밖에서 찍자.

반바지의 남자가 미치겠네, 하고 중얼거렸다.

—그게 뭔데요, 할아버지?

장비를 옮기던 사람 하나가 창가에 앉아 있는 하에게 물었다. 하는 붉은 흙덩이를 손에 쥐고 있었다.

—내가 쌓은 벽이야…… 이게.

하가 입을 열자, 촬영팀이 삽시에 하를 에워쌌다. 하의 말과 표정을 놓칠세라 신속히 움직였다. 푸르고 희고 밝은 광선이 하의 얼굴을 비추었다. 하의 입에서 말이 흘러나왔다.

—이렇게 기둥과 기둥 사이에 막대를…… 세우고, 세로로 세우고, 그 사이를 수수깡, 수수깡으로 엮지. 촘촘하게 엮어. 그리고 그 위에 황토를 처바르는 거야. 갈라지지 않게, 흙이 부서지지 않게…… 묽은 반죽에 짚을 썰어넣어. 짚을. 그리고 개 바르는 거야. 이렇게 이렇게 이렇게 해서 이렇게. 차지게 반죽해서. 엮은 수수깡 때문에 흘러내리

지 않아…… 벽을 그렇게 바르지. 겉은 흙손으로 고르고 이렇게 회를 바르는 거야, 회를. 기둥도 내가 세우고, 지붕도 내가 얹었지. 다 내가 한 거야. 이 집을 내가 지었어. 이 집을, 다.

—그런데요, 할아버지. 손수 지으신 이 집을 왜 떠나셨어요?

회심의 미소를 지으며 반바지가 물었다.

—일일이, 먹줄 튕겨서 나무 켜고…… 대패질하고, 못질 다 내가 했어.

—그때 신부는 임신중이었는데요. 전쟁통이었는데요.

—다, 다 내가 했지.

그 말을 끝으로 하는 입을 다물었다. 반바지의 얼굴에 미소가 사라졌다. 금방 무슨 말을 했는지 잊은 듯, 하는 조금 전처럼 유리창 밖을 내다보았다. 하염없이 내다보았다. 하의 눈길은 마당가 나무를 지나, 계곡과 숲을 지나, 능선을 넘어 먼 하늘에 닿았다. 하늘을 반사한 하의 눈이 하얗게 빛났다. 꿈쩍도 하지 않았다.

—이 분량 갖고는 턱도 없어.

—내레이션으로 가야 할까요?

촬영팀이 웅성거렸다.

—진행이 안 돼. 거기서 말이 딱 멈추잖아. 하필 거기서.

—일부러 그러는 것 같지는 않아요.

—오락가락하는 거지.

—그러니까 내레이션으로 처리해야……

—무슨 맛이겠어.

—내용이야 이미 다 알려져 있는 거잖아요.

—본인들 입으로 직접 말해야 해. 중요한 거야, 이건.

—하기야, 일부러 말 안 하는 건 아니니까요.

—기다려야지. 기다려. 오늘은 철수. 수요일에 다시 온다. 졸라 덥네.

밖은 눈부시고, 안은 어두웠다.

하는 의자에 앉아 창밖을 바라보고, 파는 어둠 속에서 표백제로 쪄낸 무명 실타래를 찬물에 넣고 밟았다. 수선 떨던 사람들이 언제 사라졌는지 하도 파도 알지 못했다. 집 안팎은 다시 적막에 갇혔다. 이따금 문틈으로 새소리와 바람 소리와 후끈한 더위가 흘러들었다.

검은 쥐들이 한낮 땡볕을 아랑곳 않고 마당을 가로질렀다. 뺀질나게 숲과 헛간을 드나드는 걸 바라보았다. 그것들이 헛간의 풀방구리에 둥지를 틀었다는 걸 하는 알고 있었다. 갓 태어난 쥐새끼들이 개똥참외만한 지푸라기 뭉치 안에서 바글거렸다. 손가락 한 마디 크기의, 털도 없고 눈도 뜨지 않은 흰 살덩어리였다. 여덟 마리의 돼지 새끼들도 모두 흰 놈이었다. 표백해놓은 실타래처럼 그것들은 눈부셨다.

하가 더운 숨을 고르게 쉴 때마다 땀에 젖은 등이 살짝 부풀었다가 꺼졌다. 파가 발을 씻고 신발을 신고 마당을 건너 돼지우리로 가는 것을 하는 내다보았다. 수북이 죽어 흩어진 모기를 쓰레받기로 모아 부대에 담는 것은 파의 몫이었다. 하룻밤 새 죽은 모기가 큰 쓰레받기로 두 개 반 분량이었다.

파는 층층나무 밑을 지나 고추밭에 들르고 상추를 한 움큼 뜯었다. 쨍쨍한 하늘을 올려다보았다. 어제와 다를 것은 아무것도 없었다. 사람들이 몰려와 수선을 떨었던 게 어제인지 오늘인지 알 수 없었다. 개한테 사료 한 사발 퍼주고 파는 다시 뜨거운 마당을 가로질러 집안으로 들어섰다. 암탉이 달걀을 낳았다고 울었다. 어둠 속에서 파는 한참을 서 있었다. 집안은 표백제 냄새로 가득했다. 점차 파의 눈에 창가의 하가 보이고 실타래 넣어놓은 다라이가 보이고 아궁이가 보이고 식탁이 보였다.

—생각났어.

유리창에 코를 대고 하가 혼자 중얼거렸다. 파에겐 그의 등만 보였다.

—'저 큰 팽나무'라고 했어. 늘. 누구나.

파는 어둠 속에서 굼뜨게 상추를 씻었다.

—일 년 만에 생각나다니. 그냥 팽나무라고 하지 않고, 저 마당 끝에 있는 것…… 저 나무를 누구나, '저 큰 팽나무'라고 했어.

수돗물이 파의 손등 위로 흐르고 흐르고 또 흘렀다.

—왜 그랬는지는 모르지만…… 하여튼, 반드시, 그렇게 불렀지. 그때도 저 나무는 저렇게 크기만 했어.

상추를 다 씻었으나 수돗물 소리는 그치지 않았다.

—'저 큰 팽나무'…… 그리 부르던 사람들 다 어델 가고.

어둠 속에서 파가 말했다.

"자셔요."

자, 간다 간다 뿅간다. 으하하. 네, 간다 간다 뿅간다 콜센터입니다. 진짜? 간다 간다 뿅간다. 아, 진짜 좋은 부탁은, 혼기가 꽉 찬 여성입니다.

노철씨 날씨는 풀리고 제 마음도 풀렸네요. 으하하. 우리 3회 정도 아름다운 시간을 쿡 한번 보내보고, 서로에 대해 안 후. 알아? 으하하. 마음이 맞으면 정식으로 만나봅시다, 이런 거 말이지. 흐하하. 세상에 이보다 더 중요한 게 어딨겠습니까요, 네? 김칫국 폭풍 드링킹. 하하. 아저씨. 예? 어디까지 가세요? 예? 어디까지 가세요? 예? 어디까지 가세요?

텔레비전이 혼자 떠들었다. 언제나 그랬다. 그 소리를 등진 채 파는 무명 실타래를 삶고 건지고 밟아 헹구었다. 파는 나무늘보처럼 움직였다. 푸성귀를 다듬고 쌀을 씻고 묽은 장국을 끓였다. 텔레비전이 무어라 하든 파는 그러거나 말거나 했다. 파가 쌀을 씻든 장국을 끓이든 텔레비전도 그러거나 말거나 했다.

창가는 비었다.

촬영팀이 한번 더 찾아왔으나 그게 언제였는지 파는 알지 못했다. 텔레비전 방송국 사람들이었다는 것까지 모르지는 않았다. 파는 혼자 말했다. 한때는 이쁘게 물을 들였지. 암, 그랬어. 혼자 다 했어. 소문이 나서 일이 많았지. 그럭저럭 먹고살 만한 날도 있었어. 집이 온통 양잿물 식초 명반 냄새로 진동을 했지. 염색 공장이나 매한가지였지 뭐. 여기서 저 큰 팽나무까지 알록달록한 천들이 나부꼈어. 금송화도 쪽도 직접 길렀는걸. 농사짓고 짐승 돌보면서 다 했지. 징그러, 생각하면. 어째 그리 살았나. 애기는 뭐 하나뿐이었으니까…… 내가 물들인 천으로 영부인 한복도 했었는걸. 젊은 사람들한테 죄다 가르쳐주고 손놨지, 이제. 놨어. 근데 그놈의 표백은 아직도 나한테만 해달라네. 내가 한 것에 물을 들여야 맘먹은 대로 잘 든다나. 몰라, 나는. 아직은 뭐 할 만하니까 해. 이거 할 때만 제정신 같기도 하고. 그치만 뭐 그만해야지, 이 짓도. 아들은 하지 말라고 만날 성화야……

염색을 해야 세월이 갔다. 세월은 몹시 더뎠다. 어서 늙어 죽는 것이 소원이었다. 봄꽃도 갈맷빛 산등성이도 붉은 단풍도 흰 눈도 무서웠다. 번들거리는 카메라의 꺼먼 눈을 바라보며 파는 중얼거렸다.

—할아버지가 돌아오셨을 때는 맘이 어떠셨어요?

반바지가 끼어들었다.

—물기를 잘 짜야 색이 잘 나와. 비틀어 짜는 것이 기술이어. 힘만 들인다고 잘 짜지는 게 아니거든.

—육십이 년 만에 만나신 거잖아요. 그때 얘기 좀 해주세요.

—흰색도 색이어. 이걸 무시하면 안 되어. 흰색은, 말리는 것보담, 짤 때 잘 비틀어 짜야 나오는 색깔이어.

—컷! 조명 꺼라. 휴우, 더워. 더워.

종종거리던 그들이 언제 돌아갔는지 파는 몰랐다. 며칠이 지났는지 몰랐다. 사람이든 짐승이든 바람이든, 지나고 나면 집 안팎은 믿을 수 없을 만큼 빠르게 적막에 휩싸였다. 창가의 의자는 오랫동안 비어 있었다. 손때 번들거리는 의자가 하 대신 바깥을 내다보았다. 가만히 있어도 파의 목에 땀이 흘렀다.

어찌하여 그들이 가고 나서도 한참이 지나서야 생각나는 것일까. 파는 하를 만나던 지난여름을 떠올렸다. 하는 살던 나라를 도망쳐나와 세상에서 가장 큰 땅을 스무 날에 걸쳐 횡단하고, 또다른 나라를 거친 뒤, 육십갑자도 넘는 햇수 만에 떠난 그 자리로 돌아왔다. 저 마당을 밟고 하가 들어서는 순간 파는 알 수 없는 감정에 빠져들며 진저리쳤다. 그토록 험하고 오랜 세월 못내 궁금했던 것, 그래서 가장 먼저 그에게 묻고 확인하고 싶었던 것, 벼르며 악착같이 세월을 견디게 했던 것, 죽어서도 뼈를 온통 흑자색으로 물들이고야 말 그, 목숨처럼 유일하게 남아 있던 질문 하나가, 마당 저쪽에 그가 나타나는 순간 감쪽같이 사라져버리며, 몸뚱이 전체에 허허함의 순수가 가득 들어차는 찰나와 맞닥뜨렸다. 저 큰 팽나무 그늘을 지나, 뚫어지게 눈부신 빛 웅덩이를 하가 비척비척 가로질러 이쪽으로 올 때, 파 안에 남아 있는 것은 아무것도 없었다. 그것은 용서도 화해도 망각도 아니어서 더욱 억울할 법했으나, 파는 억울함마저 모르고 텅 빈 벌레집마냥 서 있었다. 카메라가 물었을 때 그때의 광경이 떠올랐대도 결국 아무 대답 못 했을 것이라고 파는 생각했다.

그날 이후 파의 하루는 달라진 게 없었다. 우두커니 창밖을 내다보는 하의 어두운 등을 바라보는 것이 늘어난 일이라면 늘어난 일이었을 뿐.

그마저도 지금은 파의 눈에 보이지 않았다. 하는 창가에 없었다. 동굴 앞에서 서성거릴 시각이었다.

마당가 산벚나무 가지에 해가 통째로 내려와 걸린 것처럼, 밖은 눈 뜰 수 없을 만큼 부시고 뜨거웠다. 창밖의 모든 것들이 희디흰 빛에 휩싸여, 타거나, 증발하는 것 같았다. 파는 식탁 의자에 등을 기대고 눕듯이 앉아 바깥을 내다보았다. 저절로 실눈이 되었다. 하는 돌아오지 않고 있었다.

잠깐 졸다 깨어난 파의 눈에 무언가 어른거리는 게 보였다. 그것은 창밖의 희디흰 빛 무더기 속에서 이내 소용돌이가 되었다. 무엇인지 알아차리기도 전에 그 서슬이 쪽문을 벌컥 열어젖히며 집안으로 들이닥쳤다. 눈부신 빛 무더기가 먼저 너울처럼 밀려들었고, 그 속에 형체를 분간할 수 없는 거뭇거뭇한 것들이 어른거렸다.

—안녕하세요오.

여럿이 한꺼번에 소리를 질렀다. 소리는 이상하게 크고 높고 길었다. 그들은 집안 어둠 속에서 신속하게 움직였다. 봉당에 있던 갈퀴와 쇠스랑을 집밖으로 옮겼다. 기운 돌절구를 바로 세우고 선반 위의 크고 작은 대야와 함지를 크기순으로 정돈했다. 여름의 시작과 함께 불쑥 나타나 이따금 마당을 가로지르며 떠들던 젊은이들이었다. 파는 식탁 의자에 앉아, 뭔가를 긁는 소리와 끄는 소리와 쓸고 닦는 소리를 들었다. 소독약 냄새가 났다.

—에프티에이가 영향을 미치게 될 분야에 대한 학생운동의 고민도 숙제로 던져졌다는 평가인데요……

여학생 하나가 파에게 다가와 말했다. 가져온 종이를 들여다보며 읽었다.

—무엇보다 농어촌 경제에 좋지 않은 영향을 미칠 것으로 평가되는 가운데 갈수록 어려워지는 농촌공동체를 살리기 위한 대학생들의 역할과 대학생들에게 기대하는 것에 대해 도움 말씀 좀 해주시겠어요?

읽고 나서 여학생은 재빨리 받아 적을 태세를 취했다. 학생의 눈은 크고 깊고 맑았다. 땀에 젖은 앞머리가 이마에 찰싹 달라붙어 있었다. 파는 막내 손녀를 떠올렸다. 손녀는 초콜릿을 좋아했다.

—도시의 대학들도 도농교류를 통해 농촌사회에 대한 실질적인 지

원과 봉사를 아끼지 말아야 한다는 지적의 목소리가 높은데요……

여학생은 또 읽었다. 파는 바로 세워진 돌절구를 말없이 바라보았다. 젊은이들은 의욕이 넘쳤고 땀을 뻘뻘 흘렸다.

—할머니. 이건 아주 중요한 거거든요. 정말이거든요.

파가 입을 열어, 여학생만 들리게 작은 소리로 말했다.

—그걸 무슨 맛으로 먹나 몰라. 달기만 한 걸.

그리고 여학생을 가만히, 뚫어지게 바라보았다. 아이의 눈은 정말 맑고 깊었다. 파가 살짝 웃었다.

여학생은 펼쳤던 종이를 천천히 한 번, 두 번, 접었다. 그리고 한 걸음, 두 걸음, 파에게서 뒷걸음질쳤다. 젊은이들은 집 안팎을 치우고 정돈하고 소독한 뒤, 도움이 필요하다면 언제든 다시 오겠다는 이상하게 크고 높고 긴 인사를 남기고 사라졌다. 그들은 언제나 한꺼번에 몰려오고 한꺼번에 몰려갔다. 젊은이들의 서슬과 기세로 불볕이 한껏 이글거렸다. 하는 돌아오지 않고 있었다. 창밖으로 한여름의 오후가 느리게 지나갔다.

동굴에 오르는 이유를, 하는 알지 못했다. 어둠에 대한 어떤 갈망이 작동하는 듯했으나 그것이 무엇인지 알지 못했다. 하는 동굴을 오르내리며 다만 짐승과 곤충과 바람과 꽃을 만났다. 붓꽃이 필 때는 산자락이 온통 붓꽃이고 금계가 필 때는 온통 금계였다. 그곳에 개양귀비가 있었던가 싶게, 개양귀비 철이 되면 그 자리는 온통 개양귀비로 뒤덮였다. 하는 숲의 속내를 알 수 없었다.

지금은 개망초와 패랭이가 한창이듯 노린재가 알을 낳는 때이다.

어미 노린재는 이파리에 다닥다닥 알을 붙이고 몸으로 비를 가리거나 날갯짓으로 더위를 식히며 시나브로 탈진해갔다. 몇 날이 지나 마른 풀잎처럼 어미의 목숨이 지쳐 스러지면 갓 부화한 수백 마리의 새끼 노린재들이 물빛으로 반짝이며 오글거렸다. 온 숲이 오글거리는 것들로 가득했다.

동굴에서 내려오는 길에 하는 이웃 사내를 보았다. 그는 두더지처럼 끊임없이 땅속 구멍을 드나들었다. 구멍을 나올 때마다 투명하고 커다란 비닐부대가 그의 어깨에 실려 있었다. 일 년 가까이 땅속 어둠에 저장하여 발효시킨 새였다. 멀리서도 비닐부대 속 새의 흰 배때기가 보였다. 등은 검고 배는 하얀 새였다. 백여 마리씩 욱여넣은 빵빵한 비닐부대가 호텔 이름 적힌 트럭에 차곡차곡, 산더미처럼 쌓여갔다. 사내는 지친 기색이 전혀 없었으며, 동작에는 외려 전에 없던 힘이 실려 있었다. 땅속에서 한정 없이 발효된 새가 나왔다. 하는 걸음을 멈추고 오랫동안 서서 비닐부대의 숫자를 세기 시작했다.

그렇듯, 하는 아내의 편지를 받고 날짜를 헤아렸었다. 편지를 받은 게 언제였더라…… 하릴없이 날짜를 세고 또 셌다. 아내의 편지는 아들이 대필한 거였다. 편지는 편지가 오갈 수 없는 지구상의 유일한 국경을 위태롭게 넘나들었다. 편지를 받기 시작한 뒤로 하는 영원히 그 국경을 넘어버릴 날을 헤아리고 헤아렸다. 그날은 쉬이 오지 않았다.

—육십이 년 만에 만나신 거잖아요, 그때가.

하도 파와 같은 질문을 받았다. 카메라는 하를 바라보았고 하는 창밖의 여름을 바라보았다. 질문이 귀에 들어오지 않았다. 대답할 수 없었으므로 질문조차 들리지 않았던 것이다.

육십 년간 벼르던 변명이었다. 집을 떠난 사정과, 아득한 세월을 끝내 견디게 한 힘의 출처를 아내에게 말해야 했다. 여인과 자식보다 중요했던 어떤 것, 그러나 너무도 짧았던 신념의 시절을 토로하고 싶었다. 돌아와 아내를 만난 지난여름에 그리했어야 했다. 아내를 만나 기필코 해명하고야 말리라는 염원이 홀로 육십 년을 견디게 한 유일한 힘이었으니까.

그러나 하는 그리하지 못했다. 머리카락이 표백한 실타래 같은 아내와 마주쳤을 때, 그의 몸속엔 아무 말도 남아 있지 않았다. 육십 년을 공글리며 별렀던 변명이 헛기침 같은 탄식으로 빠져나가고, 그의 입안엔 쓴 침이 고였다. 그것은 죄의식도 실의도 놀라움도 아닌, 텅 빔 그 자체였다. 본디 비었던 것이 비로소 그 빔으로 회귀한 것 같은. 사정과 신념과 견딤과 변명 들이 워낙은 있지도 않았다는 듯이. 하는 그날 자신과 다름없이 망연하게 서 있던 파를 보았을 뿐이다. 그들 사이로 긴 여름의 오후가 지나고 있었다.

—부탁해놨어요. 가는 길에 모기…… 실어다주기로.

어느새 이웃의 사내가 하 곁에 와 말했다. 사내 옆에는 사내의 여자가 웃고 있었다.

파가 마대에 모아놓은 모기의 사체를 트럭이 실어다주기로 했다는 말이었다. 파는 산 아래 식용 범무늬개구리 양식장에다 모기를 팔았다. 양식장에서는 기계를 이용해 모기 사체를 분수처럼 흩어지게 해서 개구리에게 먹였다. 파는 모기 한 마대에 천이백원씩 받았다.

—서른여섯 부대네. 새가.

하가 말했다. 적게 계산해도 삼천육백 마리겠다는 말은 하지 않았다. 돼지 사료 마대에 들어 있는 모기는 몇 마리나 될까 생각하다 말았다. 파가 쌓아놓은 모기 마대가 일곱 개라는 것만 기억했다.

산을 내려오다가 하는 문득 사내의 여자가 임신했다는 사실을 깨달았다. 그런 확신을 주었던 건 그녀의 웃음과 사내의 등에 떨어져내리던 햇볕과 그들 뒤에서 천천히 흔들리던 푸른 이파리였다. 걸음을 멈추고 서서 뒤돌아보았으나 그들은 보이지 않았고, 새 부대를 실은 호텔 트럭이 조심스럽게 하의 곁을 스쳐지나갔다.

하가 집에 당도했을 때 돼지우리 곁에 쌓여 있던 일곱 자루의 모기 마대는 보이지 않았다. 바닥에는 트럭 바퀴자국이 찍혀 있었다.

파는 닭장 안에서 허리를 구부린 채 모이를 주었다. 하는 돼지우리 곁에 서서 파를 바라다보았다. 동굴을 다녀오는 동안 몇 차례나 멈춰 서서 숨을 골라야 했다. 파는 작고 흰 것들을 바닥에 던져주었다. 닭들이 몰려나왔다. 하는 물끄러미 그 광경을 바라보았다. 파가 던져준 것은 아직 눈도 안 뜬 쥐새끼였다. 새하얀 것에서 살짝 분홍빛이 비쳤다. 갈피를 못 잡고 어릿거리는 것들을 닭들이 달려가 쪼았다. 한입에 삼키지 못해 찢고 찧고 헤저었다. 하는 돼지우리 곁을 떠나지 않았다. 바람이 불고 구름이 짙어졌다. 하늘이 심상치 않았다. 이웃집 사내의 여자가 임신을 했다는 사실을 파에게 말하려다 말았다. 말하고 듣기에는 먼 거리였다. 하는 트럭 바퀴자국을 내려다보았다. 트럭은 범무늬개구리 양식장에 들러 호텔로 돌아갈 터였다. 그 많은 모기는 개구리가 먹었다. 발효된 새들을 누가 다 먹는 걸까. 그런 생각이 들었으나 궁금하진 않았다.

며칠 밤 동안 숲 안쪽에서도 이웃집에서도 아무 소리가 들리지 않았다. 바람과 폭우가 한차례 무섭게 지나갔을 뿐이다. 어둠 속에서 눈이 떠지면 하는 사내의 여자가 웃던 웃음을 떠올렸다. 검은 얼굴과 흰 치아와 바보 같은 눈빛을 떠올렸다.

야구방망이를 메고 숲 안쪽으로 들어가던 소년이 어느 날부터 보이지 않았다. 산 아래 보양탕집이 문을 닫은 뒤로 소년의 모습을 볼 수 없었다. 불법 도축을 일삼았다는 보양탕집 주인은 재판중이었다. 소년 이야기가 나올 때마다 사람들은 보양탕집 주인을 마구 욕했다. 아이는 숲속에서 야구 연습을 한 게 아니라고 했다. 보양탕집에 기숙하던 소년은 이름도 집도 부모도 알지 못했다. 어쨌든 낮이든 밤이든, 숲 안쪽에서든 이웃집에서든, 퍽, 퍽, 거리는 소리는 들려오지 않았다. 소년은 어디로 갔을까. 모기 퇴치기가 아작, 소리를 낼 때마다 하는 생각했다. 어디로 갔을까. 밤은 더 깊어갔고 파는 가늘게 코를 골기 시작했다.

그는 열병처럼 이념을 앓던 청년이었고, 전쟁이 발발하자 아내와 뱃속의 자식을 둔 채 당의 부름에 따라 전사의 옷을 입었습니다. 그러나 홀로 남겨진 아내에게 들리는 소문은 달랐습니다. 남몰래 사모했던 처자와 전선을 넘어, 더는 돌아올 수 없는 곳으로 영영 도망치고 말았다는 것이었지요. 아내는 그 없이 아들을 낳아 키우면서, 꿈에도 못 버릴 원이 있었으니, 오직 하나인 그것은 그가 정말로 자신보다 더 좋은 여자를 따라 자식마저 버렸느냐는 것이었습니다. 정말로 정말로 그랬느냐는 것이었습니

다. 외로움보다 배신감보다 견디기 힘든 건 남들의 입과 눈이었습니다. 마침내 그가 육십이 년 만에 지구의 반 바퀴를 에돌아, 떠난 그 집으로 돌아왔습니다. 그가 직접 기둥을 세우고 흙을 발라 지었던, 이제는 낡아 어둡기만 한 옛 신혼집에서 그들은 일 년을 보냈습니다. 과연 그녀는 무어라 묻고 어떤 대답을 들었을까요. 그가 평생을 준비했을 해명은 어떤 것이었을까요. 궁금하지 않으십니까? 자, 제작팀은 그들을 만나기 전에 먼저 그녀의 기술을 온통 전수받아 천연염색 공방을 차린 주민들에게 그들의 근황을 물었습니다.

—안녕하세요, 마리골드 공방 주민 여러부운?

—안녕하세요오오.

여럿이 한꺼번에 소리를 질렀다. 소리는 이상하게 크고 높고 길었다. 텔레비전은 언제나 혼자 떠들었다. 하는 좌우대칭이 안 맞는 도자기처럼 창가에 비뚜름하게 놓여 있었다. 굴러떨어져 깨질 것 같았다.

파는 함지박 안에서 표백제 묻은 종아리를 씻고 신발을 신고 봉당 바닥으로 나섰다. 식탁으로 천천히 걸어간 파가 리모컨을 집어들었다.

—와, 이거 실크 스카프 천 아닙……

텔레비전이 틱, 소리를 내며 꺼졌다. 바람도 불지 않았고 밖에서든 이웃에서든 아무 소리도 들리지 않았다. 낡은 선풍기가 방향을 바꾸며 특, 특, 거릴 뿐이었다. 파의 목에서 땀이 흘러내렸다. 봉당의 어둠을 가로질러 함지박으로 걸어갔다. 신발을 벗고 그 안으로 들어갔다.

매우 굼뜨긴 했으나, 식탁까지 가서 텔레비전을 끄고 함지박으로 다시 돌아가는 파의 동작에는 이전의 숱한 동작들과 한 치의 다름도 없었다. 어긋남 없이 자로 재듯 오고, 갔다. 집안이든 밖이든 무언가 움직인다는 느낌은 없었다. 매일매일의 그때 그 시각이 어김없이 되풀이해 지나갈 뿐이었다. 하는 창가에 그대로였다. 또한 여름 한낮이었고, 바깥은 눈부셨다.

하가 동굴에서 걸어내려왔다. 어두운 동굴에서 흘러나오는 작은 물길을 따라 걸었다. 지난밤 번개가 간단없이 어둠을 찢었고 비가 쏟아져내렸다. 새벽까지 계속되었다. 하는 한숨도 자지 못했다. 불어난 계곡물이 소리를 내며 흘렀다. 그러나 동굴 안에서 흘러나오는 물의 양은 전날과 같았고 전전날과 같았다.

거짓말처럼 비도 바람도 그쳤으나 밤새 놀란 계곡의 나무들이 수런거렸다. 가지 끝들은 다투어 다시 순을 틔우고, 땅속의 것들은 서둘러 싹을 틔우고, 죽은 나무둥치는 기를 쓰며 움을 틔워올렸다. 그리고 숲 밖은 다시 불볕더위였다.

땅에서 치솟는 습한 것의 기세에 숨이 턱턱 막혔다. 하는 마당 가장자리에 다다라 허리를 폈다. 어느새 파가 표백해 널어놓은 하얀 실타래가 돌담 위에서 나란히 마르고 있었다. 평생을 삶고 빨고 비틀어 짜고 말린 솜씨가 여전했다.

땡볕 아래 눈부신 그것은 그러나, 실타래가 아니라 새끼 돼지들이었다. 짤 때 잘 비틀어 짜야 나오는 색깔이어, 하는 파의 말을 떠올렸다. 새끼 돼지들은 잘 비틀어 짜졌고 그래서 눈부신 흰색이었고 돌담 위에서 가지런히 마르고 있었다. 왜 저것들을 짜 널었을까, 라는 생각이 들었으나 궁금하지는 않았다. 마당 한쪽이 환해서 하는 그쪽으로 고개를 돌렸다. 너무 환해서.

오랫동안 보이던 것이 보이지 않았다. 육십이 넌 전 하가 집을 떠나던 달밤에도 묵묵히 서 있었으며, 다시 돌아오던 날도 하는 그것의 풍성한 그늘을 밟고 집안으로 들어섰다. 저 큰 팽나무. 오전에 하가 숲으로 향할 때만 해도 그것은 그 자리에 서 있었다. 밤새 우짖던 비바람에도 끄떡없던 그것이 보이지 않았다. 안 보이는 것이 아니었다. 저 큰 팽나무는 다만, 서 있지 않고 누웠을 뿐이다.

비도 그치고 바람도 그치고 세상이 잠잠해졌을 때, 저 큰 팽나무는 아무도 지켜보지 않는 가운데 저 홀로 땅 위에 누운 것이었다. 처참하지도 장렬하지도 않게. 하는 더위도 잊은 채 마당 한가운데 서서 언제까지고 그것을 바라보았다. 머금은 빗물로 아직은 검디검은 저 큰 팽나무의 몸뚱어리를 건너다보았다. 평생 평원을 누빈 늙고 지친 코끼리가 환생의 기약도 없이 메마른 허공에 네다리를 뻗고 쓰러진 것 같은 모습을. 못내 감지 못해 부릅뜬 눈처럼 아직 시퍼런 이파리들을.

쪽문이 활짝 열려 있었다. 하는 처음인 양, 그리고 동굴인 양, 천천히 집안으로 걸어들어갔다. 마침내 햇볕이 그의 등뒤에서 떨어져나갔다. 하는 갈망의 한가운데 섰다. 어둠으로 가득했다.

한동안 동작을 멈추고 하는 어둠을 응시했다. 십자형 곧은 막대가 사등분한 작은 창문이 먼저 눈에 들어왔다. 빈 의자가 보였다. 어느새 원래의 기울기로 비스듬해진 돌절구가 보였다. 시렁이 보이고 꺼진 텔레비전이 보이고 함지박이 보였다. 식탁 위에 반듯하게 누운 파의, 커다란 몸뚱이가 보였다. 온통 벌거벗은 채 두 다리를 벌린 파의 몸이 희끄무레 빛났다. 하는 차례로 파의 발바닥과 가랑이와 부푼 아랫배와 늘어진 젖가슴을 보았다. 얼굴은 통통한 가슴에 묻혀 보이지 않았다. 부려놓은 고깃간의 통고기 같았는데, 어디서 그런 느낌이 오는 것인지 하는 모르지 않았다. 지난밤엔 미친듯 비바람이 불었다는 사실도 알았다. 하는 목숨 없는 것에만 깃들기 마련인 그 지독한 적막의 결을 말없이 천천히 지났다. 발바닥과 가랑이와 아랫배와 젖가슴을 지났다. 등에 서늘한 냉기가 스멀스멀 달라붙었다. 하는 뒤돌아보지 않고 창가 쪽으로 걸음을 옮겼다. 숲속에 움이 트는 까닭을, 큰 나무가 눕는 까닭을, 비가 오고 바람이 불고 땡볕이 쏟아지는 까닭을 하는 진저리치게 알 것 같았다. 밖은 눈부시고 안은 어두웠으나, 환생의 기약도 없이 쓰러져 적막하기만 한 것은 안팎이 없었다.

하는 나무의자를 끌어다 유리창 아래에 바투 놓았다. 한 손으로 의자 등받이를 짚고 조심스레 앉았다. 등을 펴고 목을 펴고 턱을 들어 바깥을 내다보았다.

어떻게 살아왔는지. 하는 그 모든 것을 하루아침에 모르게 되었다. 그의 몸에 남아 있던 것은 습관뿐이었으나, 그는 육십 년 습관을 기댈 만한 공간마저 버리고 떠나왔다. 자기 습관의 공간을 그대로 차지하고 있었던 것은 파였으나 그녀마저도 방금 그곳을 떠났고 적요만 남았다. 아무것도 남지 않은 어둠이 홀가분한 안도감으로 온몸을 휘감아왔고, 하는 그것이 하나도 이상하지 않았다. 오래전부터 갈망해온 거였다는 것을 알았다.

자투리 널빤지에 못을 박아 만든 의자는 표면이 거칠었다. 거칠었으나 오랜 세월 손때가 묻어 검고 반들거렸다. 이따금 새소리가 들릴 뿐 바깥엔 바람 한 점 없었다. 모든 것들이 묵묵히 폭염을 견디듯, 하도 등을 보인 채 꼼짝하지 않았다.

땀에 젖은 하의 어두운 등으로 파의 목소리가 날아왔다.

"자셔요."

바다, 夏日

비가 갰고, 하늘이 눈부셨다.

비는 사흘을 오다 멈추고 나흘을 오다 그쳤다. 멈추고 그치는 사이사이 쨍한 볕이 쏟아졌다. 비가 오든 그치든 더운 바람은 멈추지 않았다. 바다는 언제나 바람을 일으켰다.

미음은 교실 창밖을 내다보았다. 콘크리트로 뒤덮인 방파제와 포구의 모든 길이 하얗게 빛났다. 길이 젖고 마르는 것은 순간의 일이었다. 종이 뒤적이는 소리를, 미음은 등뒤로 들었다. 아이들은 기침조차 하지 않았다. 스삭스삭. 시험지 위를 달리는 연필 소리가 빈 책상과 공명하여, 교실은 알 수 없는 파충류들의 때 아닌 수런거림으로 가득했다.

방파제 위를, 어린 계집아이가 나풀나풀 오갔다. 방파제는 멀고 아이는 작아서 가물가물했으나, 포구의 아이들이라면 미음은 취학 전

유아들까지 다 알았다. 포구의 이쪽 끝에서 저쪽 끝까지 아이들 빠르기로 내달려도 십 분이면 가로지르는 마을이었다.

미음은 부풀어오르는 바다의 뱃구레를 바라보았다. 밖은 밖대로 땡볕이었고, 안은 안대로 학기 마지막 시험의 열기로 뜨거웠다. 모든 게 뜨거웠다. 창밖을 바라보면서도 미음은 누가 누구의 시험지를 훔쳐보는지 알았다.

어린 계집아이의 모자와 치마는 리넨 소재의 여름 소품이었다. 미음은 두어 번 그 아이와 어미를 길에서 마주친 적이 있었다. 몇 살이냐고 묻는 노파들의 질문에 아이는 손가락 네 개를 펴 보였다.

모자의 챙과 치맛단이 같은 모양의 레이스였다. 모자에 달린 팽팽한 면 고무줄 끈 때문에 아이의 통통한 양 뺨에 붉은 자국이 선명했던 것을 미음은 기억했다. 모자도 치마도 면 고무줄 끈도 모두 흰색이었다.

아이의 모자가 여간한 바람에는 벗겨지지 않으리라는 것을 미음은 알았다. 아이는 방파제 위를 폴짝폴짝 뛰어 열 걸음 정도 나아가다가 돌아서 달려오기를 반복했다. 웃는 얼굴이었으나 웃음소리는 들리지 않았다. 바다는 푸르고 하늘은 하얬다. 바람이 쉴새없이 아이의 모자 챙과 치마를 한꺼번에 뒤집어놓았다. 팬티가 앙증맞게 드러났다.

바람이 심상치 않았으나 워낙 맑게 갠 날이었다. 비 온 뒤의 날빛이 아이의 흰옷에 푸르스름하게 서렸다. 맘껏 뛰고 맘껏 웃게 내버려둘 날씨였다.

케로로, 옆 사람한테 눈 돌리지 마라.

미음이 느리고 나직하게 말했다. 교실엔 선풍기 하나 없었다. 점점 더 높아지고 점점 더 포구에 가까워지는 파도의 뱃구레에서 그녀는 눈을 떼지 않았다. 교실 안엔 잠시 정적이 감돌았고, 종이에 연필 스치는 소리가 이내 살아났다.

포구의 만은 초승달 모양의 내방파제로만 에둘러져 있었다. 흔히 있게 마련인, 호弧를 닫는 직선의 외방파제도 등대도 없었다. 만은 시위가 끊어진 활 모양이었다. 내방파제는 사람의 키만큼 돋워져 높은 편이었으나 너비가 넓어 그 위로 사람들이 지나다녔다. 리어카와 경운기가 오갔다. 멸치와 과메기와 가재미를 널어 말렸다. 밤이면 낚시꾼들이 줄지어 앉았다. 매트를 깔고 술을 마시고 그대로 쓰러져 잤다. 어떤 날은 빈틈없이 너절하다가도 어떤 날은 쓸쓸할 만큼 텅 비었고 어떤 날은 씻은듯 깨끗했다. 포구의 방파제란 그런 곳이었다.

말끔한 한낮의 방파제에는 어린 계집애뿐이었다. 해수면이 지나치게 부풀어오르는 것을 볼 때마다 미음은 바다가 한껏 숨을 들이마시는 거라고 생각했고, 수업이든 뭐든 중단한 채 그것을 바라보았다. 이번에도 빵빵해진 뱃구레를 뒤척이며, 바다는 해변으로 몰려왔다. 학교의 지반이 낮아 바다의 뱃구레는 더 높고 거대해 보였다.

어린 계집아이의 배경으로, 그것이, 서서히, 한없이 높아졌다. 아이의 어미는 보이지 않았고, 아이는 방파제 위를 비눗방울처럼 뛰어다녔다. 나흘간 계속되던 장마가 잠시 물러난, 맑은 날 오후였다. 콘크리트 길이며 방파제는 기분좋게 말라 하얗게 빛났다. 포구는 고요하고 평화로웠다. 서슬이라고는 시험지 위를 달리는 교실 안의 연필 소리가 유일했다. 그 소리가 그치는 순간 방학이었다. 아이들이 열심히 연필을 놀리는 것은 시험에 열중해서가 아니라 방학의 순간을 숨막히게 기다리고 싶어서일 뿐이었다. 방학 말고는 어떤 일도 일어날 것 같지 않은 오후였다. 그 무엇도 방파제 위의 어린 계집아이를 주시하지 않을 것 같은.

높아질 대로 높아진 파도의 검푸른 뱃구레가, 허연 거품을 땀처럼 흘리며, 마침내 아이의 옆구리까지 들이닥쳤다. 미음은 교실 쪽으로 고개를 돌렸다.

자 자, 맨 뒷사람이 시험지 걷어 와야지?

그녀는 맨손바닥을 딱, 딱, 마주치며 역시 느리고 나직하게 말했다.

아직…… 시간이 남았는데요.

케로로였다. 공부를 못하고 안 하는 아이였다. 시험 시작 십 분 만에 그 아이의 연필이 멈추었다는 걸 미음은 알았다. 옆 사람에게 눈 돌리지 말라는 경고에 대한 뒤늦은 어깃장이라는 걸 교실의 아이들도 알았다. 케로로는 포구에서 가장 가난한 여자의 아들이었다. 그래도 걷어. 미음이 말했다. 종도 안 울렸는데…… 케로로가 받았다. 케로로의 말이 끝나기도 전에 땡땡, 종이 울렸다. 미음은 웃지 않았고 말하지도 않았다.

시험지 걷는 짬에 미음은 방파제로 눈길을 돌렸다. 파도의 뱃구레가 천천히 꺼지며 수평선 쪽으로 물러났다. 포구는 여전히 고요하고 평화로웠다. 달라진 거라곤 아이의 모습이 감쪽같이 지워졌다는 것과, 그 자리에 남은 흥건한 물이 하늘을 하얗게 반사한다는 것뿐이었다.

반장은 교무실에 가서 방학 과제물 프린트 가져와.

미음은 허리를 굽히고 시험지 장수를 한 장 한 장 확인하며 말했다. 유리창을 투과한 햇빛이 그녀의 머리와 어깨와 등과 허리 위에서 부서졌다. 열둘, 열셋, 열넷…… 맞구나, 열네 장. 미숙한 외국어를 얼버무리듯 그녀는 혼자 중얼거렸다. 헝클어진 귀밑머리 몇 가닥이 역광에 불처럼 이글거렸다.

포구는 발칵 뒤집혔다. 두꺼비가 먹이를 채가듯, 파도가 긴 혀를 내밀어 계집아이를 날름 삼켜버렸다고 했다. 미음은 급료가 찍힌 통장을 들여다보았다. 아이는 찾지 못했다. 그녀의 월급날이었다. 아이를 삼킨 바다가 해를 삼켰고 포구는 어두워졌다. 자꾸만 쌓여가는 통장의 잔고를 미음은 오랫동안 노려보았다. 밤이 왔고 바다는 소리로만 남았다. 날이 가면 잔고가 절로 늘게 되는 이치를 알기 싫어 미음은 화가 났다. 방 벽에 걸린 달력을 물끄러미 바라보았다. 숫자를 세었다. 어둠이 와도 더위는 수그러들지 않았다.

어쩌라고. 그녀는 방바닥에 놓인 통장을 얼마간 더 노려보았다. 먹고 옷을 사고 집세를 내도 매번 급여의 반 이상이 남았다. 큰 거실과 방 두 개짜리 아파트를 혼자 써야 하는 이유도 알기 싫어 화가 났다.

방학을 해서 당분간은 학교에 나갈 일이 없었다. 방파제의 어린아이가 사라졌고, 눈멀 것 같던 땡볕의 한낮이 지나고 깜깜한 밤이 왔으며, 그녀는 급여 통장을 바라보았다. 어둠은 점점 깊어갔다. 곧 달이 뜰 거라는 걸 그녀는 알았다. 새벽이 되면 달은 서쪽 하늘 끝으로 빛을 잃으며 사라질 거였다. 빛을 잃으며 사라질 거라고, 역시 미숙한 외국어를 얼버무리듯 그녀는 혼자 여러 차례 그 말을 중얼거렸다. 그러는 것보다 더 중요한 것이 그녀에겐 없었다.

비가 오고 개고 비가 오고 갰다. 비가 오든 개든 바람이 불든 더위는 조금도 꺾이지 않았다. 사람들은 입을 꾹 다문 채 더위에 관해 아무 말도 하지 않았다. 꼼짝 않고 여름을 견뎠다. 그것은 자칫 평화로워 보였다.

미음은 완만하게 휜 방파제 위를 천천히 걸었다. 그녀의 뒷모습은 아가리가 좁고 어깨는 넓으며 밑이 홀쭉하게 빠진 청자 매병梅甁 같았다. 한여름 옷으로는 어울리지 않는, 단이 발목까지 닿는 치마의 통이 좁았으나, 그녀는 종종걸음 치지 않았다. 매병이 선 채로 미끄러지듯 높낮이 없이, 느리고, 반듯하게 걸었다. 방파제의 노면은 깨끗했고 그 위로 햇볕이 쏟아져내렸다. 미음은 모자도 스카프도 쓰지 않았다. 얼굴도 표정도 없었다. 어깨로 흘러내린 검고 긴 머리카락이 햇빛에 번쩍거릴 뿐이었다.

자신의 그림자를 밟으며 한 발 한 발 앞으로 나아갔다. 그녀의 오른편은 끝없이 푸른 바다였고 왼편은 밋밋한 구릉이었다. 구릉에 달라붙은 작은 집들이 따개비 같았다. 그곳에 케로로의 집도 있었다.

스카프로 얼굴을 가린 여자가 텅 빈 방파제 길에 우두커니 서 있었다. 바다를 향해 선 여자의 흰 스카프 끝자락이 깃발처럼 나부꼈다. 한낮의 방파제에는 햇볕과 바람과 두 여인뿐이었다. 여자는 멈춰 있고 미음은 움직였으므로 두 사람의 거리는 점점 가까워졌다. 가까워질수록 더위가 농밀해졌다. 여자는 사람의 옷을 입혀놓은 석상 같았다. 조금도 움직이지 않았다. 아무려나 미음은 느린 걸음을 더 늦추지는 않았다.

미음의 발등이 한순간 여자의 그림자에 닿았다. 여자에게선 어떤 소리도 느낌도 없었다. 미음의 발이 여자의 그림자에서 분리돼 점차 멀어졌다. 사람은 어떨 때 사물이 되는 것일까…… 미음은 저도 모를 소리를 중얼거렸다.

여자와 더 멀어졌다. 하늘이 좀더 높아졌다. 여자가 어린 계집아이의 어미라는 걸 미음은 처음부터 알고 있었다. 서 있던 곳이 아이가 사라진 자리라는 것도. 미음은 여자와 눈도 마주치지 않았고 어떤 말도 건네지 않았다. 여자가 그랬듯 미음도 바다 쪽으로만 눈이 갔을 뿐이다. 바다는 언제나 포구에 사는 사람들의 눈길을 완강히 끌어당겼다. 사람들은 바다를 바라보고 또 바라보았다. 시작도 없이 밀려오고 끝도 없이 밀려가면서 생겨나는 해수의 어찌할 수 없는 거대한 인력이, 사람들로 하여금 바다만 바라보게 했다. 바다는 언제나, 묻지도 않은 질문의 너무도 큰 대답 같았다. 여자는 그렇게 바다를 바라보았고, 미음도 그렇게 바다에 끌리듯 방파제 위를 걸었다. 방파제 노면의 열기 때문에 발바닥이 뜨겁고 아팠다. 습기를 머금은 바람이 불어올 때마다 치마에 갇힌 허벅지가 뜨거워지며 미음은 와락 오줌을 싸버리고 싶었다. 미음은 여자에게서 더 멀어졌다.

그의 눈길을 아랑곳하지 않고 미음은 생선국을 먹었다. 생선국은 아무리 먹어도 질리지 않았다. 포구에 부임한 처음 몇 달 동안 미음은 육개장 국물만 먹었다. 이즈음 몇 달 동안은 땀을 흘리며 생선국만 먹었다. 같은 식당이었다.

미음은 그의 이름을 핑재로 기억했다. 어른이나 아이나 그를 핑재라고 불렀다. 어린아이들 누구도 그에게 말을 높이지 않았다. 마흔 살이 넘은 그가 핑재였다. 핑재는 생선국 먹는 미음을 자꾸만 건너다보았다.

그는 넙치 양식장에서 일했다. 시키는 대로만 일했고, 시키는 모든 일을 했다. 그는 베트남에서 온 자신의 아내와 넙치 양식장 주인과 함께 늦은 저녁을 먹었다. 그들도 생선국을 먹었다.

미음은 혼자 사인용 교자상을 차지하고 생선국을 먹었다. 식당의 손님은 네 명이 전부였다. 미음, 핑재, 핑재의 아내, 양식장 주인. 해가 지면 포구 마을은 하늘보다 먼저 어두워졌다. 불이 훤한 곳은 선창의 집하창고와 시장 길뿐이었다. 해가 지고 어둠이 내리면 미음은 전등불 밝힌 시장 길로 저녁을 먹으러 들어섰다. 회를 치기에는 작은 활어들을 식당 주인은 팔팔 끓는 물에 넣어 국물을 뽀얗게 우려냈다. 재료라고는 무 한 덩이와 쑥갓 한 줄기와 소금 한 자밤이 다였다. 언제나 작은 고기였고 반드시 활어였으며 어종은 매일 달랐다. 그래서 이름이 그냥 생선국이었다. 미음은 여리고 하얀 생선살을 겨자간장에 찍어먹거나, 국물에 밥을 말았다. 다 먹을 때까지 고개를 들지 않았다. 문을 모두 열어놓아도 에어컨 없는 식당은 언제나 더웠다. 시장길에는 이쪽 끝에서 저쪽 끝까지 무거운 더위가 고여 있었다. 미음은 땀을 철철 흘리며 생선국을 먹었다.

양식장 주인이 자리에서 일어나 바깥으로 나갔다. 상에는 핑재와 그의 베트남 아내가 남았다. 핑재는 미음을 바라보고 자기 아내를 바라보았다. 책상다리를 한 베트남 여자의 어깨가 어색하게 굽어 보였다. 그들을 바라보지 않았으나 미음은 그들의 움직임과 눈길을 고스란히 느꼈다.

양식장 주인이 들어와, 앉았던 자리에 다시 앉았다. 소주를 마시고, 익은 생선을 입에 넣고 우물거렸다. 잠시 후에 양식장 주인의 입에서 희고 투명한 어린 생선의 뼈가 우수수 쏟아졌다. 그 입으로, 마주한 베트남 여자에게 무어라고 말했다. 그의 말은 미음에게 들리지 않았다. 희미하고 모호한 것들은 더위에 쉽게 먹혀 사그라졌다. 베트남 여자는 듣기만 했다. 핑재는 자꾸 미음 쪽을 향하다가, 아예 붙박고 바라보았다.

어두워서 바다가 보이지 않았으나 미음의 옆구리가 그것을 느꼈다. 어느 때는 등이 느꼈고 어느 때는 정수리가 느꼈으며 어느 때는 미끌거리는 허벅지가 바다를 느꼈다. 바다와 더위는 한순간도 한 지점의 예외도 없이 포구를 장악했다. 모든 사람의 잠과 꿈을 짓눌렀다.

핑재가 일어나 밖으로 나갔다. 양식장 주인이 고개를 뒤로 꺾고 입을 한껏 벌려 소주를 털어넣었다. 양식장 주인은 말을 멈추었다. 베트남 여자는 애당초 아무 말도 하지 않았다. 두 사람은 마주 고개를 숙이고, 문상하듯 똑같이 딱 그만큼의 각도로 고개를 숙이고, 저마다 상을 내려다보았다. 식당 안이 갑자기 넓어 보였다. 시장 길 옆 방파제 너머에는 지구 표면의 70퍼센트인 바다가 숨쉰다, 라고, 생선국을 삼키며 미음은 생각했다.

핑재가 돌아와, 앉았던 자리에 다시 앉았다. 앉자마자 다시 미음을 바라보기 시작했다. 멍하게 뚫린 그의 눈을, 생각이라곤 없는 눈을, 미음은 보지 않고도 상세히 기억해냈다. 양식장 주인과 핑재의 베트남 아내는 여전히 고개를 숙이고 말이 없었다. 핑재와 아내의 나이 차이가 스무 살이라는 것을 기억해내면서 미음은 트림을 했다. 죽고 싶다는 생각이, 눈곱만큼의 간절함도 없이, 스쳤다. 콧등과 멱에서 땀이 흘렀다.

비가 오고 개고 또 비가 오고 갰다. 바다는 끓고 넘치다 잠잠해졌다. 바람은 끊이지 않았다. 더위는 줄기찼다. 미음은 자동인출기에서 현금을 뽑았다. 책방에 들러 문화상품권을 샀다. 자동인출기에서 책방까지는 삼백오십 미터쯤 됐다. 인출기와 책방 사이에는 키도 작고 잎도 작은 후박나무와 은행나무가 일정한 거리를 두고 두 줄로 나란히 서 있었다.

그늘이랄 것도 없는 그늘을 걸어 자동인출기와 책방 사이를 오갔다. 여간해서는 한낮에 운전을 하지 않는 그녀였다. 서른 장의 문화상품권을 사고 다시 인출기로 걸어가서 현금을 찾았다. 처음과 같은 액수였다. 책방 여직원은 한 장 한 장 느리게 돈을 세고, 그만큼의 문화상품권을 느릿느릿 세어 미음에게 건넸다.

문화상품권을 가방에 넣고 미음은 현금인출기로 다시 향했다. 돈을 찾고, 후박나무와 은행나무 길을 걸어 책방으로 갔다. 그러기를 세 차례. 길에서 두 명의 아이가 그녀에게 소리내어 인사를 했고 두 명의 어른이 그녀에게 눈인사를 건넸다. 그녀는 웃지도 말하지도 않았다. 표정도 없었다. 긴 머리카락을 번쩍거리며, 한낮의 눈부신 보도를 느리고 반듯하게 오가는 매병이었다.

책방 여직원은 미음의 거동을 이해할 수 없다고 말하지 않았으며, 그런 표정조차 짓지 않았으나, 미음은 그러하게 읽었다. 지폐와 상품권을 천천히 세면서 여직원은 숨을 멈추었다. 몇 안 되는 포구의 젊은 이들이란 거의가 미음이 근무하는 학교 출신이었다. 늙은 선생에게든 젊은 선생에게든 그들은 언제 어디서나 제자의 예를 취했다. 여직원은 그러지 않았다.

미음의 가방은 문화상품권으로 무겁고 두툼해졌다. 상품권을 다시 한꺼번에 포장해줄 수 있다고 여직원이 말했으나 미음은 고개를 저었다. 검은 머리카락이 출렁였다. 가방끈을 어깨에 걸고 겨드랑이 사이의 두툼한 가방을 팔꿈치로 지그시 조였다.

미음은 서점 여직원을 마지막으로 한번 더 바라보고 몸을 돌렸다. 안녕히 가세요. 주눅든 목소리로 여직원이 인사했다. 지역 사투리가 조금도 섞이지 않은 말이었다. 여직원은 참았던 숨을 한꺼번에 몰아쉬기 시작했다.

우체국을 향하면서 미음은, 파도가 지금껏 몇 번이나 몰려오고 몰려갔는지 헤아릴 수 있겠니, 라고 혼자 중얼거렸다. 우체국은 책방에서 역시 삼백오십 미터쯤 됐으나 현금인출기 방향은 아니었다. 우체국에서 현금인출기까지도 삼백오십 미터쯤 됐다. 그러니까 우체국,

서점, 현금인출기가 정삼각형의 세 꼭짓점인 셈인데 왜 그런 건지는 알겠니, 이해하겠니, 예나 지금이나 사람들이 포구에 서식하면서 바다라는 거대한 과자의 끄트머리를 벌레처럼 갉작갉작 갉아먹고 사는 이치를 알겠니, 아무리 갉아먹어도 바다는 한 치도 줄어들지 않는다는 걸 알겠니, 그물과 낚시를 던지다 바다 가운데 빠져 죽고 마는 포구의 남자들은 좀더 잘 알았겠니, 사람에게 뭔가를 주고 빼앗으며 수십억 년 무심하게 뒤채어온 저 물의 기운이 돈을 세고 상품권을 세는 너의 손가락 힘에 깃든다는 걸 이해하겠니, 뭘 이해하고 뭘 이해할 수 없다는 거니…… 모두 의문문이었으나 말끝을 올리지 않았다. 미음은 현금인출기 부스 안에서 보았던 종이분쇄기에다, 책방 여직원을 얇게 펴서, 발끝부터 머리끝까지 밀어넣었다. 종이분쇄기가 몸서리쳤다.

미음은 우체국 택배 상자에다 문화상품권을 차곡차곡 넣었다. 테이프로 봉하고 주소를 쓰고 받는 사람의 이름을 적었다. 디지털 저울에 푸른 숫자가 떴다.

우체국 여직원이 상자의 주소를 보고 저울의 숫자를 보고 미음의 얼굴을 보았다. 우체국 안은 바깥보다 더웠다. 받는 사람 주소 맞아요? 라고 직원이 물었고 미음은 그렇다고 대답했다. 직원이 다시 미음을 바라보았다. 직원은 땀을 흘리며 포구 사람이 포구 우체국에서 포구 사람에게 보내는 택배 상자를 접수했다.

그러면 이걸 다시 저쪽, 노란색 배송 그물에 좀 넣어주실래요?

여직원이 턱을 들어 그 턱으로 어딘가를 가리켰다. 미음은 그에게 돈을 건넸다. 턱을 든 직원의 동자가 아래로 쏠리며 눈알 윗부분이 희뜩거렸다. 바깥 하늘이 빠르게 어두워지기 시작했다. 위탁한 물건을 어째서 우체국 직원이 아닌 위탁한 사람이 다루어야 하는지 알 수 없었으나, 미음은 직원이 가리킨 노란색 그물을 찾았다. 바람이 바다 냄새와 함께 습기를 몰고 왔고, 우체국 안의 모든 사람들은 잠영하듯 습한 더위 속을 느리게 오갔다. 그들을 움직이게 하는 것은 먼바다였고 바람이었고 더위였다. 미음도 느리게 움직였다.

노란 그물에 한 발짝 못 미쳐 미음은 걸음을 멈추고 문화상품권이 든 택배 상자를 망 안에다 던져넣었다. 바람이 거세지며 바다가 굉음을 냈다. 해수 덩어리와 공기 덩어리가 충돌해 파열하는 소리였다. 소리를 하늘이 반사하며 천둥처럼 울렸다. 포구가 휘청거렸다. 휴지통에 휴지를 던져넣듯, 미음은 택배 상자를 그물망 안으로 던졌다. 상자는 다른 우편물들 위에 떨어지며 아무렇게나 굴렀다. 굉음을 낸 바다가 신음을 흘렸다. 엄청난 비가 들이닥칠 것 같았다. 받는 사람 난에 케로로, 라고 적혀 있었다. 아무렇게나 던져진 케로로가 데구루루 굴렀다. 날이 가면 통장의 잔고가 늘어나고야 마는 까닭을 알고 싶지 않아 미음은 화가 났다. 택배 상자를 던지고, 뒤도 돌아보지 않은 채 그녀는 우체국을 나섰다. 거리의 모든 것이 무채색이었다. 후박나무와 은행나무와 미음의 검은 머리카락이 바람에 흔들렸다. 더 어두워졌다. 미음은 책방 앞을 지났다. 닫힌 미닫이 유리문 안에서 책방 여직원이 바깥을 내다보았다. 팔짱을 낀 채 꼼짝 않고 서 있었다. 눈알이 없는 것처럼 깊고 어두웠다. 책방 안도 바깥도 어두웠다. 책방 앞 인도를 지나며 미음은 손목시계를 보았다. 더는 날이 밝지 않을 것 같았다.

저녁 여섯시를 넘기면서 비가 쏟아졌다. 한 시간 동안 쉬지 않고 퍼부었으며, 그치지 않았다. 비구름이 머리에 닿을 만큼 낮았다. 미음은 자동차 핸들을 움켜쥐고 폭우 속을 헤쳐나갔다. 와이퍼를 가장 빠르게 작동시켰으나 시야는 몇 미터도 확보되지 않았다. 가로등도 빗줄기에 모두 묻혔다. 한밤처럼 어두웠다.

젖은 머리카락이 그녀의 이마와 뺨에 달라붙어 떨어지지 않았다. 머리카락 끝에서 빗물이 뚝뚝 떨어졌다. 굵은 빗줄기가 차량의 천장과 앞유리에 부딪히며 말발굽 소리를 냈다. 핸들을 움켜쥔 그녀의 손등에 푸르고 팽팽한 핏줄이 지나갔다. 방파제를 넘어온 바닷물이 차량의 옆구리를 때렸다.

미음은 폭우 속을 가로질렀으나 목적지를 알지 못했다. 알지 않았다. 한 치 앞도 가늠할 수 없는 비가 쏟아지면 그녀는 승용차를 몰고 거리로 나갔다. 아주 먼 거리거나 큰 비거나 어둠이 아니면 좀처럼 운전을 하지 않았다.

장대비로 하늘과 땅이 붙어버리면 그녀는 옴짝달싹할 수 없는 그 지경 안에다 자신과 차량을 들이밀었다. 눈물을 철철 흘리며, 어딘가로 향했다. 바다가 방파제 위로 끓어넘치고, 도로는 강물을 이루고, 빗줄기는 앞을 가렸으며, 그녀의 차량은 멈추지 않고 나아갔다. 이게 뭐야, 이게 뭐야. 그녀는 소리쳤다. 목소리가 차 안에 틀어놓은 음악과 뒤섞였다. 총소리도 가뭇없이 묻힐 빗소리였다. 이 모든 게 뭐야. 온통 빗소리여서 그녀는 크게 소리질렀다. 어떤 것한테서도 대답 듣기를 원하지 않았다. 묻지 않아도, 억수같이 쏟아지는 대답들이 하염없이 묻고 또 묻게 했다. 이 모든 게 뭐야, 뭐야. 앞유리에 흘러내리는 빗물이 그녀의 부릅뜬 눈동자에 비쳐들었다. 비바람에 차가 흔들렸다. 사람의 마음은 어디에도 보이지 않았다.

놓낮이 없는 목소리로 미음이 말했다.

바쁘실, 텐데, 학교까지 오시느라, 수고하셨습니다.

맑게 갰다. 포구의 여자들은 수건을 쓰거나, 수건 위에 밀짚모자를 덧썼다. 눈이 부셔 반쯤 감고 다녔다. 시장 길 생닭집 주인은 교무실로 들어서며 얼굴에 둘렀던 수건을 벗었다.

아이구 별말씀을요. 외려 방학이고 한낮이고 해서 오가기가 한결 한갓진걸요. 우리 선생님은 그게 좋아. 바쁠 때를 살짝 피하시는 센스? 헤헤. 방학인데 어디 여행도 안 가시고……

학교생활, 정석이는 잘하고 있습니다. 성적도 나쁘지 않고, 아이들과도, 잘 어울립니다. 보드게임을 잘하죠. 활발합니다. 특별한 문제는, 없습니다. 지난 학기, 정석이 성적표입니다. 받으세요. 직접 드리려고, 애들한테, 줘 보내지 않았습니다.

전날의 폭우는 거짓말 같았다. 폭염은 폭우의 흔적을 지우고 폭우는 폭염의 흔적을 지웠다. 하나의 세계에 비가 내리고 개는 것이 아니었다. 비 오는 세계와 비 없는 세계가 감쪽같이, 불연속적으로 번갈아 들었다. 겹친 여러 세계가 차례로 제 몸을 나타내는 원리를 미음이 알리 없었다. 맑게 갠 세계에서는 키 큰 미루나무가 바닷바람에 천천히 몸을 숙였다. 하늘은 희거나 푸르렀다. 매미 소리에 귀가 아팠다. 아낙들은 머리에 수건을 두르거나 밀짚모자를 덧썼다.

녀석이 공부를 좀더 잘하면 좋을 텐데. 아시다시피 제가 돌봐줄 겨를이 없어서요. 학교에서 말썽이나 안 부리나 몰라. 헤.

충분히, 교과과정, 잘 따라오고 있습니다. 성적이라면, 걱정, 안 하셔도 됩니다. 학교는, 성적을 올리는 곳만이, 아닙니다. 어머님을 뵙자고 한 것은, 정석이의 공부나 학교생활에, 문제가 있어서가 아닙니다. 학부모 면담이, 교사로서의 의무이기 때문입니다.

미음은 자리에서 몸을 일으켰다. 눈길이 교무실 창밖을 향했다. 물론, 의무로서만 어머님을 뵙는, 것은 아닙니다만…… 바람에 천천히 흔들리는 미루나무가 푸른 하늘에 흰 구름을 덧그리는 붓질 같았다. 정석이의 경우라면 면담이, 다분히 형식적일 수밖에 없습니다. 생닭집 주인은 번들거리는 미음의 긴 뒷머리를 흘끔거리며 손안의 수건을 만지작거렸다. 아, 네에…… 후끈한 바람이 매미 소리와 함께 교무실 안으로 쓸려왔다 쓸려갔다. 왜냐하면, 그만큼 정석이의 학교생활은 모든 면에서, 바람직하다는 말씀입니다. 생닭집 주인이 무언가를 미음의 책상 위에 슬그머니 올려놓았다. 드릴 거라곤, 헤, 이런 거밖에 없어서…… 생닭집 주인은 시장 길에서 생닭을 잡아 팔았다. 즉석에서 생닭의 목을 꺾어 털을 뽑고 비닐봉투에 넣어 팔았다. 목을 꺾는 것은 살아 있는 닭을 잠시 기절시키기 위해서였다. 죽으면 닭털이 뽑히지 않았다. 생닭집 주인은 뜨거운 물을 쓰지 않고 맨손으로 맨닭의 닭털을 북북 뜯어냈다. 차든 뜨겁든 물이라는 게 닿지 않아야 생닭맛이 났다. 닭이 깨어나기 전에 닭털을 다 뽑고 목을 쳤다. 배를 갈라 내장을 들어내고 벌거숭이 닭을 비닐봉투에 넣을 때까지 물 한 방울 묻히지 않았다. 포구의 유일한 생닭집이었다. 그녀에게선 늘 닭똥 냄새가 났다.

고맙습니다. 잘 받겠습니다.

미음의 목에도 생닭집 주인의 목에도 땀이 흘렀다. 미음은 창밖에서 눈길을 거두어들이지 않았다. 시장에 오시면 저희 닭집에 꼭 들르세요. 미음은 이를 악물고 더위를 견뎠다. 그러죠. 습한 열기가 치마 속 다리 사이를 뱀처럼 기어올라왔다. 그러겠습니다. 여름 한낮 바닷가 초등학교 교무실에서 생닭집 주인과 마주선 자신이 미음은 참을 수 없이 낯설었다. 언제 어디에 어떤 모습으로 있든, 참을 수 없이 낯설기는 마찬가지였다. 더위가 더할수록 아무것도 자신에게 설명할 수 없었다. 설명할 길이 없었다. 이유 없이 문득문득 낯선 행성에 불시착했다는 상투적 느낌에 시달렸다. 폭우에 갇힐 때도 마찬가지였으나 땡볕에 갇히면 더욱 슬프고, 무언가 몹시 그리웠다. 교사인 것이 하나도 믿기지 않았다. 미음은 이를 사려물고 모든 걸 견뎠다. 그럴 수밖에 없었다. 여름이었다. 생닭집 주인이 나가고 케로로의 어머니가 교무실 안으로 들어섰다.

어딘가 울 것 같은 표정이었으나 케로로의 어머니는 애써, 거듭, 눈을 부릅떴다. 거무튀튀하고 왜소한 여인이었다. 후우후우. 자꾸 더운 숨을 크게 들이쉬고 내쉬었다. 입에서 끼치는 옅은 알코올 냄새가 신선했다. 매미 울음소리가 몇 번 더 교무실을 쓸고 지나갔다. 미음은 선 채로 그녀를 맞았다. 케로로 어머니는 자꾸만 자꾸만 눈을 부릅떴다. 그리고 공연히 입을 다셨다.

그렇게나 많은 돈을 보내주시다니.

그녀가 꺼낸 첫말이었다. 미음은 창밖으로 눈길을 돌리며 말했다. 내 돈이 아닙니다. 아이 내 정신 좀 봐, 돈이 아니라 저기 뭐냐, 문화상품권…… 하여튼 내 돈이 아닙니다. 학교에서 포구로 이어지는 길은 좁고 길고 곧았다. 승용차 한 대가 겨우 지나다닐 만했다. 재포장공사를 한 지 얼마 안 되어 새길이나 마찬가지였다. 미음은 핥아놓은 것처럼 깨끗한 길을 바라보았다. 선생님이 보내셨다는 거 보낸 사람 이름을 쓰지 않았어도 다 알아요. 학교엔, 술 먹지 말고 오십시오. 선생님 산타 말고 이 촌구석에 그럴 사람이 어딨겠어요. 그런 말 하라고 학교에 오시라고 한 거 아닙니다. 술 먹으면 학교에 올 생각을 마십시오. 선생님이 그러신다는 거 다 소문났는걸요, 죄다, 버얼써. 케로로 어머니, 말씀을 못 알아들으시네, 교무실에서 나가십시오. 선생니임.

다음주 화요일 오후 두시에 다시 오십시오. 술 먹지 말고 오십시오. 미음은 진심 어린 경멸과 적의를 담아 말하고 입을 꾹 다물었다. 선생님. (정말 지겨워.) 선생니임. (꺼져.)

학교에서 포구로 이어지는 길엔 가로수 한 그루 없었다. 거칠 것 없이 폭염이 쏟아져내렸다. 여름 한낮, 그 길 위에 서 있을 사람은 없었다. 미음은 교무실 창가에서 길을 바라보았다. 여름 한낮, 그 길 위에 여자가 서 있었다. 수직으로 똑바로 선 것은 원경의 미루나무와 그녀뿐이었다.

수건과 밀짚모자 대신 그녀는 흰 스카프를 머리에 둘렀다. 스카프 끝자락이 깃발처럼 나부끼진 않았으나 미음은 그녀를 알아보았다. 한참을 나무처럼 서 있다가 조금씩 움직이는 것을 미음의 눈길이 좇았다. 어딘가를 향한 행보가 아니었다. 여자는 우두커니 서서 아주 먼 곳을 오랫동안 바라보았다. 아주 먼 곳인 듯했다. 그러다 문득 몇 걸음 움직였다. 앞뒤 좌우도 없는, 다만 움직임일 뿐이었다. 그러다 다시 우두커니 서서 먼 곳을 바라보았다. 정말 아주 먼 곳인 듯했다.

방파제에서 봤던 것과 달리 그녀는 석상 따위 사물이 아니었다. 움직였다. 깡충 뛰기까지 하는 순간을 미음은 놓치지 않았다. 길 위에 그어진 어떤 금인가를 아무 생각 없이 깨금발로 뛰어넘는 것 같았다. 길 위에 떨어진 동전을 살짝 걷어차거나, 아니면 장난스럽게 밟는 동작이거나.

길 이쪽 끝에서 나타난 케로로의 어머니가 그녀 쪽으로 가까워졌다. 케로로의 어머니는 땡볕 아래를 구겨지듯 걸었으며 학교 쪽을 가끔 힐끗거렸다. 케로로 어머니의 작은 체구가 여자의 그림자와 잠깐 겹쳤다. 그리고 행성이 멀어지듯 멀어졌다. 미음의 등줄기로 굵은 땀이 흘렀다. 미음은 궁금했다. 그녀는 어째서 깡충 뛰었던 걸까. 그녀의 발밑에는 금이 있었던 걸까 동전이 있었던 걸까. 그리고 어쨌거나, 그 모든 것들이 어떻단 말인가…… 미음은 혼자 중얼거렸다. 당장 발밑의 뚜껑이 활짝 열리며 눈물이 날 만큼 그리운 세상으로 훅 빨려들 것 같았다. 미음은 눈을 꾹 감았다.

프랑스혁명의 시기를 살던 사람 중 단 한 명도 지구상에 남아 있지 않다는 사실을 떠올릴 때마다 미음은 신기했고 다행스러웠고 신났다. 신기하고 다행스럽고 신나는 상상은 바다를 마주할 때 빵처럼 부풀었다. 사람들이 바다라는 거대한 과자의 끄트머리를 벌레처럼 갉작갉작 갉아먹고 사는 상상도 바다를 마주할 때 떠올랐다. 수백만 년을 갉아먹고 갉아먹어도 손톱만큼도 줄어들지 않는다고 생각했을 때는 통쾌했다. 그리고 자신을 포함한 포구의 모든 사람에게 욕을 퍼붓고 싶었다. 인류에게 그러고 싶었다.

미음은 바다를 마주하고 앉았다. 어린아이를 삼킨 파도는, 지금까지 해변에 밀려왔던 셀 수 없이 많은 파도 중 하나였을 뿐이라며, 통쾌해하고 욕하고 싶었다. 어린아이가 파도에 휩쓸려간 일은 참으로 가슴 아픈 일이라고, 한편, 생각했다. 생각은 해수면처럼 부풀어오르고 꺼졌다. 미음은 이런저런 발치의 것들을 발끝으로 밀어 하나하나 바다에 빠뜨렸다. 그중에는 생닭집 주인이 두고 간 것도 있었다. 하늘이 흐려지며 바람이 거세지기 시작했다. 발끝으로 밀어 빠뜨린 것 중 어떤 것은 물아래로 가라앉았고 어떤 것은 물위에 떴다. 반짝이 포장지와 분홍 리본은 너울거리는 물위에서도 예뻤다. 이번 학부모 면담 때 받은 것과 지난 계절에 받은 것과 지지난 계절에 받은 것들이 섞여 있었다. 물결을 따라 밀려갔다 밀려오기를 반복하던 그것들은 마침내 먼바다로 향했다. 미음은 실눈을 뜨고 아득히 멀어지는 것들을 바라보았다.

누군가 미음을 지켜보았다. 느낌으로 알았다. 미음은 뒤돌아보지 않았다. 물위에서 멀어지던 것들이 더 멀어져, 자취를 감추었다. 그것들은 어쩐지 제물 같다는 생각이 들었다. 그가 미음에게 다가왔다. 어떤 걸음일지 어떤 눈빛일지 어떤 표정일지 미음은 알았다. 방파제에는 그와 그녀와 바다뿐이었다.

선생님……이니까요.

핑재가 말했다. 방파제에 이는 바람이 아니더라도 그의 말은 언제나 불명확했다. 하늘과 수평선의 경계가 흐려졌다. 선생님……이니까요. 한번 더 그가 말했다. 선생님이어서 어쨌다는 건데? 미음은 바다에서 시선을 거두어들이지 않았다. 핑재는 그녀의 말에 반응하지 않았다. 입 밖으로 소리내어 묻지 않았기 때문이었다는 걸 미음은 깨달았다.

그가 좀더 가까워졌다. 미음은 모른 척 바다를 바라보았다. 그가 지나가길 기다렸다. 지금까지 모든 것들은 그녀의 등뒤로 지나가고 사라졌다. 그녀가 상관할 일은 아무것도 없었다. 여름도 더위도 그렇게 지나갈 것이었다.

핑재는 그녀를 지나쳐가지 않았다. 그와 얘기하는 일은 쉽지 않았다. 그런 사람이었다. 바다의 뱃구레가 높아졌다가 꺼지고 높아졌다가 꺼졌다. 파도가 방파제에 부딪히며 푸우푸우 거친 숨을 쉬었고 핑재는 중얼거렸다. 미음이 고개를 돌려 그와 눈을 마주쳤다.

선생님이어서 어쨌다는 건데?

빠끔하게 뚫린 그의 눈은 언제나 비어 있어서 아무것도 읽어낼 수 없었다. 그의 뒤로 방파제 길과 차도와 시장 길과 둔덕이 하나의 소실점으로 급속히 빨려들었다. 핑재는 우두커니 서 있었다. 오히려 미음의 용건을 받아들이겠다는 듯한 태도였다. 그의 표정과 눈빛이 사람을 헷갈리게 한다는 걸 미음은 모르지 않았다. 그런 점에서라면 미음과 크게 다를 것도 없었다. 선생님……이잖아요. 습한 바람이 그의 말을 쓸고 지나갔다. 어쨌다는 건데? 바람은 밑단이 좁은 미음의 치마 속으로 기어들었다. 사람이……그럴 순 없는 거잖아요. 미음은 그의 어린 베트남 아내를 떠올렸다. 왠지 그래야 할 것 같았다. 고개 숙인 그녀 앞에서 무어라 말하고 소주를 마시고, 또 무어라 말하고 생선국을 먹던 양식장 주인을 떠올렸다. 역시 그래야 할 것 같았다. 서로 고개를 숙인 채 아무 말 않던 두 사람을 떠올렸다. 핑재는 생선국 먹는 미음을 물끄러미 바라보았을 뿐이다. 뭔가 확연해졌다. 더워, 더워, 덥다. 미음은 바다 쪽으로 고개를 돌리며 덥다, 더워, 중얼거렸다. 십 년 학교 선배라구요 선생님, 그 사람이, 사장님이. 미음은 응대하지 않았다. 선생님이니까…… 선생님이면, 옳고 그른 걸 아는 거잖아요. 선생님이니까.

응대하지 않았다. 미음은 석상처럼 서서 끝없는 바다를 바라보았다. 바다 끝이나 갉아먹고 사는 인간들인 주제에…… 구름이 물러나며 하늘이 땡볕을 쏟아부었다. 바람은 줄지 않았다. 그년은 내가 반 죽여놨어요. 핑재는 언제까지고 미음의 대답을 기다릴 태세였다. 그러거나 말거나, 모든 건 등뒤로 지나가거나 사라진다는 사실을 미음은 잊지 않았다. 한번 지나간 것은 다시 돌아오지 않았다. 지금까지 해변에 밀려왔던, 셀 수 없이 많던 그 어떤 파도와도 다른, 그러나 겉보기에는 하나도 달라 보이지 않는 파도 하나가, 금방 방파제 벽을 때리고 바다 쪽으로 물러났다. 미음은 그걸 바라보았다.

시장 길은 냄새와 더위와 소리로 가득했다. 하늘은 더러운 비닐 천막이 가렸고 바닥은 사시사철 흥건했다. 낮에도 밤에도 불을 밝혔다.

아이구 선생님 나오셨네. 헤헤.

생닭집 주인이 알은체했다. 몹시 뚱뚱한데다 앞치마와 팔에 닭털이 묻어 부얼부얼했다.

네.
더운데 잘 지내시나요?
네.

점심은 드셨어요?

네.

뭐 사러 나오셨나?

이것저것 좀.

시장 보고 가실 때 들르셔요. 생닭 한 마리 잡아드릴게.

지난번 것도, 아직 있는 걸요.

빨리 드세요. 묵히면 맛없어요.

네.

괜히 생닭집인가요, 뭐. 헤헤.

사람들이 생닭을 좋아하나봐요?

맛이 다르잖아요.

네.

잡는 방법이 다르니까.

네.

닭회 먹는 사람들이 많이 찾아요.

닭도 회로 먹나요?

오늘 좋을 걸로 잡아드릴게 닭회 해 잡숴보세요.

생닭집을 지나고 채소 가게를 지나고 건어물상 앞을 지났다. 미음은 채소 가게에서 시금치 한 단과 양상추 한 포기와 파프리카 세 개를 샀다. 건어물집에서는 건어물이 아닌 참기름을 샀다. 양겨자와 후추를 샀다. 휴지를 줍듯, 그런 것들을 검은 비닐봉지에 집어 담았다. 생선국집 앞에서 잠깐 걸음을 멈추었다. 점심을 먹었던가 생각해봤으나 얼른 기억나지 않았다. 열린 미닫이문 안으로 서너 명의 손님이 보였다. 핑재와 그의 베트남 아내와 양식장 주인이 앉았던 교자상은 비어 있었다. 미음이 줄곧 앉던 자리에서는 죽은 아이의 어미가 고개를 숙인 채 입에다가 생선국을 퍼넣었다. 쓸어넣고 있었다. 여자의 옆구리가 실룩거렸다. 점심을 먹었는지 안 먹었는지 미음은 여전히 기억나지 않았다. 그리고 궁금했다. 땡볕에 하얗게 달구어진 학교 앞 길에서 여자는 어째서 깡충 뛰었던 걸까. 알 수 없었으나, 깡충 뛰었기 때문에 저토록 생선국을 퍼먹는 거라고 미음은 생각했다. 그 생각은 조금도 틀리지 않을 것 같았다. 시장 길 너머, 차도를 건너면, 지구의 70퍼센트인 바다가 오늘도 일렁인다는 사실처럼, 그 생각은 엄연했다.

시장을 돌면서 미음은 이런저런 것들을 좀더 봉지에 집어넣었다. 먹지 않고 쌓아놓은 것들로 그녀의 냉장고는 가득했다. 그래도 그녀는 시장엘 들렀고 무언가를 샀다. 냉장고의 것들을 덜어내고 새로 쟁였다. 지구가 돌고 낮밤이 바뀌고 통장의 잔고가 늘고 시장이란 것이 있기 때문에 어쩔 수 없다고 그녀는 생각했다. 냉장고에서 덜어낸 것들은 버렸다.

미음은 다시 생선국집 앞을 지났다. 아이 어미는 그때까지 고개를 숙인 채 생선국을 퍼먹었다. 시장 상인들의 흥정하는 소리 농담하는 소리 웃음소리 덕담 나누는 소리 사이를 미음은 가로질렀다. 모든 소리가 가소로웠다. 그들의 표정과 몸짓도 그랬다. 미음은 생닭집 앞에 다시 당도했다.

야이, 개애애애애새끼야아.

멀어져가는 사내의 등을 향해 생닭집 주인이 소리쳤다. 사내는 돌아보지 않고 묵묵히 걸음을 옮겼다. 생닭집 주인이 숨을 고를 때까지 미음은 깜빡거리는 생닭들의 작은 눈을 보았다. 닭들은 좁은 닭장 안에서 저마다 부리를 쩍 벌렸다. 더위에 닭똥 냄새가 진동했다. 벌린 부리 사이로 새순처럼 뾰족하고 여린 혀가 보였다. 자잘한 깃털로 뒤덮인 닭의 멱이 빠르게 할딱거렸다.

하늘과 땅과 바다가 구별되지 않았다. 세상은 물로 가득찼다. 미음은 차 안에 있었다. 세찬 바람이 불었다. 비는 수직으로도 수평으로도 내렸다. 회오리치며 내렸다. 차를 통째로 흔들었다. 오래전에 시동을 끈 미음은 차 안에서 꼼짝하지 않았다.

시각을 알 수 없었다. 비와 바람과 어둠뿐이었다. 어딘가 어둠 한가운데 매달린 전등 불빛 하나가 간신히, 희미하게 번졌다. 저 앞쪽에서 무언가 움직이는 것 같았고 소리지르는 것 같았다. 굵고 사나운 빗줄기가 승용차의 지붕을 사정없이 때렸다. 성난 바닷물이 들썩이며 으르렁거렸다. 미음은 종종 폭우 속으로 차를 몰았다. 눈물을 철철 흘리거나, 솔티 아몬드를 오도독 씹으며 달렸다. 목적지 없이 달리다가 문득 멈추었다. 멈추는 곳이 목적지였다.

언제나 그랬듯, 멈추어서 시동을 껐다. 오로지 팔 하나만 최소한으로 움직여 캔 속의 아몬드를 꺼내 입안에 넣었다. 캔의 날카로운 아가리에 손가락이 스칠 때마다 미음은 헛오줌이 마려웠다. 아몬드가 캔 바닥에 조금밖에 남지 않게 되었을 때 밖에서 소리가 들렸다. 두 사람이 번갈아 지르는 소리였고 둘 다 남자였다.

멀지 않은 물에서 그들은 다투었다. 넙치 양식장이었다. 비바람이 사나워질수록 그들의 싸움도 사나워졌다. 물이 높게 요동치며 그들의 목소리를 집어삼켰다. 분명치 않은 목소리만으로도 그들이 누군지 미음은 알았다. 그들의 위치가 좁고 긴 부교 위라는 것도 알았다. 날이 개면 낮 경치가 썩 좋은 곳이었다.

미음은 손가락 두 개를 조심스럽게 캔 속으로 집어넣어 아몬드를 건져올렸다. 그러고는 천천히 입을 벌리고 혀를 내밀고 혀 위에다 아몬드를 올린 뒤 어금니 쪽으로 옮겨 소리나게 씹었다. 짭짜름하고 고소한 솔티 아몬드 향이 입안에 퍼졌다. 아몬드는 자꾸자꾸 그녀의 입으로 들어갔고, 큰 비명이 들렸고, 고함이 들렸다. 그리고 조용해졌다. 한동안은 비바람 소리와 들썩이는 물소리뿐이었다.

미음은 시동을 걸었다. 헤드라이트와 와이퍼가 동시에 작동했다. 물에 젖은 시궁쥐 같은 남자가 넋이 빠진 채 부교의 난간을 잡고 있었다. 생각보다 가까운 거리였다. 다른 한 남자는 보이지 않았다. 미음은 시동을 걸어놓은 채, 아몬드 캔 안으로 손가락을 뻗었다. 와이퍼가 분주하게 빗물을 밀어냈다. 아몬드는 없었고, 미음의 입으로 돌아온 것은 소금 묻은 빈 손가락 두 개였다. 미음은 그것을 목젖까지 들이밀고 빨았다. 혀로 손가락 사이를 핥았다. 입에서 뺀 손으로 변속 레버를 만져 차를 움직였다.

헤드라이트에 잠깐 드러난 양식장 주인은 넋이 나간 모습이었다. 미음은 천천히 차를 몰아 그곳을 빠져나왔다. 양식장 주인이 오랫동안 차량의 뒤꽁무니를 바라보는 걸 느꼈다. 비와 바람은 그치지 않았다. 부교와 양식장 주인과 넙치 양식장은 다시 어둠에 묻혔다.

케로로가 생쥐처럼 학교 복도를 기었다. 날이 활짝 갰다. 복도 창문으로 햇볕이 쏟아져들어왔다. 케로로는 창문턱 아래로 오리처럼 낮게 쪼그리고, 생쥐처럼 빠르게 복도를 내달았다. 방학은 길었다. 텅 빈 복도에는 케로로 혼자 분망했다.

핑재는 실족사로 처리되었다. 그리되었다고 했다. 양식장 주인은 공판장에 나타났고 시장 길에 나타났다. 그는 그날 그때 그곳에 없었던 걸로 결론이 났다. 핑재 혼자 양식장에 있다가 폭우에 변을 당했다고 했다.

미음은 케로로와 학교 종을 번갈아 보았다. 케로로는 복도 안을 오가며 이 문 저 문을 풀방구리 드나들듯 했다. 학교 종은 복도 바깥쪽에 매달려 한껏 햇볕에 달구어졌다. 인근 사찰의 스님이 기증한 종이었다.

핑재의 베트남 아내는 핑재의 장례를 치른 뒤 핑재와 살던 집에서 혼자 살았다. 달리 슬퍼 보이지 않았다. 표정 없던 모습 그대로였다. 핑재한테 얻어맞은 얼굴의 멍은 쉽게 사라지지 않았다. 양식장 주인은 평소와 다름없이 공판장과 시장 길에 나타났고, 자전거를 탔고, 사람들과 방파제에서 술을 마시며 더운 여름밤을 보냈다. 미음은 그와 눈을 마주치지 않았으나 그는 미음이 시야에서 벗어날 때까지 매번 뻣뻣하게 굳었다.

학교 종을 무심코 쓰다듬으려다 미음은 깜짝 놀랐다. 학교 종은 프라이팬처럼 뜨거웠다. 케로로는 점점 과감해져 교무실 문까지 열었다. 학교 종은 어른 어깨 높이에 매달려 있었다. 줄을 당겨 치는 종이 아니었다. 종 곁에 걸어놓은 나무막대기로 종의 겉면을 땅땅 두들겼다. 용접용 산소통을 잘라 만든 종이었다. 소리가 기가 맥히거든. 스님이 끙끙거리며 가져와 직접 달아주었다. 우리 절 범종각에도 이걸 달아놨다니께, 흐흐. 고장이 잦던 차임벨은 분리수거 통에 버렸다. 미음은 검지 끝으로 종의 뜨거운 표면을 살짝 만지며 웃었다.

시장 길 한가운데서 양식장 주인을 가까이 스친 적이 있었다. 그는 숨을 쉬지 못했다. 미음에게 말을 걸지도, 가까워지지도 멀어지지도 않았고, 미음을 바라보지도 지나치지도 않았다. 미음이 그에게서 멀어졌다. 그는 시장 길 한가운데서 사시사철 더러운 천막을 지지하고 서 있는 굵은 작대기처럼 뻣뻣했다. 미음은 작대기 밑동을 발로 툭 건드리며 소리 없이 혼자 웃었었다.

선택해.

미음이 케로로에게 말했다. 움츠렸던 케로로가 고개를 들었다. 미음은 케로로의 눈앞으로 자신의 두 손바닥을 내밀었다. 어떤 흑백영화에서처럼, 진작부터 해보고 싶었던 거였다.

선택해.

한번 더 말했다. 영문을 알 리 없는 케로로가 그녀의 왼손바닥을 가리켰다. 그러고는 다시 고개를 숙였기 때문에 케로로는 미음의 웃음을 보지 못했다. 미음의 왼쪽 손목에 손목시계가 있었다. 케로로가 그녀의 웃음을 봤더라도, 웃음의 이유가 영화 장면과 똑같이 돼가고 있었기 때문이라는 사실까지는 알 수 없었을 것이다. 미음은 천천히 손목시계를 풀고, 그것을 창턱에 조심스럽게 올려놓은 다음, 메이저리그의 이름난 사우스포 타자처럼 세고 빠르게 팔을 휘둘러, 케로로가 선택한 자신의 왼손바닥을, 케로로의 오른쪽 따귀에 적중시켰다. 불의의 기습을 받은 케로로의 고개가 휙 돌아갔고, 돌아간 고개가 미처 제자리로 돌아오기도 전에 미음은 케로로의 목덜미를 움켜쥐고 복도 바깥으로 내달았다. 바람처럼 내닫는 통에 케로로는 눈도 제대로 뜰 수 없었을 뿐더러 숨도 쉬지 못했다. 복도에서 학교 종까지 내닫는 데 육 초도 걸리지 않았다. 뜨거운 산소통 표면에다 케로로의 뺨을 지지고, 케로로가 놀라기도 전에 아이의 머리통으로 세차게 학교 종을 때렸다. 땅, 하는 소리가 방학한 학교의 텅 빈 복도와 교실을 울렸다. 소리의 여운은 금세 멈추지 않고, 평화처럼 보이는 여전한 땡볕과 여전한 바람과 여전한 더위 속을 실잠자리처럼 게으르게 선회했다.

미음은 방바닥에 앉아 입속의 것을 우물거리며 벽에 걸린 달력을 올려다보았다. 목을 길게 빼고 바라보았다. 자리에서 일어나 벽으로 걸어갔다. 하나하나 숫자를 세듯 달력을 오래 바라보았다. 열어놓은 창밖으로 노을 진 서쪽 하늘이 보였다. 더워, 더워. 중얼거리며 미음은 옷을 벗었다. 무릎까지 닿는 헐렁한 회색 옷 한 겹을 벗었을 뿐인데 알몸이 되었다. 밑 터진 큰 자루에 머리와 양팔을 넣을 수 있는 구멍 세 개가 전부인 옷이었다. 옷 한 겹과 알몸. 그뿐이었다.

욕실에 들어가 찬물을 끼얹고 나온 미음은 자루를 뒤집어썼다. 미처 다 닦지 않은 물기와, 그사이 몸에서 새로 비어져나온 땀과, 애당초 젖어 있던 것들로 옷은 여기저기 얼룩덜룩했다. 미음은 방바닥에 앉아 접시의 것을 손으로 집어 입에 넣었다. 우물거리며 다시 달력을 바라보았다. 접시의 것은 연하고 물컹거리는 생닭이었다. 얼마간은 희고 얼마간은 투명하고 얼마간은 분홍빛을 띤 고기 덩어리가, 먹기 수월한 크기로 토막나 있었다. 희고 둥근 접시와 생닭고기. 그뿐이었다. 소금도 초장도 젓가락도 없었다. 미음은 고기를 집어 입에 밀어넣고 다시 고기를 집어 입에 밀어넣었다. 오랫동안 우물거렸다. 관자놀이가 들썩거렸다. 달력을 바라보며, 고기를 집지 않은 손의 손가락을 꼽았다. 미음은 그 동작을 몇 차례 반복하며 중얼거렸다. 시간이 또 이렇게 지난 거야. 이렇게 지나고 만 거야. 더워, 덥다.

미음은 다시 옷을 벗었다. 맨어깨와 등과 엉덩이가 번들거렸다. 쏟아지는 찬물 아래 머리카락을 움켜쥐고 섰다. 거울에 비친 풍만한 몸을 외면했다. 우물거리는 것을 멈추지 않았다. 해가 졌고 날은 금방 어두워졌다. 더위는 조금도 수그러들지 않았다.

욕실에서 나와 미음은 단번에 옷을 뒤집어썼다. 옷은 거의 다 젖어 얼룩덜룩할 것도 없었다. 접시의 것을 마저 집어 입에 밀어넣었다. 우물거리고 달력을 보고 창밖을 내다보았다. 비는 오지 않았다. 더운 바람이 창가의 커튼을 흔들었다. 옷이 자꾸 맨몸에 달라붙었다. 입안에서 한없이 문드러지던 것을 꿀꺽 삼켰다.

액셀러레이터에 가만히 발을 얹고 미음은 포구를 빠져나갔다. 차는 빠르지도 느리지도 않게 앞으로 나아갔다. 집에서 입고 있던 옷차림이었다. 알 수 없는 억울함으로 눈물이 철철 흐르다가도 바다에서 불어오는 바람을 맞으면 뺨에 흥건하던 것들이 말랐다. 어둠이 점점 짙어졌다.

미음은 차가 나아가는 대로 내버려두었다. 낮이든 밤이든 바닷바람은 멈추지도 않았고 식지도 않았다. 살을 엘 듯 불었던 지난겨울의 지독한 바닷바람을 미음은 떠올리지 못했다. 미음에겐 언제나 당면한 계절뿐이었다. 입안에 생닭의 비릿한 뒷맛이 감돌았다. 손가락 끝을 아몬드 캔 속으로 깊숙이 밀어넣었다. 캔은 비어 있었다. 오줌이 마려웠다. 차가 흔들릴 때마다 홑겹 속 미음의 몸도 출렁거렸다.

계절이 바뀌고 나서야 계절이 바뀌었다는 걸 미음은 깨달았다. 지구가 또다시 공전주기의 사분의 일을 돌았다는 걸 알았다. 바닷바람의 온도와 세기와 성질이 달라지게 마련이었으나 언제나 당장에 불고 있는, 그런 바람이 불었었다는 생각만 들었다. 미음에게 바닷바람은 바닷바람이었다. 바다가 그러하듯이, 기원의 상태를 고스란히 간직한 채 오늘을 뒤채며 부는 바람이 바닷바람이었다. 미음은 차창을 열고 바닷바람을 맞으며, 오후의 기분을 지배하던 뜻 모를 억울함을 달랬다. 바람이 불고 차가 출렁거리고 몸이 따라 흔들릴 때마다 미음은 조금씩 속도를 높였다.

양식장 주인은 가슴 깊이의 물에서 쉴새없이 뜰채를 움직였다. 배와 가슴을 넉넉히 덮는 그의 녹색 멜빵 비닐 옷이 번들거렸다. 정글모자를 푹 눌러써서 얼굴이 드러나지 않았다. 핑재가 죽은 뒤로 양식장 주인은 사람을 쓰지 않고 혼자 늦게까지 일했다. 날은 좀더 어두워졌다. 빗방울이 조금씩 듣기 시작했다.

빗방울이 떨어져 수면에 작은 동그라미를 그렸다. 많은 동그라미가 순간 그려졌다 순간 사라졌다. 저녁 내 바람의 세기는 달라지지 않았다. 미음은 옷을 입은 채 물로 들어섰다.

머잖아 허리까지 가슴까지 잠겼다. 물위로 드러난 미음의 상체가 양식장 주인 쪽을 향해 천천히 움직이기 시작했다. 움직임은 느렸으나 그를 향해 똑바로 나아갔다.

달빛이 없어도 어딘가에 매달려 있는 전등 불빛 때문에 미음은 방향을 잃지 않았다. 수면에 이는 작은 물비늘들이 불빛을 받아 반짝였다. 정수리에 빗방울이 떨어져내렸다. 차가운 속물살이 홑겹 옷 속을 섬뜩하게 더듬으며 지나갔다. 그녀의 헐렁한 옷이 물결을 따라 해초처럼 흐물거리며 가슴께로 떠올랐다. 차갑고 미지근한 속물살이 아랫도리의 맨살을 뱀처럼 스치고 지나갔다.

빗방울이 더는 굵어지지 않았다. 멀리 검은 섬들이 보였고 섬과 섬 사이엔 어둠과 물뿐이었다. 미음은 남자에게 거의 다다랐다. 거대한 밤의 궁륭이 모든 걸 감쌌다. 여름 밤바다보다 크고 오래된 것은 없었다.

하이눈, August

말은 기포처럼 떠올랐다. 기포라는 말도 기포처럼 떠올랐다.

여자는 선착장에 서서 물을 내려다보았다. 아래쪽으로 난 콘크리트 층계의 여섯번째 계단에 물이 닿았다. 여자는 물로부터 여섯 계단 위에 서 있는 셈이었다. 여자 곁으로 자동차와 행인이 지나갔다.

콘크리트 층계 발치에 닿는 물은 좀더 바깥쪽의 물빛과는 확연히 달랐다. 층계 발치의 물은 물빛이랄 것도 없이 투명했다. 한 발짝쯤 더 나아간 곳부터 물은 갑자기 어둡고 푸른빛을 띠었다.

깊이를 알 수 없는 물속에서 이따금 한 움큼의 기포가 뭉글 떠올랐다. 더는 없으려나 싶을 때마다 한 차례씩. 여자는 그것을 내려다보았다. 가만히 서서, 고개를 숙이고, 그것을 내려다보았다. 바람은 불지 않았다. 뭉글 하고 기포가 떠오르면 곧이어 희고 작은 공기 알갱이들이 소다수의 그것처럼 따라올라와 흩어졌다.

입 큰 물고기의 트림이거나 물의 대류거나 요트의 용골 따위가 만

들어내는 작은 소용돌이일 것이겠으나, 여자는 아무려나 기포가 떠오를 때마다 하나의 말이 떠오른다는 느낌에 붙들려 있었다.

—다음 출항은 두시야, 두시.

잔교에 차단막을 치는 남자의 말을 여자는 알아들었다. 듣고 뜻을 안 뒤에야 아는 말이었구나, 알고 있었던 거구나 하고 여자는 생각했다.

처음 온 곳이었고, 처음 듣는 말이었는데도 그랬다. 데자뷔? 낯설 것도 모를 것도 없었다.

—타려거든 두시에. 음, 두시에 다시 오면 돼.

남자가 여자를 보며 웃었다. 좁은 챙이 달린 자신의 흰 모자에다 남자는 검은 피부의 손끝을 댔다. 콘크리트 계단 발치에 닿는 물빛과 좀 더 먼 곳의 물빛의 차이만큼이나 여자와 여자 곁을 오가는 행인들의 모습은 뚜렷하게 달랐다. 다른 나라 다른 인종 다른 언어였다.

기포를 보며 떠올렸던 말들에 국적 같은 게 있었던 것은 아니었지만 여자는 방금 전 들었던 남자의 말이 숙소에서 들었던 종류의 언어가 아니라는 것을 알았다. 그리고 기포라는 말은 남자의 언어도 숙소의 언어도 아니었다. 여자는 자신이 최소한 세 개의 언어를 아는 것이 아닐까 생각했다. 남자의 말이 현지의 것이고 숙소의 말은 세상에 두루 쓰이는 말이며 기포라는 말은 여자 자신의 모어일 거라고.

하지만 아닐지도 몰랐다. 숙소에서도 그게 통할 거라 싶어서 쓴 말이 아니었다. 말을 했고, 그것이 통했고, 그래서 통하는구나 생각했을 뿐이다. 남자의 말을 알아듣고서야 아는 말이었구나 깨달았듯이. 어떤 것이 현지어고 어떤 것이 세계어며 어떤 것이 모어인지 여자는 알려고 하지 않았다. 기포를 보며 말을 떠올렸을 뿐이다. 바다. 하늘. 요트. 트림. 바람. 물빛. 덥다. 더워. 흰 모자……

승객을 태운 유람선이 천천히 항구를 빠져나갔다. 항구는 둥글었고 바다와 잇닿는 나들목은 좁고 길었다. 하늘에서 내려다보면 표주박 같을 항구였다.

작은 유람선이었으나 느리게 겨우겨우 움직였다. 항구는 정박중인 천여 척의 요트들로 가득했다. 배가 회전하거나 비켜가거나 속도를 낼 여지가 거의 없었다. 한여름에 어째서 배들이 바다로 나가지 않고 빽빽하게 정박해 있는 것인지 알 수 없었다. 요트는 한 척의 예외도 없이 흰색이었다. 뭉글, 기포가 떠올랐다. 여자는 눈부시다, 를 떠올렸다.

샘물에 한꺼번에 쏟아져내린 흰 벚꽃. 휘휘 저어 한 바가지 떠올렸으나 바가지 안에도 가득한 흰 벚꽃. 후후 불면 조금 밀려났다가 바가지에 입을 대면 다시 돌아와 입술에 달라붙는 흰 벚꽃.

자신의 기억인지 알 수 없었으나 여자는 요트로 가득한 항구를 바라보며 샘물의 흰 벚꽃을 떠올렸다. 그리고 언젠가 이곳 이 자리에서 흰 요트로 가득한 항구를 바라보며 샘물의 벚꽃을 떠올렸던 적이 있었음을 상기했다. 그랬던 것 같았다.

유람선이 바다로 난 좁고 긴 나들목을 빠져나가고 있었다. 나들목 왼편 언덕에서는 17세기에 지어졌다는 큰 요새가, 오른편에서는 그보다 더 오래전에 지어졌다고 했으나 여자의 기억에서 이름과 연대가 잊혀버린 작은 요새가 바다로 나아가는 유람선을 굽어보았다. 나들목 좌우의 요새를, 요새의 높은 석축을, 여자는 부신 눈으로 바라보고 또 바라보았다. 숙소 프런트에 여행안내 책자가 비치돼 있었으나 여자는 체크인하는 동안 곁눈으로 다섯 문장쯤 읽었을 뿐 손을 대지 않았다.

유람선이 나들목의 바깥 끝에 이르렀다. 거기부터는 망망한 바다였다. 지중해라는 것을 알았으나 여자에게 특별히 의미 있는 바다는 아니었다. 어째서 지금 이 시각 지중해로 나서는 유람선을 부신 눈으로 바라보고 있는 것인지 여자는 알지 못했다.

여자가 머물렀던 모든 숙소에 여행자를 위한 안내 책자가 있었으나 여자는 자신을 여행객으로 여기지 않았다. 다른 여행객들처럼 어디서든 와서 어디로든 가는 사람이었으나 여자는 자신이 어디서 왔으며 어디로 갈 것인지 알지 못했다. 알지 않았다. 바람이 일면 얼마간 불려가다가 바람이 잦아들면 바닥에 내려앉아 다음 바람을 기다리는 종이봉지. 그와 같지 않을까 생각했으나 여자는 상념을 이어가지 않았다.

여자가 견디는 것은 상념과 기억 같은 것이 아니라 요트의 눈부심과 빠르게 뜨거워지는 항구의 대기였다. 바람도 냄새도 없이 질리도록 푸르기만 한 나들목 너머의 큰 바다였다. 그런 것들이었다. 어깨에 솟아나는 땀방울, 외퇴에 끈적하게 달라붙는 스커트 안자락. 그런 것들. 당장 견뎌야 할 것들이었으나 언제까지고 견뎌야 할 것들일지도 몰랐다.

여자는 손차양을 만들어 이마에 대고 하늘을 올려다보았다. 뜨거운 것이 쏟아져내리는 그곳은 바다보다 푸르고 차가운 무엇으로 텅 비어 있었다. 여자의 양팔에 잠깐 소름이 돋았다. 어지러워 몸이 흔들렸으나 여자는 하늘에서 눈을 떼지 않은 채 푸르고 차갑고 텅 빈 것이 정체불명의 두려움으로 빠르게 변하는 순간을 견뎠다.

—별거 없어. 별거 없다니까. 별거 없어.

중얼거리는 소리가 여자의 귀에 닿았다. 귀에 닿은 뒤에야 아까부터 들려오던 소리라는 걸 알았다.

—볼 것 없어. 볼 것 없다니까. 볼 것 없어.

높낮이 없이 되풀이되는 말은 사람의 목소리 같지 않았다. 원반형의 물질이 끝없이 회전하는 소리를 떠올리게 했다. 별거 없어. 별거 없다니까. 별거 없어…… 여자는 고개를 두리번거렸고 소리나는 곳을 알아냈다. 석조건물 모서리에 기댄 채 길 위에 반쯤 누운 노인의 눈과 마주쳤다.

첫 마주침으로도 노인이 오랫동안 그런 눈빛으로 자신을 바라보고 있었다는 걸 여자는 알아차렸다. 노인은 항아리만한 유리병을 도망치려는 강아지 붙잡듯 끌어안고 있었다.

여자는 선착장 남자의 언어를 저절로 알았고 노인의 시선이 자신을 향하고 있었다는 사실을 그냥 알아챘다. 그랬듯이, 노인이 끌어안고 있는 병 속의 것이 저렴한 포도주라는 사실도 알아버렸다. 여자에게 그것은 매우 쉬운 일이었다. 모든 일들이 언젠가 그녀에게 일어났던 것이었다.

노인의 턱수염은 머리카락만큼 셌고 머리카락만큼 성글었다. 얼굴의 땟국이 머리카락과 수염에도 묻어 있었다. 게슴츠레했던 눈이 여자와 마주치자 반짝 빛났다. 자신이 해야 할 일을 찾았다는 듯 노인은 더러운 손가락으로 바다 쪽을 가리키며 말을 쏟아놓기 시작했다.

늘어진 입술 사이로 흘러나오는 노인의 말을 제대로 알아들을 수 없었으나 유람선을 탈 필요가 없다는 요지는 분명했다. 처음부터 여자는 유람선을 탈 생각이 없었다. 하지만 노인이 중얼거리도록 내버려두었고 여자는 자리를 뜨지도 않았다.

유람선을 타고 나들목 바깥으로 나가면 저 멀리 성이면서 감옥이었던 바위섬 하나를 만나게 된다, 멍청한 사람들이 가고자 하는 곳이 바로 그 섬인데 어이없게도 사람들은 그곳에서 소설 속의 백작이 도망치던 길을 찾으며 시시덕거린다. 내용을 줄이면 이랬으나 노인은 그 말을 한없는 콧물과 비웃음과 한숨을 섞어 길게 늘어놓았다. 늘어놓는 중간중간 유리병 뚜껑을 열고 힘겹게 병을 기울여 검붉은 액체를 삼켰다.

—별거 없어. 별거 없다니까. 별거 없어.

노인은 말했다.

—볼 것 없어. 볼 것 없다니까. 볼 것 없어. 작자는 여자라면 응, 귀천을 안 가렸지. 애어른을 안 가렸어. 매일매일 말이지. 갈아치웠다니까. 정말 매일. 볼 것 없어. 음, 백작인지 뭔지를 쓴 작자. 저 섬에다 백작을 가뒀다나. 소설에서 말이야. 진짜 백작이 있었던 것도 아니고 그랬으니 그 백작이란 자가 저 섬에 갇혔었을 리도 없잖아. 별거 없어. 흥, 소설. 별거 없다니까. 더 덥지 거기는. 윹. 덥기만 할 뿐. 재단사라는 년이 작자의 애를 낳았지. 인정하지 않았어, 작자는. 딴 놈의 새끼라고. 그런데 그 아들이 커서 작가가 돼. 음, 애비가 작가라는 증거지, 흐흐. 하여튼 사생아라나 방탕한 아버지라나 그런 제목으로 글을 썼대, 아들이. 뭐 그것도 볼 것 없어. 별거 없어. 돌아올 걸 돈 주고

뭣 하러 가, 거길. 손바닥만한 섬엘. 볼 것도 없어. 부질없어. 다 그래. 돈 있으면 응, 나한테나 줘. 우트. 정말 더워서 못 살겠어.

노인이 기댄 것은 석조건물만이 아니었다. 석조건물이 드리운 그늘. 그것에 기대기 위해 그는 일부러 건물 모서리를 등지고 있었다. 건물 그림자의 길이가 빠르게 줄어드는 것이 여자의 눈에 띄었다. 햇빛이 노인의 발끝에 닿고 있었다. 발끝을 햇빛에 먹히지 않기 위해 노인은 조금씩 그늘 안쪽으로 발을 끌어당겼다. 끌어당기며 웃트, 하고 중얼거렸다. 윹 같기도 하고 우트 같기도 하고 웃트 같기도 한 말이 가래 끓는 소리에 섞여 튀어나왔다. 볼 것 없어. 별거 없다구……

정오에 가까울수록 건물의 그림자가 짧아지는 것은 어쩔 수 없었다. 노인은 공벌레처럼 몸을 말지 않으면 안 될 거라고 여자는 생각했다. 노인은 말을 멈추지 않았다. 별거 없어. 가봐서 안다니깐. 윹. 지금은 온 섬이 갈탄처럼 뜨거울걸. 유리병을 기울여 검붉은 액체를 핥는 노인을 여자는 바라보았다. 다 안다구. 알아. 난 오래 살았지. 별거 없어. 한 번이야. 한 번으로 끝나는 거야. 알고 보면 그래…… 여자는 노인이 기댄 석조건물의 뒤쪽 건물을 보았다. 앞 건물과 조금도 다를 것 없는 건물이었다. 그곳에 그런 건물이, 그리고 그 건물 뒤로도 그와 똑같은 건물들이 연이어 서 있다는 사실을 여자는 처음 안 듯 알았다.

여자의 시야에 널브러져 있던 풍경이 어느 순간 천지가 창조되는 것처럼 갑자기 눈 안으로 뛰어들었다. 그것을 여자는 이해하지 못했다. 눈을 뜨고 있었으나 못 보았던 것. 보았으나 널브러져 있던 것. 그것이 한순간에 엄습해왔다. 자동차 소음과 사람들의 목소리와 거리에 가득한 모든 움직이는 것들이 그랬다. 거리는 매우 어수선하고 소란스러웠다. 그런 항구였다.

노인의 말이 소음에 묻혀 들리지 않았다. 들릴 만한 거리도 아니었다. 여자는 선착장에 서 있었고 노인은 사람과 차들이 오가는 2차선 도로 건너편에 누워 있었다. 처음 보는 것들이 늘 보는 것처럼 익숙한가 하면, 너무 익숙해서 지각되지 않던 풍경이 폭발하듯 낯설게 침입하는 순간과 맞닥뜨릴 때마다 여자는 땡볕 아래서 꼼짝할 수 없었다.

완만하고 끝이 아득한 언덕 너머로 석조건물의 행렬이 이어졌다. 모든 건물의 그림자는 노인이 기댄 그늘과 같은 방향 같은 넓이로 드리워졌고 같은 속도로 짧아졌다. 여자는 그걸 바라보았다. 자동차와 아랍계 행인들이 한데 섞여 건물과 건물 사이의 좁은 길을 오갔다. 여자는 고개를 돌려 항구 건너편 언덕을 바라보았다. 그곳에도 완만하고 끝이 아득한 언덕이 있었고 석조건물이 있었고 좁은 골목이 있었고 사람과 자동차들이 분주하게 오갔다. 항구의 둥근 가장자리에 잇닿은 도로에도 수백 년 된 석조건물이 줄을 이었다. 보이는 모든 것들이 뿜어내는 소리 때문에 여자는 몸이 저렸다.

여자는 고개를 돌려 다시 노인을 바라보았다. 그에게서는 이제 아무 소리도 들리지 않았다. 취하고 짓무른 눈으로 겨우 이쪽을 바라보고 있을 거라고 생각했다. 언제부터 노인은 저곳에 있었던 걸까. 여자가 궁금해하는 순간, 서로가 서로에게 서로일 뿐이라는 이상한 말이, 뺨을 후려치듯 스쳤다. 긴 노랫소리가 항구를 건너왔다.

머리에 흰 두건을 쓴 여자가 건물 위에서 빨래를 널며 노래를 불렀다. 거의 모든 건물이 그랬듯 빨래를 너는 석조건물도 오래된 파피루스빛이었다. 누런 진흙 기와지붕 한편의 평평한 옥상을 굵은 빨랫줄이 가로질렀다. 흰 두건의 여자는 몸이 크고 둥글둥글했다. 검은 피부 때문에 머리에 두른 흰 수건이 멀리서도 빛났다.

끝없이 노래가 흘렀다. 모스크에서 흘러나오는 것과 같은 경건하고 장중한 노래였다. 밝은 햇빛에 빨래를 널게 되어 기분이 상쾌해진 자의 노래였으나 어쩐지 전심전력하여 부르는 노래처럼 들렸다. 어떤 틈새든 빠르게 비집고 나아가는 곤충처럼 노래는 소음을 뚫고 여자에게 와닿았다.

노래 결을 따라 빨래가 흔들렸다. 선착장에는 바람 한 점 없었으므로 빨래를 흔드는 것은 노래일 거라고 여자는 생각했다. 노래가 높고 클수록 빨래가 경쾌하게 펄럭였다. 펄럭이는 빨래의 끝자락이 가리키는 방향. 그곳이 동쪽일까 서쪽일까 여자는 잠시 궁금했다. 남쪽일까 북쪽일까. 저 빨래가 펄럭이며 가리키는 곳. 어느새 노래만 남고 다시 모든 소리가 사라졌다는 사실을 여자는 모르고 있었다. 햇볕 때문에 정수리가 좀더 뜨거워졌다는 걸 느낄 뿐이었다. 펄럭이는 빨래가 가리키는 곳은 바다 쪽이었다.

여자는 천천히 걸어 어부들의 좌판에 이르렀다. 항구 나들목이 곧바로 마주 바라다보이는 곳이어서 어부들의 좌판에서는 항구 안으로 들어오는 배들을 가장 먼저 볼 수 있었다.

요트로 가득한 항구에 왠지 어울릴 것 같지 않은 좌판이었다. 주의 깊게 살펴보았으나 여자는 요트 아닌 어선을 항구에서 발견하지 못했다. 바람이 없는데도 그늘막의 천 자락이 펄럭였다. 어부들은 심해어류처럼 흐물거리는 생선을 들어올렸다 내려놓았다 하며 웃었다. 수면에 반사된 햇빛이 그늘막 안으로 야울야울 기어들었다. 그늘막 안에도 그늘이 없었다. 어디나, 모든 게, 후끈거렸다. 항구의 바닷물도 머잖아 끓어넘칠 것 같았다.

어부들의 어설픈 판매가 장난 같고 연기 같았는지 지나던 한 여인이 진짜 파는 거예요? 하고 물었다. 어딘가 제대로 된 어시장이 따로 있을 거라고 누구나 짐작하게 만드는 그런 좌판이라는 게 있다면 바로 여자가 보고 있는 어부들의 좌판이었다. 진짜고말고요. 어부가 대답했고, 어부의 말이 진짜인지 아닌지 확인하기 위해서인 듯 여인은 생선을 사겠다고 했다. 주변에 모여 있던 사람들이 모두 웃었다.

웃음에 유쾌한 음모가 도사리고 있을지도 모른다고 여자는 생각했다. 바람 없이 펄럭거리는 그늘막도 그랬다. 그것들은 끝없이 높고 큰 소리로 부르는 노래와 연루돼 있는 것 같았다. 빨랫줄의 흰 빨래들이 여전히 바다 쪽을 향해 펄럭펄럭 손짓했다. 두건 쓴 여자의 노래가 항구의 하늘을 겹겹이 덮었다.

어부는 흐물거리는 생선의 배를 가르고 얼마 되지 않는 내장을 꺼내 바다에 던져버렸다. 바다에 던질 거라고 상상하지 못했던지 구경하던 사람들이 탄성을 질렀다. 어부는 더 의기양양해졌다. 가슴을 펴고 문신 가득한 어깨를 으쓱했으며 모든 동작에 과장을 보탰다. 어쩌다 하는 저런 동작이 어부로 하여금 많은 것들을 견디게 해줄지도 모른다고 여자는 생각했다.

여자는 어부에 관해 아무것도 아는 게 없었다. 포도주 병을 애완견처럼 끌어안고 핥는 노인을 알지 못했다. 알지 못한다는 것은 아무런 문제도 되지 않았다. 자신이 지금 어부와 노인과 일직선에 위치한다는 사실을 우연히 알았으나 역시 아무 문제도 되지 않았다. 바람 없이 빨래와 그늘막이 한 방향으로 펄럭이는 것도, 사람들의 웃음도 그랬다. 여자에게 분명한 것은 눈부신 햇빛과 점점 더 뜨거워지는 항구의 대기, 그리고 몸에 달라붙는 거추장스러운 스커트 안자락이었다.

여자가 관람차에 오른 것은 더 높은 곳에서 바다를 바라볼 수 있다는 관람차 직원의 말 때문이 아니었다. 이유가 있었다면 관람차가 그곳에 있었기 때문이라고 해야겠으나 그것 또한 이유다운 이유가 아니었다. 있을 만한 곳이 아닌 장소에 관람차가 있었기 때문이라고 하면 조금은 근사한 이유가 될 듯했으나 관람차가 있을 만한 장소라면 어떤 곳일까 하다가 여자는 생각을 멈추고 관람차에 올랐다.

관람차는 어부들의 좌판 옆이었고 관람차에서 열 발짝 곧장 앞으로 걸어나가면 항구의 물이었다. 관람차는 요트와 같은 흰색이었으며 눈부셨다. 회전은 시계의 분침만큼이나 느려서 멈추었나 하면 움직였고 움직였나 싶으면 멈추었다.

위아래로 검은색 옷을 빼입은 말쑥한 청년이 사람들을 관람차에 태우고 내렸다. 청년은 웃고 있었으나 친절한 웃음 같지는 않았다. 곤니치와. 더 멀리까지 바다를 볼 수 있어. 그는 여자에게 말했다. 손님 없으면 계속 공짜로 돌 수 있고. 계속.

여자는 성당 문 앞에 쪼그려앉은, 모녀처럼 보이는 걸인을 바라보고 있었다. 스미마센. 타는 게 남는 거라니깐. 청년이 반복해 떠들었으나 어떤 간절함도 느껴지지 않았다. 성당은 관람차 뒤쪽에 있었다. 관람차에서 앞쪽으로 열 발짝을 가면 항구의 물이었고 뒤쪽으로 열 발짝을 가면 성당의 작은 마당이었다. 성당을 나오는 사람들에게 모녀는 손을 내밀었다. 그녀들에게 적선을 베푸는 사람은 거의 없었다. 그러거나 말거나 모녀는 기계적인 동작을 반복했다. 적선을 베푸는 사람에게나 그러지 않는 사람에게나 모녀의 반응은 한결같았다. 주변의 호응을 얻어내기에는 관람차 청년의 말이나 걸인 모녀의 동작이나 적절해 보이지 않았다. 머리카락과 귀를 덮은 알록달록한 모녀의 스카프 위로 땡볕이 쏟아져내렸다. 스카프 밑으로 눈 그늘만 움푹할 뿐 눈동자는 보이지 않았다.

치장이라고는 중세 때 멈추어버리고 말았을 작고 칙칙한 성당과 그 마당의 걸인 모녀, 그리고 그 열 발짝 앞의 흰 관람차와 청년과 또 그 열 발짝 앞의 항구의 물빛과 요트를, 여자는 차례로 바라보았다. 시야가 모녀와 관람차로 좁아지며 그곳은 동화의 공간이 되었고 여자는 그 안으로 걸어들어갔다. 실은 관람차의 맨 꼭대기에 다다르고 있는 캡슐을 아득히 올려다보며 걸었을 뿐인데 어느 순간 덜컹 하는 소리와 함께 여자는 출발하는 캡슐에 갇히고 말았던 것이다.

꼭대기 캡슐을 올려다보기만 하며 걸었던 것이 아니었다는 걸 여자는 캡슐에 갇히고 나서 깨달았다. 정점. 그곳에 이르고 싶다는 열망이, 때마침 귀밑을 스쳤던 한줄기 뜨거운 바람처럼 여자의 몸을 뚫고 지나갔다. 그런 열망이란 순간의 일이고 착란이라는 것도 알았다. 하지만 여자는 아랑곳 않고 걸음을 옮겼다. 귀밑을 스치는 더운 바람에는 비린내도 짠내도 없었다.

시침과 분침이 겹쳐 12에 머무는 순간. 관람차의 회전속도가 아무리 느려도 그 순간은 말 그대로 찰나에 지나지 않겠지만 여자는 그 지점에 닿고 싶었다. 그 지점을 지나기 위해, 그 지점에 다다르고 싶은 건지도 몰랐다. 그 지점을 지난 자리에서 그 지점을 바라보기 위해서 거나. 왜 그곳을 지나 그곳을 바라보고 싶은지를 생각하기도 전에 여자는 출발하는 캡슐에 갇혔다.

숙소의 방은 작고 좁았다. 3층에 자리한 객실에는 일인용 침대와 창문이 하나씩 있었다. 여자는 잠에서 깨어 창밖으로 고개를 내밀고 용도를 알 수 없는 커다란 사각 구덩이를 내려다보았다. 저물어 도착하는 바람에 전날에는 보지 못했던 구조였다. 사각 구덩이의 삼면은 벽돌로 쌓아올린 수직 옹벽이었고 나머지 한 면은 여자가 묵고 있는 숙소의 벽이었다. 숙소는 거대한 사각 구덩이의 일부였다. 숙소 벽면의 위아래로 모양이 같은 작은 창이 연이어 있었다.

여자는 아래를 내려다보고 위를 올려다보았다. 사각 구덩이의 밑면에는 이런저런 잡초들이 무성했다. 위를 올려다보았으나 여자처럼 창밖으로 고개를 내밀고 사각 구덩이를 내려다보는 사람은 없었다. 벽면의 위쪽 끝에 파란 도화지 같은 사각의 하늘이 걸려 있었다. 관람차 캡슐에 앉은 여자는 아침에 보았던 사각 하늘을 떠올렸다. 여자는 하늘로 오르고 있었다.

숙소에서 제공하는 모닝 토스트에 커피와 자몽주스를 마시고 식당을 빠져나왔다. 프런트 여직원이 식당 주방문을 열고 밖으로 뛰쳐나오다가 여자와 부딪혔다. 여직원은 사과도 잊고 곧장 프런트 의자에 털썩 주저앉았다. 여자는 잠깐 동안 여직원을 바라보았다.

프런트 앞을 지나치려는데 여직원이 말했다.

—왜 사는 거라고 생각해? 사람이?

무슨 말인지 알아들을 수 없었다. 체크인할 때 그녀와 나누었던 언어가 아니었다. 지독한 사투리거나 알아들을 수 없는 나라의 언어라고 여자는 생각했다. 나는 리비아에서 왔는데 너는? 이라고 묻는 것 같았다. 그러다 몇 초 뒤 여자는 그녀의 말을 간신히 알아들었다. 많은 것이 섞여 있어 해독하기 어려운 말이었으나 알아들었다. 프런트에는 여자와 그녀뿐이었다.

—무엇 때문에, 응?

주변을 둘러보아도 프런트에는 여자와 그녀뿐이었다. 여직원의 통통한 가슴이 격하게 오르내렸고 호흡도 거칠었다. 그녀의 말이 여자를 향했을 뿐만 아니라 그녀의 슬픈 눈빛도 여자를 향해 열려 있었다. 무언가 잘못되었다는 것을 여자는 알아차렸다. 주방에서 무슨 일이 있었던 걸까.

너무 어려워, 질문이. 여자는 말없이 여직원을 바라보았다. 여자는 그녀의 말과 눈빛이 자신을 향하는 것이 아니라고 여겼다. 지나치게 근본적인 질문은 따분해. 여자는 그녀를 바라만 보았다. 못 알아들은 걸로 할게. 네 말뜻을 알고 싶지 않으니까.

여직원이 여자의 심중을 읽었을 리 없었으나 몇 초 뒤 여직원은 비명을 지르며 여자에게 사과했다.

—내가 미쳤던 거야. 그렇지? 그렇지 않고서야.

그녀는 더듬더듬 체크인 언어로 말했다.

—당신처럼, 아, 왜 나는 인자하지 못할까.

여직원은 두 손으로 얼굴을 감싸고 숨 꺼지는 빵처럼 한숨을 쉬었다. 흑발의 곱슬머리가 부르르 떨었다.

여자는 숙소를 나와 기차역 앞을 지났다. 즐비한 가게 앞에 검은 턱수염을 기른 남자들이 플라스틱 의자에 빈 몸으로 앉아 서로를 바라보았다. 대화를 나누지 않았다. 더는 대화를 나눌 수 없을 만큼 너무 오랫동안 같은 사람들과 같은 장소에서 같은 아침을 맞는 듯했다. 도로 건너편에서는 희고 납작한 모자를 눌러쓴 노인들이 페탕크 게임을 하고 있었다. 그들한테서도 말소리는 들리지 않았다. 여자가 거리를 다 지나갈 때까지 그들은 여자를 흘끔거렸다. 항구 쪽으로 관람차가 내려다보였다. 관람차를 탈 거라고는 생각지 않았다.

항구를 바라보며 걸었다. 항구 때문에 이 도시에 도착한 것 같다는 생각이 들었다. 사람들로 어수선한 넓은 길을 걷다가, 좁고 지저분한 길을 걷다가 막다른 골목에 갇혔다. 관람차의 꼭대기는 어디서나 보였다.

그러다 개선문을 지났다. 규모가 제법 큰 석물 개선문이었는데 어쩐지 오래되어 내다버린 장난감처럼 초라했다. 개선문이 있다는 기록도 소문도 여자는 접한 적이 없었다. 듬성듬성 뜯겨나간 웃자란 잔디가 개선문 주변에, 역시 버려지듯 널려 있었다. 한때는 무언가의 상징이고 영광이었을 구조물이 평지도 아닌 비스듬한 경사지에 유실물처럼 놓여 있었다.

검은 낯빛의 남자들이 웃자란 잔디에 반쯤 누워 오백 밀리리터짜리 캔맥주를 마셨다. 종이처럼 구겨진 빈 캔이 다른 쓰레기들과 섞여 여기저기 뒹굴었다. 옆구리를 땅에 댄 채 한 손으로는 검은 수염의 턱을 받치고 다른 한 손으로는 맥주 캔을 들어올렸다. 잔디밭 남자들은 취해 있었다. 비쩍 마른 개들이 주둥이를 내리고 남자들과 쓰레기 사이를 오갔다.

여자는 아무려나 항구를 바라보거나 관람차의 꼭대기를 응시하며 걸음을 옮겼다. 숙소 프런트의 여직원은 머리카락을 수습하고 바른 자세로 앉았을까. 제대로 된 숙소의 언어로 말하기 시작했을까. 잔디밭을 가로지를 때 불현듯 삶의 근본을 묻는 일이 언제나 따분한 것은 아닐지도 모른다는 생각이 들었다. 여자는 자신의 생각을 모른 척하며 개선문을 지났다. 술과 오줌으로 찌든 잔디를 밟으며 점점 가까워지는 관람차를 바라보았다. 관람차만 바라보았다. 그렇게 바라보던 관람차였다.

캡슐이 허공으로 오를수록 항구가 작아졌다. 항구의 둥근 가장자리에 적지 않은 사람들이 서거나 앉아서 항구 안쪽을 바라보았다. 여자는 자신이 서 있었던 선착장을 보았다. 그곳에도 몇몇 사람들이 서거나 앉아서 요트로 가득한 항구를 바라보았다.

행인과 자동차들은 분주히 움직였고 항구 가장자리의 물가는 다른 세계처럼 멈추어 있었다. 포도주 병을 끌어안은 노인은 길 위에 버려진 휴지와 구별되지 않았다. 관람차가 소리 없이 움직였다.

항구 가장자리에 서거나 앉은 여러 사람 중 하나가 움직이는 것이 눈에 띄었다. 한 장의 흰 천으로 머리와 몸을 가린 여인이었다. 가장자리의 사람들이 전혀 움직이지 않는다는 사실이 여인의 움직임으로 더욱 분명해졌다. 허공으로 오르는 캡슐 안에서 여자는 그것을 내려다보았다. 하나의 작은 움직임 때문에 더 크고 완강해 보이는 정지를.

여인은 물을 향해 조금씩 움직였다.

정지해 있는 사람들은 밤이 되어도 어딘가로 다시 돌아갈 사람들처럼 보이지 않았다. 일이 없거나 일이 필요 없는 사람들. 삶이 없는 사람들. 그런 사람들이란 어떤 사람들일까 여자는 생각했다. 그들이 누구인지도 모르며 알고픈 마음도 없이. 포도주 노인의 고향은 여기가 아닐지도 모른다는 생각 같은 것만 떠올랐다. 저들 모두 어딘가 끝에 와 있다는 느낌 같은 것만. 이곳은 저들 나라도 삶터도 아닐지 모른다는 것 따위. 그런 것만 떠올랐다. 여자는 이유를 알 수 없었다. 그들을 멀리서 와서 이제는 돌아갈 곳 없는 사람들이라고 여겨버리는 까닭을.

흰옷의 여인이 물로 들어섰다. 보이지 않았지만 물아래로 콘크리트 계단이 계속된다는 걸 알 수 있었다. 여인은 천천히 한 발짝 한 발짝 물속 계단을 짚어 내려갔다. 그러는 것 같았다. 그리고 멈추어 한동안 물에 잠긴 자신의 무릎께를 내려다보았다. 여자는 여인에게서 눈을 떼지 않았다. 여인이 쪼그려앉았다. 엉덩이와 허리가 차례로 푸른 물에 잠겼다. 그러고는 오래 있었다. 캡슐이 조금 더 높아졌다.

저들은 왜 이곳에 와 멈춘 것일까. 나 혼자 끝을 가자, 끝을 가보자 하고 떠났을 뿐 저들과 끝 저들과 멈춤은 나와 아무 상관도 없는 것 아닐까. 여자는 속으로 중얼거렸다. 어디를 가든 가기를 쉬지 않으면 끝에 다다를 것이라고 생각한 것은 어디까지나, 여자의 일이었다. 그러나 끝에 다다른다는 것이 무엇인지 여자는 알지 못했다. 멀든 가깝든 끝에 다다른다는 것은 다른 세계의 입구에 선다는 뜻일 거라고만, 그런 생각만 했다. 실은 다른 세계에 대한 갈망도 없이 몸과 마음을 온전히 눈먼 발길에만 맡겨두는 것이 여자의 일이었다. 그 발이 지금은 지면에서 떨어져 허공으로 올랐다. 발밑으로 동그란 항구가 보였고 가장자리 물가에 서거나 앉은 사람들이 보였다. 그들이 무엇을 보든 어디서 와서 어디로 가든, 혹은 버려진 물건처럼 멈추어 더는 자력으로 움직이지 못한다고 해도, 여자와는 상관없는 일이었다. 여자는 혼자서 오직 가기를 쉬지 않을 뿐이었다. 아니면 결국 한자리에서 관람차처럼 돌거나. 볼 것 없어. 웃트. 노인의 말이 떠올랐다. 별거 없어. 말은 물속 깊은 곳으로부터 뭉글 떠올랐다. 여자는 소리를 들었다. 소리는 슬립워킹 환자의 귀청에 닿는 말처럼 먹먹했다.

캡슐이 정점에 이르렀다. 자신이 타고 있는 캡슐과 일직선으로 맞바라보이는 캡슐이 막 바닥에 닿는 것을 여자는 내려다보았다. 검은 옷의 청년이 잠금장치를 풀기 위해 바닥에 닿은 캡슐로 다가서고 있었다. 누군가는 항구의 가장자리에 내릴 것이고 누군가는 캡슐을 타고 여자가 머물러 있는 허공으로 떠오를 것이다. 그런 사실이 여자를 살짝 숨가쁘게 했다. 크기는 해도 관람차의 원리는 자전거 바퀴와 다를 게 없었다. 개개가 지름에 해당하는 바퀴살 하나의 양끝에 캡슐이 매달려 있었다. 하나가 땅에 닿으면 맞은편 것은 하늘과 가장 가까운 곳에 이르렀다.

정점도 하나의 끝이 아닐까. 그렇지 않을까 긴장했으나 원을 이루는 모든 점이 끝일 수 있어서 여자는 맥이 빠졌다. 끝이라는 것은 없거나, 있다면 고작 어디어디로부터의 끝이었다. 어디어디가 없거나 모른다면 끝도 없거나 모르는 것. 나의 어디어디는 어디일까. 갑자기 캡슐이 터질 것처럼 달아올랐다. 이 캡슐 안을 이제부터 나의 어디어디로 삼는다면? 이라고 생각하는 순간 여자는 저 아래 바닥으로 곤두박질치고 싶은 충동에 사로잡혔다. 이유라면 더위, 그뿐이었다. 그뿐이라고 생각했다. 서늘하게 텅 빈 하늘 한가운데서 쏟아져내리는 뜨거운 햇빛. 그 무엇으로도 차단되지 않은 온전한 광선.

캡슐 안은 생생해서 미칠 듯한 더위가 전부였다. 여자의 존재가 존재한다는 확신을 주는 것은 선명한 더위 말고는 일말의 것도 없었다. 정점에서 더위 아닌 모든 것들은 명백한 거짓이었다. 관람차에 오르면서 보고 생각하고 느낀 것 모두. 어디어디부터 어디어디까지의 것 모두.

찌고 숨막히는 듯하다가 더위는 고스란히 살을 에는 통증이 되었다. 어떤 느낌도 여자에게 이토록 명징했던 적이 없었다. 혹독했으며 처음이며 마지막일 것 같았다. 정점을 지나면 다시는 겪지 못할.

캡슐이 정점을 지나 아래로 움직이기 시작했다. 조금 전까지 자신이 머물렀던 정점을 여자는 물끄러미 올려다보았다. 불구덩이를 지나온 것처럼 온몸이 홧홧했다.

아이들의 외침에 여자는 정신을 차렸다. 한 무리의 남자 아이들이 소리를 지르며 항구의 물속으로 뛰어들었다. 바다표범들이 뭍에서 털을 말리다가 뛰어드는 것 같았다. 캡슐이 지상에 가까워질수록 아이들의 목소리가 크게 들렸다. 아이들의 동작은 거침없고 유연했다. 수없이 물로 뛰어들어서인지 그들의 몸과 몸의 빛깔도 바다표범을 닮아 있었다.

잠수를 하고 자맥질을 하고 물보라를 내며 헤엄쳤다. 항구 가장자리에 서거나 앉은 사람들은 여전히 꼼짝하지 않은 채 아이들을 바라보았다. 너무 꼼짝도 하지 않아서 활력 넘치는 아이들이 오히려 비현실 같았다.

나들목에서 유람선이 들어오고 있었다. 빨래 너는 여자의 긴 노랫소리는 멈춘 지 오래였으나 항구의 대기는 노래의 여운을 품고 있었다. 아이들이 다이빙하고 헤엄치며 까르륵 웃는 웃음에도 노래의 여운은 흩어지지 않았다.

건너편 선착장의 남자가 모자를 머리에 바삐 얹으며 유람선을 맞이하기 위해 잔교의 차단막을 걷어올렸다. 여자는 관람차에서 내려 항구의 이쪽에서 저쪽의 선착장을 건너다보았다. 아까는 저쪽의 선착장에서 이쪽의 관람차를 보았었다. 소리라고는 아이들의 외침이 전부였으나 어느 순간 그 소리도 들리지 않았다. 캡슐에서 내려 지상에 발을 딛자 아득한 적막이 몰려왔다. 아이들의 외침이 사라졌다.

항구 가장자리에 서거나 앉았던 사람들이, 언제까지고 움직일 것 같지 않았던 사람들이 움직였다. 그들은 한곳으로 모여들었다. 두 아이가 한 아이를 물속에서 끌어내고 있었다. 늘어진 아이를 양쪽에서 움켜잡고 헤엄치느라 두 아이의 낯빛은 검다못해 파랬다. 두 아이가 사력을 다해 콘크리트 계단 쪽으로 헤엄쳐왔다. 몰려드는 사람들의 발소리가 어지러웠다. 외침도 수런거림도 없이, 온통 발소리뿐이었다. 발소리뿐인 것이 여자는 어지러웠다. 어딘가로 전화를 거는 사람 하나 없었다. 그들은 오로지 아이들이 닿고 있는 계단을 향해 우르르 모여들었다.

콘크리트 계단 위로 끌어올려진 아이는 죽은 물개처럼 흐느적거리며 구겨졌다. 가망이 없어 보였다. 여자는 어지럽기만 했다.

모여든 인파의 한중간에 폭탄이 터진 듯, 사람들이 파편처럼 흩어졌다. 마침내 여자는 다시 모든 소리를 듣게 되었다. 그러나 그것은 폭발물 소리도 비명 소리도 아니었다. 귀를 찢는 듯한 아이들의 웃음소리였다. 사람들이 놀라 흩어지는 사이, 소리 높여 웃던 아이들이 재빠르게 물속으로 도망쳤다. 뛰어들어 바다표범처럼 헤엄쳤다. 유람선이 다가오고 잔교 위의 남자가 손을 흔들어 도크 쪽으로 뱃머리를 유도했다. 여자는 고개를 들어 관람차의 정점에 매달린 캡슐을 올려다보았다. 8월의 한낮 광선이 총알처럼 날아와 눈에 꽂혔다.

여자는 갇힌 줄 몰랐다. 유람선이 선착장에 닿는 광경을 지켜보았을 뿐이다. 곁의 사람들도 여자처럼 건너편 선착장을 바라보거나 아이들이 사라진 항구의 물빛을 바라보았다. 분주한 자동차는 분주히 오갔고 어수선한 행인들은 어수선하게 거리를 오갔다. 아이들은 물속을 분주하고 어수선하게 헤엄쳐다니는 장난꾸러기들이었다.

여자는 나들목 왼쪽 요새에서 시작된 어떤 움직임에 주목했다. 선착장에 닿은 뒤 더는 움직이지 않게 된 유람선에서 눈을 뗀 여자는 건너편 항구 가장자리를 바라보았다. 여자의 시선이 어느 순간 항구 가장자리를 따라 나들목 쪽에 다다랐고, 그곳은 17세기의 요새가 서 있는 절벽이었다. 그곳에서 아지랑이 같고 연기 같은 아득한 기운이 피어올랐다. 열을 지어 행진하는 사람의 무리라는 것을 아는 데는 시간이 걸렸다. 선착장 쪽으로 다가오는 행렬은 느리고 도도했으며 끝이 보이지 않았다.

행렬은 제 꼬리만큼이나 긴 소리를 끌며 조금씩 전진했다. 선착장 가까이 도달했을 때 행렬이 끄는 소리 중 가장 크고 분명한 것이 다양

한 북소리라는 것을 여자는 알았다. 그것이 팬시 퍼레이드라는 사실도. 그리고 어느새 여자는 그것에 갇혔다.

퍼레이드가 선착장을 지나 어부들의 좌판을 지나 관람차를 지났다. 거대한 반원을 그릴 때까지 여자는 그것에서 눈을 뗄 수 없었다.

퍼레이드가 나들목의 오른편 요새에 다다르며 마침내 항구를 가운데 두고 큰 오메가 모양을 이룰 동안 행진의 꼬리는 끊이지 않았다.

갇혔다는 사실을 여자는 뒤늦게 깨달았다. 퍼레이드는 정확히 두 공간 사이를 갈랐다. 사람들이 서거나 앉아 움직이지 않는 항구 가장자리와, 차량과 행인이 분주하고 어수선하게 오가는 곳 사이를, 행렬이 장막처럼 가로질렀다.

갇혔으나 갇혔다는 것을 몰랐었다. 여자는 갈 곳도 방향도 정하지 않은 상태였다. 요란한 퍼레이드에 눈길을 빼앗기고 있었다. 머리에 길고 흰 두건을 두르고 쉴새없이 종이 재질의 커다란 술병 모형을 휘두르는 남녀 무리가 여자 앞을 지나갔다. 무희들은 붉은 스타킹을 신고 남자들은 긴 장화에 황토색 바지를 입고 춤추듯 지나갔다. 코밑과 턱에 붉은 수염을 기른 수십 명의 남자들이 문신으로 얼룩진 팔을 상대의 팔에 걸며 푸른 유리잔으로 러브샷 동작을 취했다. 키 큰 남자들이 십자가가 그려진 납작한 모자를 쓰고 무릎까지 내려오는 금장의 어깨띠를 힘겹게 추스르며 과장된 몸짓으로 구경꾼들을 위협했다.

그들은 북과 금관악기가 내지르는 소리를 따라 춤추듯 뛰뛰듯 걸음을 옮겼다. 항구 전체가 쿵쾅쿵쾅 울렸다. 의상 밖으로 노출된 피부가 땀으로 번들거렸다. 얼굴은 더위와 피로에 들뜨고 눈은 몽롱하게 열려 있었다. 그러나 북과 금관악기는 잠시도 멈추거나 수그러들지 않았고 변장한 사람들의 몸짓과 걸음걸이 또한 게게 풀린 눈빛과는 다르게 힘이 넘쳤다. 자신이 넋을 잃었던 것도 그 기이한 부조화가 발산하는 관능 때문이라고 여자는 생각했다. 더위와 피로에 숨막혀 죽어가면서도 행진의 길이와 속도와 기세는 조금도 줄지 않았다.

부들잎 치마를 입은 뚱뚱한 여자가 무대 차량 위에다 몸을 부린 채 게으르게 다리를 벌렸다. 여자들이 다리를 벌리거나 엉덩이를 흔들거나 농구공만큼 부풀린 가슴을 요란하게 흔들며 지나갈 때 변장한 남자들이 나팔과 술을 들고 달려와 뾰족한 창끝으로 여자들의 부푼 몸을 찔렀다. 북과 심벌즈가 쿵짝거릴 때마다 귀와 뺨이 얼얼했다.

부들잎 여자의 헤벌어진 다리를 보고 정체 모를 갈증과 염오를 느낀 여자는 자신이 매우 끈적거리고 후끈거리는, 거대하고도 더러운 젤라틴 혼합물의 흐름에 갇혔다는 것을 알았다. 시작과 끝이 어디이며 언제 끝날지 모를 아나콘다의 장막에 갇혔다는 것을.

정체 모를 갈증과 염오가 요의라는 것을 알아차린 순간 여자 안에서는 행렬의 틈을 뚫고 나가야 한다는 강박과 그럴 수 없다는 체념이 엇갈렸다. 요의라는 것도 묘한 허구였다. 물에 빠져도 숨쉴 수 있는 꿈속처럼, 참으면 얼마든지 참아지는 요의였다.

—괜찮아. 뭘 그래. 그럴 필요 없어. 응응.

남자가 중얼거렸다. 서거나 앉은 채 여간해서는 움직이지 않는 항구 가장자리 남자들 중 하나일 거라고 여자는 생각했다.

—다, 응, 지나간다구. 모든 것에는 끝이 있는 거거든. 끝이라는 게. 응.

두리번거렸으나 여자는 목소리의 주인을 찾지 못했다. 항구 건너편을 바라보았다. 노인이 누워 있던 자리가 행렬 사이로 얼핏 보였으나 노인은 없었다.

극락조를 머리에 인 녹색 도마뱀 행렬이 여자 옆을 요란하게 지나갔다. 도마뱀이 고개를 끄덕일 때마다 턱에서 딱딱 소리가 났다. 도마뱀 머리 위에 나무다리를 벌리고 선 극락조가 뾰족하고 긴 부리를 다리만큼 벌리며 삐, 삑, 비명을 질렀다.

—나한테…… 말하는 거니?

남자를 찾아 여자가 물었다. 수면에 반사된 햇빛이 남자의 얼굴에서 어룽거렸다. 이쪽으로 고개를 돌리는 듯했으나 남자의 눈은 물을 향하고 있었다.

—그럼. 그렇지 않구. 응.

남자가 말했다.

—뭐가, 뭐가 괜찮다는 거지?

여자가 물었다.

—까칠하기는.

—까칠한 건가.

—응. 다 지나간다는데 뭘. 끝이 있는 거라구. 다. 응. 8월 한 번뿐이야. 퍼레이드는 그래. 한 번. 웃트.

—……

—그걸 말하려는 거잖아, 단지. 너한테. 응. 나는.

—뭘?

—한 번……뿐이라는 거.

—그래서?

—왜 그래 또, 까칠하게. 그렇다는데 뭐. 응.

여자는 자꾸 무언가를 몸밖으로 흘려내버리고 싶었다. 여자는 남자 쪽으로 몇 걸음 다가갔다. 남자가 여자를 보았다. 더러워 보이는 낯이었으나 수염이 길거나 때가 묻어 있지는 않았다.

—루미노스들이……

여자가 말했다.

—……막고 터주지 않잖아. 퍼레이드 저쪽으로 갈 수 없어. 행렬을 멈추어주지 않아.

—가고 싶어, 저쪽. 응?

—꼭 그런 건 아니지만 너무 오래 막고 있으면 부당하다고 느낄 거야, 누구나.

—가끔은, 응, 터주어야 한다는 거지?

—그래야……

—행렬을 멈추고? 응?

—트려면 아무래도.

—경찰이 아니야. 응.

—응?

—루미노스 입은 자들. 자원봉사야.

—그래서?

—열어달라고 하면, 응, 열어줄 거야.

아니라는 걸 여자는 알고 있었다. 여러 사람들이 루미노스에게 다가가 요구했지만 그때마다 묵살되는 것을 보았다. 남자가 일어서서 연두색 루미노스 페인팅 조끼한테로 걸어갔다. 작고 왜소한 체격이었다. 걷는 대로 그의 점퍼 끝과 바지가 펄럭거렸다. 루미노스에게 도달하기 전에 소실점으로 구겨져 사라질 것 같았다. 그럴 필요 없다고 여자가 말릴 사이도 없이 남자는 땡볕이 내리쬐는 콘크리트 부두를 가로질렀다.

남자의 발소리만 남고 또 모든 소리가 날아가버렸다. 남자는 툭툭 툭 바닥을 디디며 루미노스에게 다가갔다. 여자는 어지러워서 움직이지 않았다. 행렬은 여전히 나아가고 있었으나 행렬을 이끄는 북소리도 나팔 소리도 더는 여자의 귀에 들리지 않았다.

멀고 작아서 남자의 모습이 제대로 여자의 눈에 잡히지 않았다. 그러나 이내 루미노스에게 저지당하는 남자, 팽개쳐지듯 밀쳐지는 남자, 너무도 쉽고 가차없이 취급당하는 남자의 모습이, 소리가 소거된 풍경 속에서 또렷했다. 이런 걸 원했던 것이 아니라고 여자는 생각했다. 남자는 온몸으로 달려들었으나 건장한 루미노스는 한 손으로 간단하게 남자를 제압했다. 실랑이를 벌이는 그들 뒤로 3층 높이의 거대한 공주 인형이 일곱 난쟁이의 부축을 받으며 천천히 지나갔다.

—이럴 필요 없어.

여자가 다가가 남자에게 말했다.

—지나갈 거라고 말한 건 당신이야. 그럴 필요 없다고 한 것도. 그러니 이봐요. 놔둬. 애쓰지 마.

남자는 여자의 말을 듣지 않았다. 안 들리는 것 같았다. 루미노스에게 달려들었다가 내동댕이쳐지고 달려들었다가 내동댕이쳐졌다. 오래전부터 남자는 그 일을, 그 일만 해온 사람처럼 보였다.

—왜 그래?

어디선가 검은 머리 검은 피부 검은 옷의 여성이 나타나 큰 소리로 물었다. 남자와 여자를 번갈아 바라보며 소리질렀다.

—왜 그래? 뭐야 이건?

그녀는 여자를 노려보며 남자에게 물었다. 검은 머리 검은 피부 검은 옷이 까마귀처럼 푸르게 번들거렸다. 남자는 쉴새없이 루미노스에게 달려들었다.

—이건 뭐냐니까? 어? 이건 뭐야?

정말로 까마귀가 날아와 짖는 것 같았다. 여자는 까마귀에 의해 자꾸 '이것'이 되었다.

—부당하잖아!

남자가 소리질렀다.

—그새를 못 참고 이 인간이, 여자를 낚아?

—이게 너무 길잖아. 응. 퍼레이드. 응.

남자와 까마귀는 눈을 마주치지 않고 소리를 질렀다.

—퍼레이드 좋아하네. 책임을 다해야지.

—부당해서, 응, 나는 견딜 수 없었어.

—남자라면 적어도 크게, 크게 세 발짝은 뛰어야지.

까마귀가 더럽고 치렁치렁한 머리카락을 흔들었다.

—가봤어? 거기에, 응?

남자가 물었다.

—셋. 우체국은 네 책임이야. 세 발짝.

여자가 눈을 흘겼다.

—어서 가란 말이야. 응. 문 닫기 전에. 응. 널 안 건 겨우 두 시간밖

에 안 됐을 뿐이잖아. 태어나서.

—둘밖에 못 얻었어. 입을 게 없었어, 이 천치야.

—응. 그러니까 지겨운 거야. 없어지기 전에. 응응.

—바보야. 네가 팔기로 했잖아. 이 여잔 뭐냐니까?

—부당해서. 지루하고 싫어서. 응. 부당해서 난 안 돼.

까마귀가 흥분한 걸음으로 남자에게 다가가 긴 팔과 손을 검은 날개처럼 펼쳐서 남자의 뺨을 후려쳤다. 주변에서 우, 하고 탄성이 일었다.

—네가 날아서 가! 가! 응. 넌 누군데 나한테 왜?

남자가 큰 소리로 외쳤다.

—세 발짝도 못 뛰는 주제에. 그래, 두 시간 전에는 우리가 모르는 남이었다는 게 왜?

까마귀가 침을 뱉고 남자의 정강이를 걷어찼다.

여자는 슬슬 뒷걸음쳤다. 남자와 까마귀가 멀어지고 인파가 멀어지고 퍼레이드가 멀어졌다. 여자의 뒷걸음질을 눈여겨보는 사람은 아무도 없었다.

퍼레이드에서 멀어지면서 여자는 물에 가까워졌다. 물에 가까워진다는 것을 등이 느꼈다. 까마귀와 남자는 멀리서 무언극을 멈추지 않았다. 퍼레이드의 일부 같았다. 여자는 돌아서서 걸었다. 천천히 걸었다. 등뒤에서 북과 금관악기 소리가 살아났다. 행렬은 끝을 보이지 않았고 사람이 지나다니도록 틈을 내주지도 않았다. 항구 건너편 언덕 고딕 성당의 시계탑이 보였다. 시침과 분침이 정점에 이르려 하고 있었다.

바닷물은 아래쪽으로 난 콘크리트 층계의 여섯번째 계단에 닿아 있었다. 건너편 선착장의 계단과 다를 바 없었다. 여자는 천천히 계단을 내려갔다. 바람은 불지 않았고 물속에서 이따금 뭉글, 하고 기포가 솟아올랐다. 계단은 물아래로 이어져 있었다. 바닷물이 무릎에 닿을 때까지 내려간 여자는 동작을 멈추고 눈을 들어 항구 건너편을 바라보았다.

노인이 기대어 누웠던 건물 그늘에 노인의 모습은 보이지 않았다. 언덕 너머로 이어지는 석조건물의 행렬은 여전했다. 건물들이 드리운 그늘이, 어느 한순간, 갑자기 짧아져 흔적 없이 증발해버리고 마는 장면이 여자의 눈에 똑똑히 박혔다. 그건 정말 한순간이었다. 그늘이란 그늘이 세상에서 모두 자취를 감추는 순간, 여자는 쪼그려앉았다.

차가운 물에 엉덩이와 허리가 차례로 잠겼다.

언덕 위 고딕 시계탑에서 뎅 하고 정오의 종이 울렸다.

어깨가 떨리며 뜨거운 무엇이 몸안에서 빠져나오는 것을 느꼈다.

그것이 바닷물과 섞여 흐르는 동안 여자는 물속에 잠겨든 햇살이 금빛으로 일렁이는 것을 오래오래 들여다보았다.

*

여자는 전날처럼 선착장에 섰다. 엄청난 퍼레이드가 지나갔던 항구라고 하기엔 지나치게 한산했다. 종잇조각 하나 남아 있지 않았다. 한 계절이 지나가버린 것 같았다.

하루가 지났을 뿐이고 더위도 여전했으나 별이 달랐다. 모든 것들이 시치미를 떼기 때문이라고 여자는 생각했다. 어제의 일이 다시없을 퍼레이드였거나 실재하지 않았던 백일몽이었다는 것처럼. 어떤 것이 자취를 감추고 나면 그 빈자리를 빠르게 메우는 것은 언제나 감당할 수 없는 소슬함이었다. 끝이라는 느낌 같은 것. 바위섬에 갔던 유람선이 돌아올 시각이었다. 사람들은 카페의 붉은 플라스틱 의자에 앉아 웨이터가 가져다주는 커피를 게으르게 마셨다. '자기 자신을, 잘 돌보지 않는, 아름다운 소녀처럼……' 전날 보았던 카페테라스의 문구를 여자는 한 글자 한 글자 눈으로 짚었다. '……도시는, 태양 속에서, 홀로, 땀흘리고 있다.' 문구 아래 적힌 긴 이름을 여자는 알아보았다. 동맥을 끊어 자살을 기도하고 정신병원에 들어가 죽었다던 작가의 이름이라는 것을. 작가의 어느 작품에서 따온 문구인지는 알지 못했으나 그 작가도 이 선착장의 땡볕에 오래 서 있었을 거라고 여자는 생각했다.

건너편 파피루스 빛깔의 건물 옥상에서 흰 두건을 쓴 여자가 높고 긴 노래를 불렀다. 빨래 끝자락이 전날처럼 노래의 높낮이를 따라 펄럭거렸다. 어부들의 좌판에 배낭을 멘 관광객들이 울긋불긋 몰려들었다. 칼로 생선의 등을 내려치는 소리가 들렸다. 관람차는 정점의 캡슐을 느리게 바꾸며 돌았고 성당 앞마당의 모녀 걸인은 꽃무늬 스카프를 머리에 묶었다가 풀고 묶었다가 풀었다.

전날과 다른 점이라면 아이들이 물속으로 뛰어들던 곳에 대형 크레인 한 대가 서 있다는 것뿐이었다. 사다리 모양의 길고 곧은 붐이 텅 빈 하늘을 비스듬하게 찔렀다. 그 끝의 아득한 도르래에서 흘러내린 한줄기 철선이 물 한가운데에 수직으로 꽂혀 있었다. 요트라도 가라앉은 걸까. 도르래 삐걱거리는 소리와 크레인 엔진음이 나른하게 물을 건너왔다. 수면 밖으로는 어떤 것도 모습을 드러내지 않았다.

—해가 지고 해가 뜨고……

여자는 숙소 프런트 여직원이 흥얼거리던 아침 인사를 떠올렸다.

—……바람이 불고 기온이 오르내려도 봉주르.

여자는 그녀에게 미소지어 보였다.

—뭐니뭐니해도, 응, 저것 때문인 거 맞지? 사는 게.

여직원은 흥얼거림을 멈추고 천장을 가리키며 저것, 태양, 이라고 말했다. 저것 덕분이 아니라 저것 탓이지, 사는 게, 라고.

여자는 여직원에게 아무 말도 하지 않았다. 무엇이든 어쩔 수 없이 그렇게 되는 게 있지 않을까라고 말하려다가 그만두었다. 그만두길 잘한 것 같다고 여자는 선착장 땡볕 아래서, 태양 아래서 생각했다.

개선문을 지날 때 전날처럼 옆구리를 풀밭에 댄 사내들 중 하나가 여자에게 취한 목소리로 함께 눕지 않겠느냐고 물었다. 의지도 의도도 의미도 없는 목소리였다. 가게 앞 비치파라솔을 지날 때 남자들이 다리를 떨며 여자를 똑바로 바라보았고 이를 드러내며 웃었다. 무엇이든, 어쩔 수 없이…… 여자는 중얼거리며 항구를 향해 걸었었다.

항구는 햇빛과 요트로 가득했다. 배는 희고 물빛은 파랬다. 여자는 손차양을 하고 나들목의 요새와 언덕 너머로 길게 이어지는 로마네스크 일색의 건물들을 바라보았다. 나들목 너머 큰 바다가 끝 간 데 없었고 바람은 불지 않았다. 죽은 바다, 바다 사막. 스커트 안자락이 외퇴에 끈적하게 들러붙었다. 여자는 붙박인 듯 언제까지고 선착장에서 있었다.

크레인이 저토록 클 필요가 있었을까. 여자의 생각이 거기서 멈추었다. 수면 위로 무언가 건져올려지기 시작하면서 커다란 크레인이 더 커 보였다. 캐터필러와 본체와 하늘을 향해 뻗은 거대한 사다리 모두 한순간 농담이 되었다. 건져올려지는 것의 크기가 터무니없이 작았기 때문이었다. 여자의 느낌과 생각은 거기서 멈추었다. 한낮의 땡볕 아래 서서 기묘한 풍경의 인양을 지켜볼 뿐이었다.

외줄 철선이 물속에서 천천히 끌어올린 것은, 무언가로 꽉 차긴 했어도 쓰레기 수거용 검은 비닐보다 조금밖에 크지 않은 봉투였다. 제 모양을 지탱하기엔 너무 많이 찢긴 봉투 혹은 부대. 그나마도 무언가로 꽉 찬 것이 아니라, 물속에 오래 잠겨서 불어버린 어떤 것이었다.

통통하게 불긴 했어도 초라함을 감추지 못하는 그것의 빛깔은 검은색이라기보다 그냥 어두운 색이었다. 아니면 어떤 다른 빛. 회복할 수 없는 빛깔이라는 게 있다면 그런.

그 어둡고 초라한 것 끄트머리로 길게 비어져나온 것은 아무리 봐도 사람의 한쪽 팔이었다. 그리고 멀어지는 수면을 움켜쥐기라도 할 것처럼 뻗치고 있는 것은 다섯 개의 손가락이었다.

여자는 눈을 뜨고 서 있었다. 외줄 철선에 대롱대롱 매달린 것이 아득하게 높은 꼭대기로 느리게 달려올라갔다. 그토록 높은 데까지 끌어올려야 하는 이유를 누구도 알지 못하는 것 같았다. 끌려올라갈 뿐이었다. 텅 빈 하늘에 그려지는 그림이라고는 단순한 구도의 그것이 전부였다.

열린 여자의 눈에 들어오는 다른 것이 있었다. 항구 건너편에 서서 이쪽을 바라보고 있는 여자. 손차양을 하고 붙박인 듯 선착장의 여자를 건너다보는 여자. 세상의 모든 그림자가 증발하는 순간이었다. 항구 건너편, 관람차와 크레인 사이에 서 있는 여자가 자신이라는 것을 여자는 아무렇지도 않게 알았다. 그리고 흔적 없이 사라진 세상의 그림자처럼 여자에게는 느낌도 생각도 남아 있지 않았다. 남아 있는 게 있다면 덥다는 것, 8월의 정오는 뜨겁다는 것, 분명한 것은 그것뿐이라는 것이었다.

아닌 봄

파인 힐 에이프릴

마을 사람들은 그 집을 파인 힐이라고 불렀다. 그 집에는 오십 중후반의 수척한 남자가 혼자 살았다. 그가 언제부터 그 집에서 살게 되었는지 정확히 아는 사람이 없었다. 대략 삼십 년쯤 되었다고 기억할 뿐이다.

남자는 말이 없었고 사람들과 어울리지 않았다. 아침해가 오르면 집 뒤 커다란 바위에 나앉았다. 꼼짝 않고 종일 어딘가를 망연히 바라보았다. 늘 그 자리였고 그 방향이었다. 해가 잔뜩 기울고 소나무 그림자가 끝 간 데 없이 길어지기 시작해서야 그는 종일 굽혔던 어깨를 가까스로 펴고 일어섰다.

그의 그림자는 소나무 그림자보다 더 굵고 더 선명하고 더 길게 뻗어갔다. 일어서는 동작은 느렸으나 그의 그림자는 한지에 번지는 먹물처럼 빨랐다. 그림자는 성큼성큼 커지며 숲을 지나 계곡을 지나 먼 산의 정수리에 미쳤다.

능선에 깃들던 검은 새들이 거대한 그림자에 놀라 일제히 날아올랐다. 온 땅이 잠깐 흔들리는 것 같았다. 마침내 그의 그림자는 검은 새의 무리와 함께 하늘에 닿았고 곧 세상이 닫히는 듯한 짙은 어둠이 쏟아져내렸다. 매일 그랬고 삼십여 년을 그랬다.

남자는 누군가를 애타게 그리워하는 것이며 그가 저토록 초췌한 것도 그 때문이라고 말하는 사람이 있었다. 수척한 체구에 반해 나날이 크고 짙고 길어지기만 하는 그의 그림자가 그동안 쌓인 그리움의 무게와 깊이를 말해주는 게 아니고 무엇이겠느냐고 말하는 사람이 있었다. 그러나 그에 대한 추측과 소문은 모두 그의 집 이름인 pine에서 파생된 것일 뿐 근거가 없다고 말하는 사람들도 있었다.

파인 힐은 마을에서 그다지 멀지는 않았으나 외따로 떨어진 언덕바지였다. 커다란 바위들과 그 틈새에서 자라는 오래된 소나무들, 그리고 고급 목재를 사용한 양풍洋風의 전원주택. 이 셋이 파인 힐을 구성하는 주요소였으나 왠지 남자를 빼면 파인 힐이 파인 힐답지 않다는 게 사람들의 생각이었다.

삼십여 년을 하루같이 바위에 나앉은 남자를 스쳐간 것은 시간이었다. 계절밖에 없었다. 봄 여름 가을 겨울이었다. 일 년 열두 달, 삼백육십오 일이 여러 번 지나갔다. 그것을 시간이라 부르든 계절이라 부르든 남자에겐 상관없었다.

매일매일의 바람과 기온과 햇빛이 그의 피부를 편치 않게 스쳐지나갔다. 그리하여 지금은 바야흐로 봄인 것이다. 4월. 역시 그에겐 아무 상관 없는, 숱하게 다가왔고 숱하게 멀어져간 세월의 한 조각이 다시 화창한 별과 함께 도래했을 뿐이었다. 그리고 그는 어제처럼 바위에 나앉아 겁먹은 듯 웅크린 채 먼 어딘가에 눈길을 던져두었다.

소나무는 바위틈에서 자랐다. 흙이라고는 한줌도 없었다. 수십 년간 소나무가 먹은 거라곤 바위의 균열이었고 그 틈새의 어둠이었다. 하나쯤 더 있다면 적막이었다. 바위가 아니더라도 주위에는 소나무의 타감작용으로 다른 식물이 자라지 못했다. 소나무는 스스로 적막을 초래했고 그것을 자신의 자양으로 삼았다. 그래서인지 소나무 그림자와 4월의 송화향은 별스럽게 짙었으며 남자는 그것을 두려워했다.

남자가 바위에서 내려올 때는 언제나 어두워진 뒤였다. 소나무 그늘 따위 언제 있었냐는 듯 자취를 감추었다. 어둠 속에서도 여전했던 것은 강렬한 송화향이었다. 칼칼하고 끈적하게 그의 숨을 압박했다. 송홧가루는 다른 꽃가루들과 섞여 밤안개처럼 떠다녔다. 눈꺼풀과 코끝에 가슬가슬 내려앉았다. 아침이 되면 속눈썹과 콧구멍이 노랬다. 그에게 4월이란 그런 거였다.

바위에서 내려선 그는 집으로 난 굽은 비탈길을 천천히 걸었다. 좁지만 제법 깊은 계곡이 길 옆으로 사시사철 흘렀다. 눈을 뜨나 감으나 그의 걸음은 길을 벗어나지 않았다. 눈 쌓이는 겨울에도 질척거리는 여름에도 그랬다. 수없이 오간 길이었다. 4월에는 길섶의 봄꽃들이 토해놓은 꽃가루로 밤길이 환했다.

거실의 송수화기를 그가 집어드는 동안 둥근달이 빠르게 떠올라 창틀에 걸렸다.

"내일 저녁에……"

그의 말이 끝나기도 전에

"알았어요."

전화기에서 여자의 음성이 들렸다. 달은 창백했고 등을 켜지 않아도 집안은 어둡지 않았다.

송수화기를 내려놓으며 남자가 혀를 내밀어 자신의 입술을 핥았다. 꽃가루와 침이 섞여 번들거렸다. 아, 참, 그게 말이야, 무슨 맛이냐면, 으으, 꼭 그 맛이더라 그거야. 주인의 친구라던 이가 히히거렸다. 잠을 잘 때도 헌팅캡을 벗지 않던 친구였다. 작년 봄에 왔던 그가 내일의 방문자 일행에 포함돼 있었다. 들큼하고 비릿하고 시큼한 그 꽃가루맛이라는 게 그, 저, 왜 있잖아? 애액맛. 그의 말에 아무도 반응하지 않았다. 헌팅캡은 혼자 오래 웃었다. 작년 4월에도 파인 힐 지붕은 꽃가루로 뒤덮였었다. 누구도 꽃가루를 마시지 않을 수 없었다.

남자는 송수화기에서 손을 뗐다. 그의 손은 언제나 조금씩 떨렸다. 검은 전화기의 플라스틱 몸체에서 찌그럭, 여치 소리가 났다. 그는 입술을 핥으며 고개를 돌려 창밖의 커다란 달을 바라보았다. 그의 동공이 달처럼 퍼랬다.

파인 힐은 남자의 소유가 아니었다. 어쩌다 한 번씩 무리를 끌고 나타나는 주인이 따로 있었다. 남자는 건물 관리인이었다. 파인 힐은 그동안 주인이 여덟 번 바뀌었다. 처음엔 산채정식집이었다. 파인 힐은 그때 붙은 이름이었다. 주인이 바뀌고 더는 식당으로 쓰이지 않았으나 이름은 여전히 파인 힐이었다.

여덟 번 주인이 바뀌는 동안 건물 관리인은 집의 이름처럼 아무렇지도 않게 다음 주인에게 인계되었다. 남자는 파인 힐의 주인이 아니었으나, 하루도 집을 비운 적 없이, 삼십 년 넘게 머물렀다. 집을 건사하는 일과 주인 일행을 뒤치다꺼리하는 것을 빼고는 아무 일도 하지 않았다. 바위에 웅크리고 앉아 종일 먼산바라기를 하다가 거대한 그림자를 거느리고 일어나 어두워진 집안으로 들어설 뿐이었다. 그의 그림자가 짙고 커질수록 주변 풍경은 황량해졌다.

언제 어디서 그가 왔으며 어째서 주인들보다 더 오래 그 집에 머물게 된 것인지 아무도 알지 못했다. 요사이 들어 마을의 여자가 그 연유를 조금씩 알게 되었다고는 하나 정작 여자는 남자의 사연 따위에는 관심이 없었다. 살고 있는 사람이 주인인 거잖아요, 집이라는 건. 여자는 남자에게 말했다. 그러니 뭐 어때, 당장 지붕을 뚫어 광정光井을 만들어버리라구요. 남자에게는 초조해하며 밤하늘을 꼿꼿이 응시하는 버릇이 있었다. 여자가 그것을 안 것도 최근이었다.

파인 힐 주인이 사람들을 데려와 놀다 가겠다고 하면 남자는 여자에게 미리 도움을 청해두었다. 쓰레기와 설거지거리가 산처럼 쌓였다. 내일이 그런 날이었다. 내일 저녁에 좀 와줘요. 도움을 청하는 남자의 말은 언제나 똑같았다. 목소리가 낮았고 느렸고 떨렸다. 알았어요. 여자의 대답도 늘 같았다. 여자는 한 번도 그의 부탁을 거절한 적이 없었다.

남자가 다시 송수화기를 집어들었다.

"칠 인분."

남자의 목소리가 넓고 텅 빈 거실에 울렸다.

"예."

수화기 저편에서 청년의 짧은 대답이 들리고 끊겼다. 이 통화 또한 언제나 같은 방식이었다. 그때그때 사람의 숫자만 달라졌다. 팔 인분. 예. 육 인분. 예.

그러고 나면 다음날 아침 마트의 트럭이 언덕을 올라왔다. 팔 킬로미터 밖에 아이스링크만한 할인마트가 있었다. 남자가 화장실 거울 앞에서 콧구멍의 꽃가루 따위를 닦는 동안 청년은 마루에다 물건을 부리고 언덕을 내려갔다.

주인은 남자에게 미리 준비할 것들을 매번 전화로 불러주었다. 남자는 주인의 목소리를 곤혹스러워했다. 숯은 그 뭐냐, 그 용대리 참숯으로 하고요, 상추는 적축면으로 해요, 꼭요. 적치마는 맛이 없잖아요. 언제나 용대리 참숯이었고 상추는 적축면이었다. 숯이라면 마트에 용대리 참숯밖에 없었고 꽃상추라면 적축면밖에 없었다. 쇠고기 안심, 돼지고기 목살, 마블링 좋은 거로, 굵은 천일염, 석쇠도 새로 사고…… 주인은 매번 서른 가지도 넘는 항목을 나열했으나 남자는 받아 적거나 하지 않았다. 송수화기 쥔 손을 버릇처럼 떨 뿐이었다. 소주 맥주 복분자주의 수량에다, 수정방은 가지고 가겠다는 내용까지, 첫 주문 때와 하나도 다르지 않았다. 주인은 큰 소리로 소상히, 천천히, 열정에 들떠 외쳤다. 남자는 귀에서 송수화기를 멀찍이 떼고 자주 겁에 질린 표정을 지었다. 먹고 마시는 나들이에 으레 필요한 품목들이었고 남다를 것이라곤 끔찍할 만큼 없었다.

이전 주인들도 그랬다. 그래서 남자는 지금까지 거쳐온 주인들의 취향을 구별하지 못했다. 집을 산 동기와 그것의 유지 및 활용법, 집의 이름과 관리인을 별생각 없이 인계하는 방식까지 같았다. 나들이 때마다 먹고 마시던 것의 종류와 먹고 마시던 풍경도 다르지 않았다. 엄청난 재력도 같은 것 중 하나였다. 주인이 바뀌어도 집의 이름과 관리인이 그대로인 것은 어쩌면 당연했다. 남자는 주인이 바뀌었다고 생각하지 않았다.

남자는 잠자코 주인의 마지막 말을 기다렸다. 일곱 명이 갈 거거든요. 남자는 머릿속에다 7을 새기고 나머지는 다 잊었다. 세부 항목은 이미 마트 청년의 휴대전화에 입력돼 있었다. 칠 인분. 예. 주문과 대답은 그것으로 충분했다.

주인은 남자가 준비한 품목에 한 번도 이의를 달지 않았다. 빠뜨리는 것이 워낙 없기도 했으나, 있다고 해도 주인은 알아차리지 못했다. 눈앞에 보이는 것이 자신이 주문한 모든 것이라고 주인은 철석같이 믿었다. 그런 식의 믿음이 남자는 공포스러웠다. 풍성한 식재료 앞에서 주인은 흐뭇해할 뿐이었다. 자고로 야외에서라면 마 이 정도는 되어야 하지 않겠어요? 주인은 남자보다 여섯 살 어렸고 자고로라는 말을 헤프게 쓰는 사람이었다.

남자는 전화기에서 나는 여치 소리를 들었다. 오래된 플라스틱 전화기가 균열하는 소리라는 것을 모르지 않았다. 균열은 조금씩 밤낮 없이 번졌고 소리는 밤에 잘 들렸다. 한낮의 파인 힐은 햇빛과 꽃가루로 가득했고 한밤의 파인 힐은 달빛과 소리로 가득했다.

짧은 통화라도 하고 나면 회로에 서리는 전기장의 열기가 플라스틱 전화기의 미세한 균열을 바깥쪽으로 밀어냈다. 그럴 때마다 여치의 뒷발이 날개에 스치는 소리가 났다. 찌그럭. 그 소리에 놀란 달이 한 뼘쯤 허공으로 빠르게 도망쳤다. 남자는 밤하늘을 바라보며 팔에 돋는 소름을 쓸어내렸다. 그런 서늘함이 닥치는 순간 남자는 매번 희열과도 같은 두려움을 느꼈다.

남자는 뚫린 지붕창을 똑바로 마주하고 수인처럼 거실에 누웠다. 낮에는 바위 위 소나무 그늘에 앉았고 밤이면 거실 한복판에 누웠다. 달이 있는 날도 있었고 별만 있는 날도 있었다. 비와 눈이 온밤 내 광정을 두드리거나 막아버리는 때도 많았다.

달 밝은 4월 밤이면 여섯뿔가시거미의 거미줄 철퇴가 휙휙 원을 그리며 허공을 가르는 소리가 들렸다. 가짜 페로몬을 넣은 눈물 한 방울 분량의 투명한 방울을 거미줄 끝에 늘어뜨려 나비를 낚는 소리라는 걸 남자는 알았다. 만만한 먹이의 선회로 착각하고 달려들었다가 그것이 철퇴였음을 뒤늦게 깨달은 나비의 처참한 날갯짓 소리, 강철보다 다섯 배 강하다는 거미줄로 염습하듯 나비를 둘둘 묶는 소리를 들었다. 달빛에서만 가짜 페로몬 방울이 먹이로 보이기 때문에 여섯뿔가시거미는 달과 더불어 밤을 지샜다.

남자는 소리로 가득한 어둠에 기꺼이 짓눌렸다. 교미를 마치기도 전에 암사마귀가 수컷의 머리를 와삭 베어먹는 소리, 방울벌레 소리, 계곡물 속 고기의 움직임을 잘 알아채기 위해 황닷거미가 자기의 더듬이 앞발을 연신 핥는 소리를 들었다. 살고 죽고 죽고 살고 또 살고 죽는 소리를 남자는 오래오래 들었다.

꽃가루도 온밤 내 쉬지 않고 광정과 지붕 위로 방뇨처럼 쏟아져내렸다. 작든 크든 풀이든 나무든 저마다 제 뿌리내린 곳의 틈새를 애써 넓히고 새로 돋은 뿌리 세포를 박아넣었다. 딱딱한 것은 그리하여 균열하고 부드러운 것은 피어나고 무른 것은 흐르고 가벼운 것은 흩어지며, 소리를 냈다.

끔찍하고도 익숙한 그 빽빽한 소리들에 짓눌려 남자는 숨이 막혔고 몸을 뒤틀었다. 눈은 공포의 빛깔로 푸르렀으나 경련은 쾌락의 절정에 이른 모습이었다. 저절로는 들려오지 않는 소리를 그는 애써 끌어들여 깊이 품었다. 파인 힐의 밤은 그렇게 지나갔다. 매일 그랬고 삼십여 년을 그랬다.

남자가 송수화기를 집어들었다.

"오늘 말고…… 내일 와줘요."

남자의 말은 거실에 가득한 고기 냄새와 연기와 방문자 일행의 이야기 소리와 그릇 부딪히는 소리에 묻혔다.

"알았어요."

여자는 이유를 묻지 않았다. 여자에겐 세상에 이유라는 것이 존재하지 않았다. 있다고 하더라도 상관치 않겠다는 식이었다. 이유를 따지는 순간 삶은 순식간에 따분해지는 거라고 남자에게 말했다. 여자는 두 아이의 엄마고 주사보 직급을 가진 지방 공무원의 아내였다. 매번 자신을 은밀히 원하는 이유를 남자는 여자에게 묻지 않았다.

고기를 구우면서 주인은 일행과 함께 하룻밤 자고 갈 거라고 남자에게 말했다. 아, 저 봄볕! 놀이는 자고로 봄볕놀이가 최고 아니겠어요? 오면서 그러기로 결정했다고 했다. 자고 가기로. 창밖은 봄빛으로 하얬다. 몇 밤을 자든 주인 마음대로 아니겠어요? 남자가 말했으나 주인은 탄 고기를 골라내느라 듣지 못했다.

"뭐라구요?"

주인이 큰 소리로 물었다.

"아녜요…… 암것도."

"뭐라 했잖아요."

"암 말도 안…… 했어요."

"뭐라 했으면서."

"안…… 했다니까요."

"안 했다구요?"

"안 했어요."

주인이 고기 굽는 동작을 멈추고 남자를 바라보았다.

"참 이상하시네."

"뭐가요?"

"방금 뭐라 했잖아요."

"에이…… 아니라니까."

"했다니까."

"안 했다니까."

"……"

"……"

"또 날씨 얘기였어요?"

"아니라니까."

"들어줄게요."

"아니래두, 참."

주인의 눈과 입이 한동안 검게 열려 있었다. 주인은 집게를 석쇠 위에 던지고 집밖으로 나가며 중얼거렸다.

"아, 진짜, 늘 저런 식이라니까…… 얼척없어. 고기나 마저 구워주세요."

문밖은 빛 무더기였다. 빛밖에 없었다. 그런 4월이었다. 4월은 그랬다. 주인은 빛 가운데로, 타버리듯 사라졌다.

"그러지요, 고기……"

남자는 석쇠로 가는 대신 전화기로 다가가 송수화기를 집어들었다. 오늘 말고 내일 와줘요. 남자가 말했다. 알았어요. 여자는 이유를 묻지 않았다.

어느 날이었다. 여자가 남자 앞에 멈추었다. 그때도 봄이었다. 해가 기울어 모든 것의 그림자가 한없이 길어질 때였다. 종일 웅크렸던 몸을 펴고 남자가 바위에서 곧 일어서려던 참이었다.

남자가 고개를 들어 보았던 것은 해를 등지고 선 여자의 검은 실루엣이었다. 눈도 코도 없는 검은 평면이었다.

반면 남자의 낯은 붉은 노을을 정면으로 받아냈다. 노을은 강렬했다. 여자는 우두커니 서서 남자의 불붙는 낯을 내려다보았다. 남자의 이마와 코와 입이 경계 없이 붉은 덩어리로 뭉개졌다. 두 눈의 윤곽을 여자는 간신히 구별해냈다. 쇳물처럼 이글거리는 눈알과 약간의 눈물이 여자에게는 슬퍼 보였다.

여자는 그동안 남자를 보아왔다. 그랬다고 남자에게 말하지는 않았다. 남자는 종일 바위에 웅크리고 앉아 어딘가를 바라보았다. 그것은 하염없었다. 하염없는 그를 여자는 종종 바라다보았다.

마을에서는 그의 모습이 여간해서는 확인되지 않았다. 가까운 거리가 아니었다. 그러나 남자가 바위에서 몸을 일으킬 때는 누구라도 그를 볼 수 있었다. 거대한 그림자의 융기 때문이었다. 그가 바위에서 몸을 일으키는 순간 폭발하듯 커지는 그의 그림자가 덥석덥석 숲을 덮고 계곡을 덮고 먼산의 정수리에 닿았다. 안 볼 수 없었다. 검은 새들이 놀라 공중으로 솟구치고 땅이 한바탕 진저리를 치고 폭우처럼 어둠이 쏟아져내렸다. 그토록 커지는 그림자의 정체를 궁금해하기는 커녕 사람들은 매번 입을 벌려 놀랄 뿐이었다. 삼십 년에 걸쳐 하루하루 자란 그림자였으나 마을 사람들이 그림자에 놀라기 시작한 건 오래되지 않았다. 그림자가 저토록 자란 데는 그럴 만한 이유가 있을 거라고 짐작했으나 짐작은 짐작에서 멈추었다.

여자는 화장실 창문으로 그를 보았다. 변기에 앉으면 멀리 파인 힐의 소나무 몇 그루가 보였고, 그 아래 검고 작은 점이 눈에 들어왔다. 작은 점이 거대한 그림자로 변하는 순간을 가장 잘 볼 수 있는 곳이 그녀의 화장실이었다.

그가 일어서고, 암흑물질이 건너편 산으로 해일처럼 퍼져나가는 순간 여자는 움찔 놀라 배설했다. 그런 날의 배설은 개운했다. 여자는 노을 지는 시각에 맞춰 자주 화장실 변기에 앉았다. 그의 그림자가 짙고 크고 길어질수록 어쩐지 슬픈 느낌도 딱 그만큼 자란다는 걸 여자는 알았다.

맞대면한 그의 낯에서도 기원을 알 수 없는 슬픔이 쉿물처럼 흘렀다. 여자는 말없이 남자를 바라보았고 남자도 여자의 검고 평평한 실루엣을 쳐다보았다. 삼십여 년간 그의 피부를 속절없이 스쳐가기만 했던 시간이 처음으로 잠깐 멈추는 듯했다. 남자는 라일락 꽃향기와 최루가스와 달빛이 은은하다 할 정도로 뒤섞인 삼십 년 전의 교정에 앉아 있었다. 몇몇이 잔디에 둘러앉아 웃고 떠들었다. 이유와 사태가 어찌되든 누구나의 삶의 총량에는 웃고 떠드는 시간이 포함되기 마련이었다. 남자의 생각은 그랬다. 그런 웃고 떠듦이었다. 노래도 불렀던가. 웃음짓는커다란두눈동자아긴머리에에말어없는웃음이⋯⋯ 그러다 남자가 일어섰다. 여자가 한 발 뒤로 물러섰다. 오래되어 굳은 고철 뭉치가 붉은 녹가루를 떨구며 몸을 일으키는 것을 여자는 지켜보았다. 바위 표면에서 시작된 검은 그림자가 눈 깜짝할 사이에 멀리 뻗어나가 건너편 산의 정상을 뒤덮어버렸다. 새들이 진저리치며 날아올랐다. 무섭고 빠르게 어두워지는 배경에 질려 여자는 잠깐 넋을 잃었다. 자리에서 일어선 남자는 잔디밭을 빠져나가 어느 불 꺼진 1층 강의실 문을 열었다. 달빛이 강의실의 반을 적셨고 나머지 반의 어둠이 한 여학생의 격정을 끌어안고 있었다. 외로운, 극한의 격정이었다. 그 격정의 정체가 슬픔도 고통도 아닌 불안이라는 것을 알아차리는 데 삼 초도 걸리지 않았다. 동시에 그녀의 불안이 슬픔과 고통으로 비치지 않는다는 사실을 깨달았다. 여학생은 미치도록 아름다웠고 그것에 그는 경악했다. 불안과 아름다움 사이의 간극이 너무도 아득하여 남자는 강의실 한 귀퉁이에 서서 넋을 잃었다. 같은 학과였으나 잘은 알지 못하던 여학생이었다. 좋아했다거나 관심을 가졌던 대상도 아니었다. 그래서 그의 뇌수에는 그녀의 얼굴과 이름이 아닌 그녀의 불안과 아름다움만 오롯이 새겨졌던 것이다. 불안의 내용이나 사연 따위는 궁금하지도 않았다. 잔디밭으로 되돌아간 그는 더이상 떠들지 않았다. 그의 얼굴에서 웃음이 사라졌으며 마침내 그 자신이 친구들에게서 사라졌다. 그에게 남은 세상의 유일한 궁금증이 있다면, 무엇이 불안을 아름답게 하느냐는 것이었다. 친구들과 헤어진 그날, 그는 대운동장 철봉에 거꾸로 매달린 채 밤을 꼬박 새웠다. 밤하늘에 흐르는 달과 별과 구름을 보며, 궁금증이 풀리지 않으면 웃고 떠들지 않을뿐더러 세상에 나오지 않겠노라 맹세했고, 파인 힐로 스며들었다. 그때부터 밤하늘을 보는 버릇이 생겼고 날씨 얘기만 하는 사람이 되었다. 궁금증을 풀기 위해 그는 매일 거꾸로 매달린 듯 불안하고자 했으며 그것에서 도망치지 않으려고 했다. 텅 빈 강의실의 달빛과 여학생을 한시도 잊지 않았다. 삼십여 년을 그랬다. 여자는 남자의 붉은 눈에서 농익어 뚝뚝 떨어지는 절체절명을 보았다. 그리하여 여자는 남자의 뒤를 따라 봄꽃들이 토해놓은 꽃가루 길을 걸어 파인 힐로 처음 걸어 들어갔다. 두 사람의 격정을 들여다봤던 것은 달뿐이었다. 여자에게는 이유가 필요 없었다. 절체절명이면 되었다. 그날 이후 여자는 주인 일행 말고 파인 힐에 드나드는 유일한 사람이 되었다.

주인 일행은 봉당처럼 생긴 휴게실로 화덕을 옮기고 고기를 구웠다. 바닥이 맨땅으로 된, 파인 힐에서도 독특한 공간이었다. 그곳에서 고기를 굽고 술을 마시다가 회랑으로 자리를 옮겨 고기를 구웠다. 그들에겐 고기를 구울 일밖에 없는 것처럼 보였다. 그들의 아내들은 처마 밑에서 상추와 쑥갓을 다듬었다. 오전 내내 숲에서 꺾어온 개망초 순을 씻었다.

화덕을 옮길 때마다 쇠고기 안심과 돼지고기 목살이 든 커다란 투명 사각 플라스틱통이 따라다녔다. 일행은 돌아가며 고기를 구웠다. 고기 굽는 일 이외의 것들은 무엇이든 다 잊고 싶어하는 사람들처럼 고기를 구웠다. 플라스틱통 안에는 육안으로는 구별할 수 없을 만큼 쇠고기와 돼지고기가 한데 섞여 있었고 밑에는 핏물이 고였다. 고기의 양이 많아서 통은 무거웠고 일행은 그것을 질질 끌거나 발로 밀어서 화덕 곁으로 옮겼다.

육즙과 기름이 숯불에 떨어지면 커다란 불꽃이 일었다. 고기 표면에 재가 묻어 지저분해졌다. 아, 비켜봐. 서로 고기를 굽겠다며 덤벼드는 바람에 남자는 멀찍이서 숯과 석쇠 따위를 슬슬 챙기는 시늉만 했다.

일행은 마당 끝 나무 그늘로 자리를 옮기고 고기를 구웠다. 고기를 굽고 있으면 그 어떤 액운으로부터도 보호받을 것처럼 고기를 구웠다. 4월의 느티나무 그늘은 아직 풍성하지 않았다. 자고로 이럴 때가 아니고 언제 별을 쬐겠냐? 주인이 마당 한가운데로 화덕을 옮기고 고기를 구웠다. 아내들 셋은 봄볕이 무섭다며 집 그늘로 도망쳐 따로 고기를 구웠다. 두 군데서 고기를 구웠다. 그들은 고기 굽는 일에 매달렸다.

주로 주인이 고기를 구웠다. 소매를 걷고 면장갑을 끼고 고기를 구웠다. 그는 사제처럼 진지했고 기도하듯 고기를 구웠다. 여자들 쪽에서 고기가 떨어졌다고 하자 마당 한가운데서는 더 많은 고기를 구웠다. 집 그늘에서 좀처럼 나오지 않는 아내들에게 다가가 고기를 입에 넣어주었다. 여자들은 고기를 받아먹으며 개망초 순을 다듬고 씻고 씻고 다듬었다. 오전 내내 세 여자는 숲에서 개망초를 꺾었다. 토벌하듯 작은 산 하나를 통째로 뜯었다. 산속의 개망초란 개망초는 모조리 모가지가 꺾였다. 남김없이 꺾였다. 꺾인 모가지에서 솟는 풋내가 숲에 진동했다. 이래봬도 이거 삶아 말려서 볶아먹으면 쌉쌀하니 괜찮다니깐. 꽃을 피우고 씨를 맺을 개망초 모가지가 거실과 봉당과 추녀 밑에 산처럼 쌓였다. 종일 씻고 다듬어도 남았다. 남자들은 계속 고기를 구웠다.

오후 두시의 봄볕이 사람과 나무와 건물을 삼킬 듯 쏟아져내렸다. 일행은 부신 눈을 반쯤만 뜨고 현기증을 느끼며 고기를 굽고 먹었다. 금방 씻어 쌓아놓은 수북한 상추와 쑥갓 위에도 봄볕이 부서졌다. 고기 굽는 연기와 봄볕이 뒤엉켜 마당은 연막 같은 것으로 가득해졌다. 포자 형태의 꽃가루들은 작은 날벌레처럼 어지럽게 때론 사납게 공중을 휘저었다. 그토록 많은 꽃가루라면 어딘가에는 실로 엄청난 개화가 이루어진다는 뜻이겠으나 그들은 오로지 고기만 구워먹었다. 아, 좋다, 자고로. 주인이 고기를 구우며 외쳤고 일행이 호응했다. 정말 좋다, 좋다, 이 자연. 행복하고 흡족할 일밖에 없어 보였다.

여자들이 플라스틱통을 통째로 끌어다놓고 다시 고기를 구웠다. 휴양주택이 아, 정말 부러워. 고기 굽는 연기와 냄새가 골바람을 타고 슬슬 숲으로 기어올랐다. 소리 없이, 남모르게, 그러나 아주 빠르게 번져오르는 희끄무레한 유령을 남자는 굳은 표정으로 바라보았다.

"와서 함께 먹어요."

일행 중 한 사람이 남자를 향해 말했다. 일행 중 유일한 싱글이고 얼굴에 화농성 여드름이 붉은 이였다. 지난해 봄에도 일행과 함께 왔었다. 그들은 고등학교 동기동창이었고 봄에 오는 팀이었다.

"그래요. 함께 먹어요."

이번에는 주인이 말했다. 강렬한 봄볕이 뭐든 다 집어삼켜 사람의 말도 자꾸 자지러들었다. 커지는 것은 새 울음뿐이었다. 숲으로 날아간 포자 형태의 꽃가루들이 모조리 새가 된 듯 사납게 울었고 남자는 말없이 땅바닥에 무언가를 적고 있었다. 박태기나무 부지깽이로 '자고로 함께 먹어요'라고 끄적였다. 그 옆에는 '자고로 근저당권'이라고 쓰여 있었다.

남자는 일행이 나누는 대화를 생각 없이 받아 적던 중이었다. 개인정보유출 대란 자고로, 자고로 아파트 전셋값이 90주 만에 멈췄어, 자고로 모건 프리먼이 할리우드를 은퇴한대, 하하하 자고로, 크크크 자고로, 최고의 한 해를 보내는 거지 호날두는 자고로, 이사회 자고로, 은행장 자고로, 아 좋다 봄 자고로, 누에가루 자고로, 정력에는 자고로, 4월은 역시 죽여줘 자고로, 달팽이도 거기엔 자고로, 개 산에 갔다 죽었대 자고로, 지렁이도 좋다는데 자고로, 혼자 갔대 산엔? 자고로, 개 죽어라 모았는데 자고로, 마누라만 좋게 됐잖아 자고로, 씨발 참 자고로……

"아저씨."

헌팅캡이 남자를 신경질적으로 불렀다. 긴 대화에 스스로 지루해진 일행이 일제히 남자를 바라보았다. 헌팅캡은 작년의 헌팅캡을 여전히 쓰고 있었다. 모자 그늘에도 불구하고 헌팅캡은 부신 눈을 뜨지 못했다. 한여름 햇빛도 4월 것만 못했다.

땅 위의 낙서를 발바닥으로 스윽 비벼 지우고 남자는 일행 쪽으로 갔다. 그리고 그들과 고기를 먹었다. 술은 마시지 않았다. 고기는 지글거리며 계속 익었다. 반은 숯불에 익었고 반은 봄볕에 익었다. 4월 햇빛에 모든 것들이 가무러졌다. 고기 굽는 연기와 냄새가 꽃가루 가득한 마당을 한 바퀴 휘젓고 슬그머니 숲으로 기어올랐다. 아무려나 남자는 고기를 먹고 또 먹었다.

"무슨 말 좀 해봐요."

헌팅캡이 말했다. 남자는 대답 없이 고기만 먹었다.

일행의 대화는 뚝 멈추어 있었다. 그러다가 어느 순간 또 아무 이유 없이 똑같은 내용들로 반복될 것이었다.

"어유, 안 불렀으면 큰일날 뻔했네. 천천히 음료수라도 마시면서 드세요. 체하겠어요."

남자는 대답 않고 고기만 먹었다. 남자의 어깨에 봄볕이 떡처럼 들러붙었다.

"참, 아저씬 내 말이 안 들리나봐."

헌팅캡은 집요했다. 남자는 고기만 먹었다.

"아저씨이!"

"저녁에는 좀 흐릴 것 같아요."

남자가 말했다.

"하!"

헌팅캡이 입을 딱 벌렸다.

"아저씨, 누가 날씨 궁금하댔어요?"

"자고로 이 아저씨는 날씨 얘기밖에 안 하잖아. 그만해."

주인이 끼어들었다.

"그럼 2056년 4월 날씨는 어떨 것 같아요?"

헌팅캡이 고기를 질겅질겅 씹으며 물었다.

"그걸 어떻게 알아요, 내가."

남자가 빙긋이 웃었다. 바람 한 점 불지 않았다. 일행은 두 사람의 대화에 아무 관심도 보이지 않았다.

"날씨 얘기만 한다매요?"

"그래도 그렇지 어떻게 수십 년 뒤를 알아요?"

"수십 년 뒤라서 모른다?"

"그러믄요."

"그렇다?"

"그러믄요."

"하!"

"그만하라니까, 자고로."

주인이 다시 헌팅캡을 말렸다.

"많이 드세요, 아저씨, 예? 아주 많이."

헌팅캡이 자리에서 일어났다. 빛에 치여 비틀거렸다.

"네."

남자가 대답하고 고기를 먹었다.

헌팅캡은 남자를 째려본 뒤 식식거리며 집 그늘로 들어갔다. 감정이 격해졌으나 쏟아져내리는 봄볕 때문에 모든 게 무력해보였다. 그런 4월이었다. 4월은 그랬다.

무료함을 떨치려는 듯 일행은 다시 고기를 주워먹기 시작했다. 주인이 고기를 구우며 웃었다. 흐흐흐흐, 자고로.

말하고 먹고 마시고, 계속 고기를 굽고, 한동안은 말없이 마시다 다시 떠들며, 일행은 저녁을 보냈다. 어떻든 밤이 왔고 어두워졌다. 남자의 말대로 날이 흐려 달은 보이지 않았다. 작년에도 재작년에도 그랬듯 아내들은 안방을 차지했고 남편들과 싱글남은 트럼프를 치다 건넌방에서 쓰러져 잠들었다. 데쳐서 물기를 뺀 개망초 순이 여덟 개의 커다란 비닐봉투에 나눠 담겨 있었다. 방문객이 묵어가는 하루는, 늘 그랬듯 그렇게 갔다.

낮은 햇볕으로 평정되고 달도 없는 밤은 어둠으로 평정되었다. 그것이 봄의 파인 힐이었다. 낮의 숨막히는 꽃가루는 누구나 보고 맡는 것이었으나 밤을 빽빽하게 채우는 소리는 대개는 남자만 들었다. 남자는 달이 구름에 비끼는 소리도 들었다. 남가뢰 애벌레가 뒤영벌에 달라붙는 소리도 들었다. 태어나면서 오로지 위로만 위로만 끝없이 기어오르는 남가뢰 애벌레의 수런대는 소리를 들었다. 노란 꽃가루를 닮은 그것이 엉겅퀴꽃에 앉은 뒤영벌에 달라붙어 뒤영벌의 집에 침입하는 소리를 들었다. 뒤영벌의 꿀단지에 파고들어 꿀과 꽃가루와 뒤영벌 새끼들을 모조리 잡아먹는 소리를 들었다. 한 뼘도 넘게 성장한 딱딱하고 시커먼 남가뢰가 벌집 밖으로 기어나오는 소리를 들었다. 그런 남가뢰의 몸에 홍날개가 다닥다닥 달라붙어 끈덕지게 체액을 빨아먹는 소리를 들었다. 그리고 여치의 항문에서 한 팔 길이의 연가시가 끝도 없이 비어져나오는 소리도 들었다. 찌그럭. 껍데기만 남은 여치가 바람에 구르는 소리를 들었다.

거실에 반듯하게 누운 남자는 검은 플라스틱 전화기를 떠올렸다. 전화기 안에도 연가시가 자라는 걸까. 전화기의 균열은 매일 조금씩 더 벌어지며 여치 소리를 냈다.

소리는 소나무가 뿌리내린 바위틈에서도 났다. 소나무가 깊은 숨을 들이켜는 밤이면 바위틈에는 어둠과 적막이 모래알만큼 자랐다. 그것들은 작고 여렸으며 그것으로 인해 번져가는 바위의 균열 또한 미미했으나, 소리를 듣는 남자는 힘겹고 숨이 찰 만큼 귀가 아팠다. 숲의 초목들이 일제히 하루분의 세포를 내어 위로는 하늘을 덮어가고 아래로는 땅의 틈새를 넓혀갔다. 그것들의 활동이 가장 왕성한 4월이면 남자는 낮밤없이 그 비명 같은 소리들에 얻어맞아 몸살을 앓았다. 그럴 때마다 남자는 오랫동안 기다렸다는 듯이 그 순간을 끌어안았고 좀처럼 놓지 않으려 했다. 그가 듣지 못하고 놓쳐버린 순간에도 어디에서인가는 꽃이 피고 뿌리가 내리고 틈이 자랐다. 종일 숲으로 기어든 고기 냄새와 열기 때문에 다른 날에 비해 두 배는 빠르게 꽃이 피고 뿌리가 내리고 틈이 자랐는지 숲의 비명도 그만큼 어지러웠다.

잠에 빠져들기 직전 남자는 노란 복수초들이 꽃잎 닫는 소리를 들었다. 종일 활짝 피었던 복수초들은 달 없는 밤 가장 늦게 가만히 꽃잎을 닫았다. 꽃잎 닫는 소리와 함께 땅속까지 해동이 깊어지는 소리를 들었다. 토양의 어두운 틈새로 초목의 실뿌리가 뻗어나가는 소리를 들었다. 그렇게 꽃은 닫고 뿌리는 뻗었다. 조용히 닫고 은밀히 뻗었으나 소리는 소나기 같았다.

아침해가 신갈나무숲을 넘을 때까지 모두 늦잠을 잤다. 밖은 봄볕으로 평정된 뒤였다. 문을 열면, 침몰하는 배 안으로 바닷물이 들이닥치듯, 햇빛이 쏟아져들어올 것 같았다. 아닌 게 아니라 벌컥 문이 열렸고, 무엇으로도 막을 수 없는 빛 덩어리가 억눌린 비명과 함께 집안으로 밀려들었다.

싱글의 입은 턱이 빠진 것처럼 크게 벌어진 상태였고 그것은 평생 다시 닫히지 않을 것 같았다. 화농성 여드름이 검붉게 부풀어 금방이라도 터질 지경이었다. 벌어진 입에서는 억억거리는 것 말고는 어떤 소리도 나오지 않았다.

싱글이 가리키는 쪽으로 주인이 뛰어나갔다. 빛의 바다로 풍덩 빠져들듯 그는 문밖으로 몸을 던졌다. 싱글은 어딘가를 향해 팔을 뻗은 채 굳어 있었다. 그 팔 또한 평생 다시 굽혀지지 않을 것처럼 뻣뻣했다.

"못 들었어?"

잠시 후 주인이 돌아와 소리쳤다.

"못 들었어? 못 들었어?"

그 말뿐이었다.

싱글은 그때까지도 팔을 뻗고 있었다. 팔이 가리키는 쪽으로 일행이 몰려갔다. 남자도 따라 나갔다.

일행도 남자도 갑작스러운 햇빛 때문에 처음엔 아무것도 보지 못했다. 못 들었어? 주인은 계속 소리를 질렀다.

빛 가운데 환영처럼 누워 있던 것은 헌팅캡이었다. 적응된 눈에 다시 비친 헌팅캡은 사람의 모습이 아니었다. 사물이었고 구겨질 대로 구겨져 있었다. 여자들 못 보게 해! 누군가 소리질렀다. 숲에는 새소리도 바람 소리도 없었다. 못 들었어? 주인은 넋이 나가 있었다.

으깨진 헌팅캡의 두부는 주변에 흩어진 돼지고기 조각과 숯 찌꺼기들과 다를 바 없이 무심하게 식어갔다. 다리는 팔자로 벌어졌고 두 팔은 알 수 없는 수신호에서 멈추었다. 헌팅캡의 몸으로부터 열 걸음쯤 저쪽에, 커다란 바위가, 금방 숨을 멈춘 짐승처럼 웅크리고 있었다. 전날 저녁 고기 화덕을 집안으로 옮길 때만 해도 마당은 대체로 평평했고 바위 따위는 없었다. 모두가 잠든 새벽, 어딘가에서 굴러떨어진 그것은 헌팅캡을 으깨고 조금 더 구르다 멈추었던 것이다.

헌팅캡의 복부는 활짝 핀 백합처럼 파열되었다가 시든 뒤였다. 터져나온 것 중 믿을 수 없이 가늘고 긴 장기 하나가 바위와는 반대쪽으로 멀리 뻗어 있었다. 남자는 한참을 걸어가서야 장기의 끝을 만났다.

그것은 매우 긴 창자였다. 팽팽하게 당겨놓은 로프 같은 일직선이었다. 파열 당시의 충격이 얼마나 컸었는지 짐작하기에 충분했다. 남자는 장기의 이쪽 끝에서 저쪽 끝까지 여러 차례 오갔다. 신갈나무숲을 넘어온 햇볕에 그것은 구둑구둑 말라갔다. 노란 꽃가루가 콩고물처럼 묻어 있었다. 봄볕은 전날과 다르지 않았다. 길게 늘어진 장기의 중간중간 곤충과 개미가 달라붙어 이미 숲의 생태가 진행중이었다. 경련도 혈액도 다 멈추었다. 응고되어가는 헌팅캡의 몸뚱어리 위로 버드나무 꽃가루가 뭉게뭉게 눈처럼 지나갔다. 형편없이 구겨졌으나 헌팅캡의 머리에서 헌팅캡은 끝내 벗겨지지 않았다.

그토록 큰 바위였다면, 그토록 처참한 충돌과 파열이었다면 소리가 없을 수 없다는 게 모든 사람의 공통된 생각이었다. 못 들었어? 주인이 소리치는 이유를 모두가 알았다. 그러나 소리를 들은 사람은 남자를 포함해 아무도 없었다.

남들 다 자는 새벽에 헌팅캡은 무엇 때문에 혼자 깨어 마당 끝으로 걸어나갔던 것인지. 알 수 없는 것투성이였다. 어째서 그토록 큰 바위가 갑자기 굴러떨어진 것인지. 남자도 알 수 없었다. 어째서 아무 소리도 나지 않았던 것인지.

못 들었어? 주인은 말을 멈추지 않았다. 들은 사람이 있기만 하면 죽은 사람이 벌떡 살아나기라도 한다는 듯이. 모든 궁금증이 풀리기라도 한다는 듯이. 못 들었어? 못 들었어? 헌팅캡의 아내가 사람들의 제지를 뚫고 달려나왔다. 그러나 가까이 다가서지 못하고 문득 멈췄다. 그녀는 울지도 소리지르지도 못했다. 두 손으로 입을 감싼 채 동공이 튀어나올 만큼 눈을 부릅떴다. 그녀와 모든 이를 압도했던 것은 슬픔도 놀람도 아닌 평범한 4월 아침의 지독한 낯섦이었다. 파인 힐의 마당에 가득했던 것은 전날과 다름없는 투명한 봄볕이었다. 꽃가루들이 마당을 휘돌아 산 위쪽으로 자욱이 기어오르는 것을 보며 남자는 숲이 웅성거리는 소리를 들었다. 수상하고 쭈뼛거리는 것들로 가득한 알 수 없는 순간을, 남자는 기다렸다는 듯이 한껏 끌어안았다.

냉기가 남아 있는 여자의 손끝이 남자의 복부에 닿았다.

설거지가 미처 끝나기도 전에 남자는 전등을 끄고 여자를 주방 탁자 위에 눕혔다. 구름 속에 숨었던 달이 얼굴을 내비쳤다. 반쯤 잠긴 수도꼭지에서 물이 흘렀다.

지하수를 끌어올리는 모터 소리가 주변의 다른 소리들을 잠식했다. 파인 힐의 지하수는 석간수였고 매우 차가웠다. 여자를 탁자에 눕힐 때 남자는 수도를 완전히 잠그지 않았다. 푸른 달빛이 탁자 위의 나뭇

결과 흠집들에 미세한 음영을 더했다. 남자는 여자의 몸으로 바투 다가갔고 여자는 석간수의 냉기가 남아 있는 손끝으로 남자의 복부를 쓰다듬었다.

여자는 천장의 광정을 쳐다보았다. 남자는 마당 쪽으로 난 창밖을 내다보았다. 노란 폴리스 라인이 달빛 아래서 바람에 흔들렸다. 헌팅캡의 몸은 네 시간 전에 치워졌다. 그토록 큰 바위는 피할 수 없었겠다는 이유로 경찰은 단순 우발사고사로 잠정 결론을 내리고 철수했다. 일행도 돌아갔다. 노란 폴리스 라인만 삭막하게 남았을 때 여자는 파인 힐에 당도했고 언제나처럼 설거지를 했고 설거지가 미처 끝나지 않았으나 커다란 느릅나무 탁자에 누웠다. 남자는 꽃가루와 침이 번들거리는 자신의 입술을 혀로 핥았다. 숨을 몰아쉬는 중간중간 낮의 일들을 여자에게 말했다.

"어떻게 피했겠어요."

여자가 말했고 남자는 폴리스 라인 안에 웅크리고 있는 커다란 바위를 바라보았다. 어둡고 멀어서 잘 보이지 않았다. 그러나 그것의 생살 같던 절단면의 인상만큼은 기억에 선했다. 어디선가 뚝 떨어져나온 선연한 흔적. 수억 년에 걸쳐 조금씩 번지던 균열이 어느 날 몇시 몇분 몇초에 마침내 그 끝에 다다르는 광경을 남자는 숨가쁘게 상상했다. 그 커다란 바위를 밀어낸 마지막 힘은 하루치 식물 뿌리 세포의 생장이거나 한 방울의 빗물이거나 이슬방울이거나 한줌의 바람이거나 아니면 어둠이거나 적막이거나 꽃잎 벌어지는 소리 같은 것이었을 것이다. 남자는 숨을 몰아쉬고 여자는 몸을 뒤틀었다.

"삼십 년을 품었던 월식을…… 왜 놓아버렸는지…… 당신은 아는 걸까?"

여자가 물었다. 빈 강의실에 홀로 아름답던 불안의 이름이 월식이었다는 것을 여자는 알고 있었다. 남자 멋대로 지어 가진 이름이었다는 것도 여자는 알고 있었다. 삼십 년 전 그날 밤 남자는 대운동장 철봉에 거꾸로 매달려 밤을 새우며 커다란 달 하나를 자신의 가슴에 심었노라 했다. 나날이 불안을 되새기게 해주던 이름 월식. 그러나 어느 날 여자를 만나 생생한 불안의 밤을 새로 안게 되면서 남자는 월식이라는 이름의 오랜 내성耐性을 내려놓았다.

"내려놓은 게 아니고…… 나라는 여자의 불안을…… 새로 심는 거겠지. 응? 이렇게. 새로. 계속. 언제까지나."

남자는 힘주어 고개를 끄덕였다. 불안을 초대하고 영접하는 기이한 자신의 삶을 정당화하기 위해 그것에 필요한 과거의 사연과 이름을 만들어 가졌던 것에 고개를 끄덕였다. 자신에게 지속적으로 필요한 건 불안일 뿐 월식도 여자도 아니라는 사실에 남자는 고개를 끄덕였다. 그걸 너무도 잘 알고 있는 여자이기에 남자는 여자 앞에서 힘주어 고개를 끄덕였다. 여자에게 필요한 것도 파인 힐의 남자가 아니라, 갓 흘린 피처럼 생생한 불안이었으므로.

남자 앞에 처음 멈추었던 날 여자는 코도 눈도 입도 없는 평평한 실루엣이었다. 어둠이나 결핍 없이 존재할 수 없는 것이 음영이었다. 남자에게서는 쇳물 같은 슬픔이 흘렀다. 그러나 남자를 따라 여자가 파인 힐로 들어섰던 것은 슬픔 때문이 아니라 그의 눈에 이글거리던 절체절명 때문이었다. 그날의 격정도 달빛 때문이 아니었고 뜨거운 숨과 함께 토해낸 여자의 말 때문이었다. "(…….) 그것은 불안하지 않을 수 없고, 아름답지 않을 수 없고, 무섭지 않을 수 없어." 뜨거운 숨에 가려졌으나 명료하게 귓속에 들어와 박혔던 (…….) 이 한마디를 여자와 남자는 다시 말하거나 듣지 않았다. 다시 말하거나 듣는 대신 그들은 달이 뜨는 밤이거나 설거지거리가 산더미처럼 쌓이는 날 격정에 휩싸이며 마음속으로만 백 번이고 천 번이고 그 말을 되새겼다. 불안과 외로움과 공포 따위를 아랑곳 않게 할뿐더러 오히려 그것들을 기꺼이 요청하게 하는 (…….)

애들 아빠가 알면 날 포렴처럼 찢어 죽일 거야. 첫날 여자가 웃으며 흘렸던 말을 남자는 기억했다. 그녀는 말했다. 아무려나 상관없어. 저 달이 미치도록 아름다운 이치를 당신도 잘 알 테니까.

모터가 신음을 질렀다. 날이 더워질수록 지하수는 얼음처럼 차가워졌다. 개수대를 넘친 물이 배수관으로 흘러내리며 개구리 소리를 냈다. 여자의 이마에 밴 땀이 은가루처럼 빛났다. 더는 냉기가 남아 있지 않은 손끝으로 남자의 팔을 부드럽게 쓰다듬었다.

남자는 여자의 몸에서 빠져나와 물을 잠갔다. 개구리 소리가 그치고 모터가 멈추었다. 폴리스 라인 안에 웅크린 바위는 억 년 전부터 그곳에 있었던 것 같았다. 여자는 느릅나무 탁자 위에 흐트러져 있었다. 폴리스 라인 너머에서 숲의 소리가 살아나기 시작했다. 복수초가 일제히 꽃잎을 닫고 뿌리를 박는 소리. 하루치의 균열을 넓히는 소리일 거라고 남자는 생각했다. 그뿐, 어떤 일이 생길 기미인지는 알지 못했다. 소리를 듣고 쭈뼛해지는 순간을 다만 조마조마 끌어안으면 그만이었다. 그렇게 삼십 년을 끌어안은 것들이 남자의 거대한 그림자로 자라났다.

아침해가 올랐다. 남자는 파인 힐의 문을 열고 눈부신 빛 가운데로 걸어나갔다. 바람에 흔들리는 폴리스 라인 곁을 돌아 언덕길로 접어들었다. 새가 울고 바람이 불고 꽃가루가 날렸다. 곧장 소나무 그늘 바위로 가지 않고 꽃잎 벌어지는 소리에 이끌려 숲으로 향했다. 흙이 있고 바위가 있고 나무가 있는 사이사이 풀이 자라고 꽃이 피었다. 발목에 지열이 훅훅 끼쳤다. 멀리 여자의 집 굴뚝 끝에 불의 기운이 아지랑이처럼 올랐다. 마을에서 눈을 돌려 다시 숲 쪽을 향하자마자 남자는 얼어붙었다. 꺾이고 남은 설해목 둥치처럼 몸이 뻣뻣하게 굳더니 이내 걷잡을 수 없이 떨렸다. 공포와 불안에다 남자는 자신을 내버려두었다. 그곳에 그토록 많은 복수초가 피어 있을 리 만무였으나 남자는 의외의 사태에다 역시 자신을 내버려두었다. 복수초는 작고 여리고 민낯이어서, 그러나 일제히 부릅뜬 듯 한껏 피어 있어서, 그리고 언제까지고 피어 있을 것만 같아서, 꽃잎이 결코 닫힐 것 같지 않아서 남자는 진저리쳤다. 너무도 많고 끝 간 데 없이 빽빽한 복수초여서, 홀로 서 있는 남자는 샛노란 꽃 바다에 떠 있는 작은 배에 지나지 않았다. 복수초 말고 그 어떤 것도 없는 세상. 바야흐로 봄, 4월이었다.

봄 나무의 말

날이 샜다. 날은 새는 거지. 늘. 곧 밝겠지. 닷근이가 쇠스랑을 쥐는구나. 저, 그. 닷근이가마슴. 손잡이를 쥐어. 쇠스랑의 긴 손잡이를. 물푸레나무 긴 손잡이. 한 발이나 되는 그걸, 중간쯤을, 응, 닷근이가 꾹 쥐었어. 쇠스랑은 저 쇠스랑. 닷근이의 움막 벽, 새라는 걸 엮어 지은 움막 벽, 북쪽 벽 말야, 그곳에서 밤새 기대어 식었지. 물푸레 긴 손잡이. 겉 거죽에, 꺼끌꺼끌 거기 그러니까, 촘촘히 물기가 서린 거겠지. 서린 거야, 안개도 이슬도 아닌 것이 스윽. 별립산에서 새벽에 기어내려온, 거 뭐야, 습하고, 응 봄의, 스멀스멀한 기운이 닷근이 움막을 핥다가, 북쪽 벽을 핥다가, 쇠스랑에 붙잡힌 거지. 스멀거리던 것들이. 그것들이, 밤새 식어 차가워진 쇠날과 손잡이에. 부딪혔지, 그래서 번들번들, 응, 물기가 되었어. 물기 서린 쇠스랑 물푸레나무 손잡이를, 봐, 닷근이가 불끈 거머쥐었어. 하룻밤 새 쇠날에 붉은 녹막이 앉았네, 얇게. 막대 손잡이하고 닷근이 손아귀 틈에서, 저 봐,

될 듯 말 듯 그치? 한줄기 물이 가느다랗게 흐르잖아. 일출 전 푸르고 희붐한 어둠 속, 응, 실지렁이처럼 흘러내리는 한 마리 물기에서 번쩍, 봤어? 알 바 없는 빛이 튀는 걸? 두엄을 내려나. 그러려나. 해토도 되고 곧 밭도 갈아야 봄이니까. 두엄을 내려나봐, 닷근이는. 잘 숙은 두엄 속 깊은 데는 뜨겁게 푹푹 숨쉬지만, 그래, 겉은 말야, 차갑고 옵딱딱해서 쇠스랑으로 되우 찍어내야 돼. 두엄 연한 속살 비치마신, 그렇대두, 미국산 정원용 포크래나, 그거 푹푹 속 두엄 퍼내서 얹는 거지 바소쿠리에. 기지개 켜는 봄이니까.

닷근이 저거는 말 못하고 듣지 못하는 마을 일꾼이야. 예나 지금이나 그렇지 병신 무식하고 못생기고 근본 없다 하망 무시하신, 사나운 놈이니 함부로 대하지 못하는 거지. 튀어나온 입을 썰면 흐, 닷근은 되겠다 해서 닷근이인 거야. 이빨, 턱이 커다랗고 세. 무지 그래. 다른 몸 부위들은 거 뭐 다 오로지 응, 이빨과 턱, 그걸 감싼 투실투실한 입술을 위해서…… 그러니까 곁가지. 다른 몸 부위는 곁가지인 거지, 다. 입은 곁가지 튀어나온 큰 입이 닷근이고 나머지 팔다리 이런 거는 그런 거는 하여튼 곁가지. 마을 윈갖 험한 일은 닷근이 차지였어. 돼지 잡고 염하고 개 때려잡아 그을렸거든. 귀머거리에 벙어리 병신. 근데 하, 귀신처럼 알아들을 건 알아듣고 말할 건 말해. 말 못하고 듣지 못해서 닷근이는, 응, 외려 더 많이 듣고 더 많이 말해. 나하고 말 주고받는 오로지 한 놈이 저 닷근이거든. 땅이 많이 녹았어.

나도 눈이 없어 보지 못하고 뇌가 없어 알지 못하지만, 그래서 다 보고 다 알아 알 만큼은. 어디든 다 가지, 발이 없어도. 나는 말해. 큰 나무야 나는, 아주 큰. 허나 어찌 다 알고 다 볼 수 있겠어, 흐. 윈갖 것 기운을, 그래, 기운을 뭐 더듬는 거지. 큰 몸으로 더듬을 뿐이야. 봐, 숱한 가지로. 이파리들로. 나는 듣고 먹고 꽃으로 싸. 꽃가루로. 내 꽃가루를, 바람 위에다가, 흘러가는 바람 위에다가 뭉텅뭉텅 흩는 다구. 흩을 때는 사람 남정네들 파정보다, 헤, 그것들 알량한 파정보다 흐, 수천수만 갑절이나 쾌락해, 참 나는 그래. 뭉텅뭉텅. 그렇게 정염 가루를 팔백 년이나 온 사방에 뿌렸는데, 땅거죽에 흩었는데 더께가 지도록 글쎄 그랬는데, 변변한 후손을 못 봐, 오늘도 말야, 나 홀로 서낭당에 우뚝하네 참. 이제 또 새순이 툭탁툭탁 나서 그늘만 하릴없이 밤낮으로 낭자해. 회화나무야 나는.

그가 오기 전에 그가 온다는 소문이 먼저 당도했어. 공군수 외아들 꽃서방. 살아서 돌아온다는 기별이, 그런 기어이 하루 만에 온 세상 복사꽃 일제히 터뜨리는, 남풍처럼 뜨겁나게 들이닥쳤지. 근데 소문은 소문. 안 나타났어. 만날만날 '오는 중'이라고 했지. 공군수만 애끓이고 마을은 그래 그를 기다리지도 안 기다리지도 않았어. 술렁이기만 한 거지. 그 없는 새에 전쟁이 모질게 할퀴었거든, 마을을 온통. 그리고 지금은 봄.

전쟁 때문에 그도 마을을 떠난 사람이었어. 무운장구武運長久, 응, 이런 어깨띠 두르고 늠름하게 자원입대했지, 어, 개전 초에. 마을의 땅. 모든 땅 주인이 공군수인데, 일제 때 수탈 군수였잖아. 응. 아들인 꽃서방이 나섰어. 집안의 뭐라나 명예회복 그걸 위해서 대표로다 나라에 목숨 바치기로 한 출정이람뒤. 허 그렇대. 그런데 그의 별칭이 꽃서방이었잖남. 서방. 출정할 때 새신랑이었다는 얘기지. 공군수도 꽃서방도 전쟁 사납고 그토록 거윽거윽할 거라 생각 못했지. 서방 떠나보낸 새악시 믿음도 그랬고. 짱짱거리다 말겠지. 헌데 전쟁이 끝나도 그래 꽃서방은 안 돌아왔어. 그와 함께 포로로 잡혔었다던 웅, 얼추 다 왔다는데 그는 안 돌아왔어. 남쪽으로 송환되고도 군 뭐? 감호랬던가? 다시 갇혔대, 거기 시설에. 그게 마지막 소식이었지. 돌아오더라도 돌아오지 않는 것만 못하리라는 걸 알고 있었을까. 회복할 수 없을 만큼 쑥대밭이 되어 있었거든 마을이.

그가 없는 새 아이 노인 부녀자 들 남기고 사내란 사내는 마을 모두 의용입대하고 잡혀가고 죽고 숨고 도망쳤어. 도합 일곱 나라인가 병사들이 밀고 밀쳤어, 여길 막. 뺏고 뺏겼어. 죽고 죽이고마신 네 차례 마을을 번갈아서 짓밟았지.

융단폭격에 죽고 도망가다 죽고 흩어지다 죽었어. 소개 명령이란 건가는 폭격이 휩쓴 뒤에야 헛방 병신처럼 날아왔어. 이편이든 저편이든 포탄으로, 포탄으로만 길을 자근자근 내고 병사들은 처덕처덕 곤죽 된 길을 따라 떼멧돼지처럼 몰려왔지. 총을 꼬나쥔 헐레벌떡 검고 희고 누런 병사들 풀풀풀 먼지 뒤섞여서, 처덕처덕 번차례로, 포탄길로 내달아왔어. 도망치는 사람 쏘아 죽이고 숨은 사람 찾아 찔러 죽이고 눈에 띄는 대로 족족 죽이고 집에도 건조창에도 불지르고 밖으로 뛰쳐나오는 사람들 개미집 개미 나오면 죽이듯 연발총 드드드 그어 죽이고 죽이고 말뚝에 묶어 총 놓아 죽이고 여럿을 한 구덩이에 쓸어넣어 죽이고 죽였어. 밥먹듯 죽였어. 죽이느라 방아쇠 손가락 아프고 팔도 아프고 목도 아프댔어. 아 손가락 저려 씨팔, 그랬어. 하도 죽여서, 언놈은 하루라도 사람을 죽이지 않으면 밥맛이 없다고 했어. 말뚝에 묶어 하나씩 하나씩 쏘아 죽이다가, 귀찮아 시간 없어 죽을 사람들한테 삽과 곡괭이를 주어 구덩이 파게 하고 파게 하고 구덩이 앞에 나란히 서게 하고 서게 하고 드르륵 꽝꽝 총을 놓아 구덩이 속으로 자빠지게 하고 자빠지게 하고 다음 차례, 그렇지, 다음 차례로 죽을 사람들한테 구덩이를 삽과 곡괭이를 주어 묻게 하고 자신들이 처박힐 구덩이를 다시 파게 하고 쏘고 죽고 웅덩이를 파게 하고 쏘고 죽고 웅덩이를 파게 했어. 급하면 급한 대로 급하게 죽였고 아 피냄새 느긋하면 느긋한 대로 느긋하게 죽였어. 죽고 죽이는 사람들 피차간 말 걸고 흐, 담배를 나누어 피우고 더러는 희죽희죽 서로 웃기도 했어, 하는 느긋한 한낮 참 기괴한 학살보다는, 아무래도, 응, 이왕 죽을 거 죽는 죽을 놈은 어둠 속에서 차라리 댓바람에 숨 탁 끊어져버리는 걸 원했지, 창졸간을. 근데 죽음이라는 건 언제나 죽는 자의 원을 들어주지 않는 법이지.

병사들은 마을에 묵으며 잡아먹고 또 먹었어. 염소 잡고 돼지 잡고 거위 잡고 도망하는 개 잡고 엎어지고 뛰어가 먼지 쓰고 미끄러짐신 닭 잡아 목 비틀고. 뜯어먹고. 여자들은 갈게떼처럼 와르르 흩어져 사방으로 버르적버르적 도망가고 병사들은 갈게 쫓듯 쫓았어. 여자들 가슴 헤치고 품에서 젖먹이 떼어내 바닥에 내던지고 노파와 여아 안 가리고 남김없이 자빠뜨리고 올라타고 대검 수통 허리에 찬 병장기들 덜거덕덜거덕 와랑와랑 덜거덕덜거덕거림서 강간하고 입안 얼굴에 분비물 뿌리고 흘리고 지랄함신 밟았는데 밟기는 왜 밟았을까. 늑막 으깨지고 장기가 터졌어. 내남없이 당하여 내남없이 무어라 말 못하고 말은커녕 울지도 못하고 겁에만 질리고 질려, 기함도 못할 무서움에 떠느라 어디가 아픈지 터졌는지 몰랐지. 얼결에 코를 물어뜯겨 부상 입은 병사가 미쳤을 거야. 보복으로 여자 몸안에 수류탄을 박고 끈을 매어 멀리서 안전핀 쑥 당겼다는 건 닷근이도 알았어. 어디다 넣고 어떻게 당겼는지. 그래 어떻게 흩어졌는지, 살과 피가. 꽃서방 새악시도 음, 두억시니만치 커다란 병사한테 낮에 한 번 밤에 한 번 그 뭣이냐면 당했는데 그게 낮에는 흰 병사였고 밤에는 검은 병사였어. 낮 병사는 새악시를 갖다가 외양간 덤불 우 던져놓고 옷을 찢고 가랑이를 마구 저기해 달려들다가 퍽, 등을 찍혔지. 퍽. 그랬어. 쇠스랑에 찍혔어. 닷근이 쇠스랑에. 쇠스랑 날은 모다 세 개. 가운데 날이 병사 목뒤에 꽂혔고 좌우 양날, 그것들이 승모근, 목에서 어깨로 이어지는 좌우 근육에 공평히 나뉘어 꽂혔어. 한 뼘 길이 쇠날이, 세 개 모다, 음, 팔할쯤 몸속으로 푹 들어갔지. 닷근이는 들어간 날을 가만두지 않아. 날하고 손잡이는 직각. 손잡이를 치켜들어 개는 닷근이는 은근히 위로. 박힌 날이 그럼 살 속에다 길을 내지. 몸안에 큰 어두운 구멍이 생겨. 뺑하니 벌어진 구멍에 핏물 가득가득 고이고 그건 곧장 밖으로 콸콸콸 흘러내려. 그랬어. 그랬고 밤 병사는 말야, 새악시를 내 그늘까지, 요기 요 앞 내 그늘까지 볏짚처럼 질질 끌고 와서거니 일을 보려다가 딱 역시 닷근이한테 찍혔지. 검푸른 하늘에 함부로 커다래진 달 혼자 괴괴하던 밤이었어. 검은 병사가 새악시를 내 밤 그늘에다 정말 참 이불 홑청처럼 펼쳐놓고 빠르게 허리춤을 풀었어. 널브러진 게 새악시 몸 참혹하면서도 어찌나 눈부시던지 나는 혼자 쉐에쉐에 울었나봐 그때. 꽃서방한테서는 군사우편조차 오지 않을 때였어. 닷근이가 한 발짝만 늦었더라도 말야, 맷돌 그 어처구니처럼 생긴 말야, 굵고 단단

한 검은 병사의 것이 새악시 허망하게 벌어진 몸속으로 글쎄 하릴없이 꽂힐 뻔했어. 정말 그럴 뻔했지. 근데 직전에 정말 직전에 닷근이 쇠스랑이 먼저 병사 머리에 꽂혔어. 푹. 한쪽 귀에서 다른 귀까지, 머리 뒤통수 쪽으로 금을 이래 그어봐. 그게 음, 말하자면 닷근이 쇠스랑 날이 꽂힌 부위. 얼마나 세게 내리쳤던지 참 세 개의 쇠날이 뒷머리에 박히자마자서큼, 손잡이를 더는 건드리지도 않았는데 병사 머리가 아주 잘 익은 수박처럼 저절로 쩍 갈라졌어. 우아래로 쩍. 응, 닷근이는 그렇게 말야, 도깨비마냥 바람을 타고 나타나 사람 둘을 죽이고 새악시를 구했지. 구했으망 공군수는 외국 병사한테 욕을 당했다마신 새악시를 거 무논에다 내다버렸어. 하여튼 누구든 새악시를 범할라쿵 들면 낮 병사나 밤 병사 꼴이 되었을 거야. 근데 새악시가 공군수한테서 내쫓긴 뒤로 자청해서 닷근의 완전한 보호 아래 있었기 때문에 더는 등을 찍히거나 머리가 빠개지는 병사는 나타나지 않았어.

공군수는 말야, 새악시가 음탕해서 원체 그래서 더러운 닷근이캉도 몸을 섞는다고. 마을 사람들을 구슬렀어. 며느리 내쫓은 핑계가 있어야잖아. 돌아올 아들한테도 뭐 할말이 있어야지. 공군수, 공군수 처. 꽃서방하고 새악시 혼인하는 거 기겁하신 반대했던 사람들이야. 꽃서방이 왜 꽃서방이게. 워낙이 아름다운 꽃도령이었어서 음, 장가든 뒤로도 꽃 자를 꽃 자 그대로 써 꽃서방이 된 거였으망. 정말 그는 꽃거름으로 농사한 곡물 채소만 쯔아하게 먹고 자랐어. 별립산 산자락 새기재 언덕 있잖아. 거기 사시사철 왼갖 꽃으로 꽃사태지는 꽃대궐이었는데, 거기가 응, 그곳에 떨어져 쌓이는 수북수북한 백화만엽도 온전히 공군수네 것이었어. 다 공군수 땅이잖아 다. 공군수는 오색낙화

전문 수거 일꾼을 각별히 뽑아 썼어. 말할 필요도 없어. 꽃거름 전용 밭이 따로 있었어. 있었잖아. 게서 나오는 작물 다 꽃도령 차지였고. 그리 자란 꽃도령이 근본 몰라 애비 없는 풀죽 같은, 하여튼 처자를 죽어라 좋아하니 공군수 내외 기겁하신 나자빠질밖에. 공군수 처가 처자의 어미를 대신 불러 달래민 윽박지르다가 처자의 어미 무슨 말을 들었낭 화병 생겨 화병으로 죽었어. 그래도 처자하고 혼인 못하망 작두로 무릎 스스로 꺽뚝 잘라버리겠다쿰 꽃도령 위협에 굴해서 음, 그랬는데 새악시를 들인 것인데, 꽃서방 없는 동안 그만 무논에다 내다버렸으니, 공군수한테 또 마을 사람들한테 새악시는 음탕한 것, 더러운 것이 돼야 하는 거야. 천하에 당초에 그런 종자였노라 돌아오는 꽃서방한테 너나없이 우우 한입으로 연발총 쏘듯 데데데데 말해야 하는 거지.

전쟁중에도 응, 전쟁이 끝난 뒤에도 새악시는 그랬지. 닷근이가 꽉 지켰지. 꽃서방은 마을을 비운 지 일곱 해가 지나도록 일곱 핸가? 돌아오지 않았고. 그런데 아 지난해 여름 새악시가 고운 딸아이를 낳았어. 아무리 봐도 닷근이 애는 아닌 것 그런 것 같고, 닷근이 애가 아니라고 내남없이 믿고 싶었던 까닭에 마을 사람들은, 거기다다 공군수 그 사람 거 새악시 욕하는 데 끈질겨서 응, 아이를 겨끔이라고 부르기 시작했어 다들. 겨끔이. 이놈 저놈이 새악시의 몸에 겨끔내기로 드나들어 생긴 아이라는 뜻이었지. 겨끔이. 씨 모르는 것이 또 씨 모를 걸 낳았다고. 말도 안 되는. 닷근이가 그토록 지켰는데. 누가 뭐라든 그렇지 닷근이, 닷근이는 새악시와 겨끔이를 꿋꿋하게 지켰지. 헐렁헐렁하지 않았어. 그런데 어제, 어제 말야, 이 봄에, 소문으로만 온다 온다 하던 꽃서방이 동구 밖에 모습을 드러냈어 하. 뭔 허재빈가 했더니 꽃 자 그 꽃 자 꽃서방. 전쟁중에 죽은 하많은 주검들 흙 그 떼무덤들 위에 싯뻘건 산딸기가 해마다 넝쿨째 칭칭 무지러지고 무지러져도 응, 오지 않던 꽃서방이, 기별과 소문만 수런거리다가 하릴없이 또 한번 참 무망해지려던 터에 이 봄 꿈처럼 나타난 거야, 다 봄에 말이지. 수십의 생애를 지난하게도 윤회하던 이가 아마도 그리했을 이가 윤회의 수레바퀴에서 훌쩍 뛰어내린 거만한. 아니면 덤덤한 인상으로 성큼성큼 마을로 걸어들어왔어. 얘기 들었습니다. 꽃서방이 닷근이에게와 던진 첫말이었지. 예전에도 하대하지는 않았지. 그런 이였지 꽃도령 꽃서방은. 제 아비와는 좀 딴판으로 착하고 몰랑몰랑하고, 마을의 새 주인 그래서 미래의 마을은 한가위 열흘 뒤처럼 밝고 따뜻할 거랬지 마을 만신도. 의용입대하기 전부터. 아닌가? 기저귀를 막 뗄 때부터였구나, 의젓한, 참 참한 꽃서방. 그동안 아내를 구하고 보살핀 은혜 결코 잊지 않겠습니다. 꽃서방이 말했어, 닷근이 앞에 무릎 꿇고아 고개마저 숙이민. 누구의 아이든, 아내와 함께 오로지 제가 거둘 것입니다. 꽃서방은 고개를 들어 닷근이를 바라보았어. 갑작스러울 테니 오늘은 이만 가고…… 꽃서방이 말했지. 내일 다시 와서 정식으로 사례하고 아내와 아이를 데려가겠습니다. 새악시하고 겨끔이는 집안 어둠 속에서 바깥의 광경을 지켜보고 있었어. 닷근이는 멀어져가는 꽃서방 붕긋한 등을 오래도록 말없이 지켜보았고.

닷근이가 쇠스랑 긴 나무 손잡이 끝을 움켜쥐고 제 머리 위로 높이 높이 날을 치켜올리네. 아직 해 뜨지 않은 어스름. 쇠스랑은 다른 농기구와 달리 허공에다 쇠머릿날을 치켜올릴 때마다 그랬어, 매번 묵직했다는 걸 닷근이는 지금 그걸 떠올리는 걸까. 멈칫하네. 오랜 세월 손에 익은 건데도 손에 익지 않는 쇠날 무게. 닷근이는 숨을 들이쉬고, 검고 딱딱하게 웅크린 두엄의 겉거죽을 눈으로 겨냥하고, 숨을 멈추었어. 새벽 허공은 봄이고 봄이라서 푸른데 곧추선 긴 물푸레나무 손잡이. 손잡이 꼭대기에 매달린 세 개의 쇠날 그림자가 새벽하늘 가운데서 닷근이 숨처럼 멈추네. 그러곤 곧장 떨어져내리심 바람을 가르네. 후익. 쇠스랑 쇳날 세 개가 두꺼운 두엄 붕긋한 더께 위에 별다른 여지 따위 없이 내려꽂혔어 지금. 꽂힌 자리에서, 저게 뭐야, 붉은 피가 분수처럼 뿜어져올라오네. 두엄이 꿈틀거려 막. 해 없는 아침이라 피는 검고 퍼렇게 번들거림신 그래도 색깔은 아무려나 빨겅이고. 닷근이가 천천히 흐, 나무 손잡이를 밀고 있어. 밀고. 우드득. 상처가 벌어지며 먹 같은 핏물이 콸콸콸 흘러. 콸콸. 날이 샜지만, 곧 밝겠지만, 언제까지고 어두울 것 같기도 하네. 두엄은 한차례 미친듯 경련한 뒤 풀썩 꺼져버리고. 해가 뜨려면 아직 먼 걸까. 세상이 온통 퍼래. 아무려나 봄은 깔축없이 오는데. 날이 새듯 봄이 오는데.

아닌 가을

Fall to the sky

캐노피와 하네스를 지프에 실었다. 당신은 오늘도 하늘에 오를 것이다.

날은 맑고 구름도 좋았다. 한가을이었다. 실은 아무 때고 당신은 하늘을 올랐다. 더울 때도 추울 때도 올랐다. 삼십이 년째였다. 주중에도 주말에도 올랐다.

오르고 싶어 올랐으나, 오르지 않고는 견딜 수 없어 오르는 거였다. 십 년도 더 된 지프가 쿨렁거렸다. 활공장까지는 세 시간 반 거리였다.

길가의 코스모스가 바람에 흔들렸다. 세 가지 꽃잎 색깔이, 하늘을 수놓는 패러글라이더 무리 같았다. 당신은 입속으로 노래를 흥얼거렸다.

동호인들은 '하늘을 난다'고 했으나 당신은 처음부터 '하늘을 오른다'고 했다. 팔 년간 늘 그랬다.

당신은 삼십이 년 동안 줄곧 하늘을 오른 것이 아니었다. 팔 년 전

행글라이더로 하늘에 처음 올랐고, 육 년 전부터 패러글라이더로 바꾸었다. 당신이 가고 있는 활공장도 과거 행글라이더 이륙장이었다.

삼십이 년 동안 하늘을 오른 건 아니었어도 당신은 언제나 하늘을 오른 사람 같았다. 처음엔 산악 등반이었고 다음은 모터사이클이었다. 수상스키와 윈드서핑으로 이어졌다. 당신은 그 모든 것에 차례로 맹렬히 달려들었다. 지금은 이 개월 모자라는 십 년 차 활공인이었다.

맹렬히 달려들 수 있다면 당신은 무엇이든 할 사람처럼 보였다. 다만, 몸 쓰는 일이 아니면 빠져들지 않았으므로 카지노 따위에는 맹렬해지지 않았다. 빠르게 공간을 이동하는 운동이라야 쉽게 매혹됐다. 당신에겐 운동의 종류가 중요한 게 아니었다. 맹렬해질 수 있고 빠르게 이동할 수 있다면 그만이었다. 종류가 중요한 게 아니었으므로, 삼십이 년 동안 하늘을 오른 것이 아니었어도, 삼십이 년 동안 하늘을 오른 거나 마찬가지였다. 삼십이 년 전, 아들이 죽은 뒤부터 당신은 쭉 그래왔다.

아들이 죽던 해 당신의 나이 사십오 세. 당신은 올해 칠십육 세의 노익장 비행자인 것이다.

*

사나이 우는 마음을 그 누가 아랴. 바람에 흔들리는 갈대의 순정. 사랑엔 약한 것이 사나이 마음. 울지를 마라. 아, 아, 갈대의 순정.

죽기 전날 아들이 여섯 차례나 연거푸 불렀다는 노래를 당신이 잊을 리 없었다. 아들은 그 곡 말고도 더 많은 노래를 취중에 불렀고, 당시 술집에 함께 있었던 아들 친구들도 수십 곡의 트로트를 돌아가며 불렀다. 그랬다는 사실을 술집 주인 여자는 당신에게 소상히, 여러 차례에 걸쳐 확인해주었다. 그래서 당신은 그날의 술집 정황을, 노래 가사와 함께 모조리 기억할 수 있는 것이다.

당신의 흥얼거림만 듣고도 시설 관리단 여직원이 노래 제목을 알아차릴 정도였다. 당신은 활공장 입구 자연휴양림 매표소에 들러 일회용 커피 두 잔을 쉬지 않고 마셨다. 종이컵에 믹스커피와 뜨거운 물을 넣고, 막대형 커피 포장지로 휘휘 저어 소리를 내며 마셨다. 올 때마다 그랬다. 당신의 낡은 지프가 나타나면 여직원은 으레 일회용 커피 두 개를 탁자 위에 꺼내놓았다. 여직원은 이제, 어째서 늘 트로트냐고 묻지 않았다. 당신이 노래를 부르는 사연과 부르는 곡명과 부르는 스타일을 꿰고 있었다. 평일 휴양림 매표소는 적막했다.

"호랑이가 물어갈지도 모르는데 깊은 산에서 여자 혼자 무섭지 않아요?"

"호랑이가 어딨어요?"

"도처에 호랑이지."

"할아버지도 호랑이?"

"할아버지라니, 아가씨만한 아들이 있어. 소개해줄까?"

"또 그 소리."

여직원은 아들에 대해 알고 있었다. 당신이 하늘에 오르는 이유도.

"언제나 그 나이지 걔는. 스물넷. 이후의 기억은 없으니까 그래요."

"오늘은 꼭 만나서 대답 들으세요. 이유를 알아내세요."

삼십이 년 전만 해도 아비들과 아들들은 같은 노래를 불렀다. 당신이 살던 지방도시에도 그때까지 방석집이란 게 있었고, 한복 치마저고리를 입은 여급들이 술을 따랐다. 흥이 나면 영락없이 젓가락 장단을 맞췄다. 앗싸 가오리! 술만 먹고 돈만 내라! 닭다리 잡고 삐악삐악! 이십대들이 막걸리를 마시며 트로트 장단에 추임새를 넣는 게 예사였다.

아들은 대학에 입학해 달랑 한 학기만 마치고, 도망치듯 군대에 가 삼십삼 개월 만에 제대하고 복학했다. 처음부터 맘에 들지 않던 대학이었다. 자퇴하는 심정으로 입대했으므로 제대 후 복학 결정이 쉽지 않았다. 마침, 대통령이 갑자기 정원의 130퍼센트에 해당하는 학생들을 하루아침에 입학시켜놓는 바람에, 입대 전에 있었던 편입 제도마저 없어졌다. 느느니 술과 트로트밖에 없었다.

군대는 트로트 세상이었다. 아싸라비아! 지가조지 뺑뺑! 트로트 아니면 다 재수없는 노래 취급했다. 제대 후 마지못해 복학한 학교는 연일 시위였다. 130퍼센트가, 130퍼센트를 뽑은 대통령을 학살자라고 했다. 강의를 듣는 학생은 한 강의실에 두세 명뿐이었다. 허름한 식당과 막걸리와 싼 안주와 편입 길이 막힌 예비역들에겐, 발악하며 부르다 구토와 함께 짜부라지는 트로트가 제격이었다. 예비역들이 현역이었을 때 대통령도 현역이었고, 예비역들이 제대했을 때 대통령도 제대했다. 예비역들은 모두 그 대통령으로부터 국난극복기장을 받은, 한때의 계엄군이었다. 예비역 학생들에겐 아무려나 술이거나 트로트가 필요했다.

아들이 죽기 전날 함께 술집에 모여 노래 부르고 젓가락 장단을 두드렸던 친구들이 다 예비역이었다. 최루가스가 학교에서 세 정거장 떨어진 술집까지 흘러들었다. 여학생은 그 자리에 한 명도 없었다. 아, 왜 이 모양이야! 누군가 외쳤다. 스물네댓 살이라기엔 부쩍 늙은 청춘들이었다.

치마저고리 입은 여급은 없었으나 어미 같은 주인 여자가 서비스로 내놓는 닭염통찌개에 흥이 나서 모두 목청을 높였다. 아들과 친구들이 코가 비뚤어져 불렀다던 노래를, 당신은 껌 우물거리듯 삼십이 년 동안 입안에서 흥얼거렸다. 어머님의 손을 놓고 돌아설 때에 부엉새도 울었다오. 나도 울었소…… 아비 자식 할 것 없이 술에 취하면 부르던 노래였다.

삼십이 년을 쉬지 않고 흥얼거리는 까닭을 당신은 알고 있었다. 삼십이 년이었다. 격한 운동을 한시도 멈출 수 없었던 이유도 당신은 알았다.

어째서 아들은 죽었을까.

그 까닭도 이유도 몰랐기 때문이었다. 손톱만큼도 알지 못했다. 그것이 삼십이 년간 노래를 흥얼거리고 격한 운동에 맹렬히 빠져들었던 구실이었다.

한 청년이 있었다. 어느 날 죽었다. 그러고 그만이었다. 어째서 죽었는지, 아무도 알지 못했다. 경찰도 부검의도 친구도 몰랐다. 점쟁이도 신도 꿈도 알려주지 않았다. 아들은 교내 리기다소나무숲에 반듯하게 누운 채 죽어 있었다. 교문을 사이에 두고 경찰과 시위대가 격렬히 대치했던 날이었다. 부검의나 신이 모른다고 해도 아버지인 당신은 알고 싶었다. 알아야 한다고 생각했다. 알지 않을 수 없었다. 알지 않으면 안 되었다. 그러나 알 수 없었다. 백방으로 뛰어다녔으나 허사였다. 아들의 사망과 관련한 서류에는 한결같이 불명, 미상, 불상이라고 적혀 있었다. 당신은 멈출 수 없었다. 사망 전날의 행적을 추적하고 친구들을 찾아 수소문했다. 낱낱이, 여러 차례 더듬었다. 밝혀지지 않을수록 당신은 고집스럽게 물고 늘어졌다.

묻고 기록하고 확인하고 허망해지기를 십여 년. 당신은 아들과 친구들이 불렀다던 트로트를 다 배워버렸다. 스스로 적고 고치고 다시 확인한 사실들을 모조리 외웠다. 노래를 부르면, 죽은 이유를 추적해 기록한 내용이 가사처럼 떠올랐다. 수십 곡에 이르는 트로트가 일순하는 동안, 수백 페이지의 기록들이 토씨 하나 틀리지 않고 떠올랐다.

그러나 새로워지거나 달라지는 사실은 손톱만큼도 없었다. 한 청년이 있었다. 어느 날 죽었다. 그뿐이었다. 언젠가부터 당신은 그 술집과 친구와 학교와 병원과 경찰을 찾는 대신 산에 오르고 모터사이클을 탔다. 움직임을 멈출 수 없었다. 수상스키와 서프보드를 타고 물위를 날았다. 행글라이더와 패러글라이더로 하늘을 올랐다. 죽은 이유나 원인에 가닿을 때까지 당신은 뛰고 달리고 날고자 했다. 아들의 대답이 들릴 때까지 당신은 하늘 끝까지 오르려 했다. 당신은 하늘을 난다고 하지 않고 언제나 오른다고 했다.

"이유를 들으시면 저한테도 알려주세요. 궁금해."

"적운이 좋아요. 최고 고도 기록 깨겠는걸. 왠지 들을 수 있을 것 같아요."

"들으셔야죠."

당신은 캡을 벗어 가슴을 툭툭 쳤다. 각오를 다질 때나 설렘 같은 걸로 숨이 차오를 때 당신은 모자를 벗었고 그것으로 왼쪽 가슴을 쳤다.

얼마 남지 않은 센 머리카락을 손바닥으로 쓸어넘겼다. 몇 가닥의 끝 눈썹은 갈수록 길고 뻣뻣해졌다. 없는 머리숱에 비해 코밑과 턱을 감싼 수염은 촘촘했다. 수염의 길이는 일 센티를 넘지 않게 깎았다. 나무나 풀에 내려 언 이슬처럼, 그것은 검게 그은 피부를 뚫고 희고 투명하게 자라올랐다.

당신은 캡을 깊숙이 눌러썼다. 매표소 여직원에게 손을 흔들어 보이고 지프에 올라 시동을 걸었다. 동작 하나하나가 단단해 보였다. 사이드브레이크를 풀며 당신은 잠깐 활공장 봉우리를 올려다보았다. 모자 그늘 속 눈이 푸르게 빛났다. 당신이 회청색이라고 말하는 하늘빛이었다.

회청색의 회란 재를 뜻하는 글자가 아니라 이슬람을 뜻하는 글자라고 당신은 알고 있었다. 이슬람 사원의 숱한 도자기 타일에 수놓아진 회교국 특유의 푸른빛을 당신은 회청색이라 불렀다. 푸른 잿빛은 따로 청회색으로 불린다는 것도 알았다. 당신의 눈 속에서 빛나는 색은 잿빛 따위 전혀 섞이지 않은 순수한 푸른빛이었다. 너무도 짙고 푸르러서 뼛속까지 얼얼해지는 하늘. 그런 하늘이라는 게 있었다. 높거나 맑거나 아름답다는 느낌만으론 설명될 수 없는 하늘. 가없고 가없어서 두려운 하늘. 하릴없이 빨려올라가 진행 방향을 잃거나 고도 처리를 방해하는 하늘. 활공장 위로 그런 회청색 하늘이 펼쳐져 있었고, 열기류로 생성된 흰 구름이 여기저기 떠다녔다. 당신은 침을 삼키고, 사이드브레이크에서 손을 떼고, 액셀러레이터를 밟았다. 지프가 쿨렁거리며 앞으로 튕겨나갔다.

*

공간을 빠르고 맹렬하게 이동하는 것만으로는 당신의 욕구가 충족되지 않았다. 모터사이클과 수상스키와 윈드서핑에 차례로 빠져들었으면서도 당신은 산악 등반의 미련을 완전히 떨쳐내지 못했다. 몇 차례 산악 등반을 다시 해보았으나 어느 사이 도로와 물위를 달렸다. 그러다 항공 스포츠를 만났다.

행글라이더를 타면서 당신은 처음으로 산악 등반의 미련을 잊었다. 당신이 원했던 것은, 빠르게 이동하되 수직 운동에 몸을 싣는 거였다. 항공 스포츠는 모터사이클의 속도와 윈드서핑의 바람과 산악 등반의 높이를 만끽하게 해주었다.

어째서 수직 운동이어야 했는지, 지금 오르고 있는 활공장을 만나기 전까지는 알지 못했다. 빠르게 오르내리는 방식에 만족했을 뿐.

해발 육백사십 미터 활공장에는 오래되어 거의 평평해진 주인 없는 무덤이 하나 있었다. 작은 돌비석이 아니었다면 그저 약간 봉긋한 모양의 작은 구릉일 뿐이었다.

결코 낮지 않은 육백사십 미터 봉우리 끝에다 외롭게 묘를 쓴 사연을 아는 사람은 없었다. 흔적에 지나지 않는 봉분과 심하게 풍화된 작은 비석 하나가 망망한 하늘을 인 채 바람을 맞고 있을 뿐이었다.

나중에 무덤이 조금 높아졌다. 군청의 도움을 받아 활공장에 잔디를 깔면서 봉분을 살짝 높여주었다. 작업은 동호인들의 몫이었다. 고운 잔디를 깔자 활공장은 청라 언덕이 되었다. 봉분을 돋우던 누군가 물었다. 뭐라고 쓴 거야? 비문은 해독할 수 없을 만큼 풍화가 심했다.

다른 누군가 손끝으로 비면을 더듬었다. 김해 김씨라네…… 그게 끝이야? 누군가가 다시 물었고, 뒷면까지 더듬던 사람이 피식 웃으며 말했다. '가까이 오르면 당신을 볼 수 있을까 날마다 기다리던 곳 여기에 나 잠들다.'

손가락으로 읽힌단 말이야? 한문이야 한글이야? 손가락 뺑 시인이구먼…… 너나없이 한마디했다. 그뒤로 그곳에서 하늘을 오르는 사람들은 크게 웃으며 스스로 김해 김씨임을 자처했다. 당신은 그럴 필요가 없었다. 그러잖아도 당신은 김해 김씨였으니까.

어째서 자신의 빠른 이동이 굳이 수직 운동이어야 했는지 당신은 비로소 알 것 같았다. 행글라이더에서 좀더 양력이 우세한 패러글라이더로 종목을 바꾼 것도 그 때문이었다. 패러글라이더를 탄 뒤로 당신은 봉분이 외로운 청라 언덕 활공장에서만 날아올랐다. 집에서 왕복 일곱 시간 이상 걸리는 먼길이었으나 마다치 않았다.

회청색 하늘 때문에 단풍이 더 붉었다. 맑은 날 산길에서는 지프의 배기가스마저 상큼했다. 당신은 조심스럽게 가파른 커브를 돌았다. 신갈나무 이파리가 서걱이며 흔들렸다. 오늘도 걷는다마는 정처 없는 이 발길. 지나온 자욱마다 눈물 고였네…… 아들이 그날 마지막으로 불렀다던 노래였다. 새벽 두시가 넘어 술집은 조용해졌고 아들 혼자 탁자에 엎드려 있었다. 어여 일어나서 가라고 했지. 안 가는 거야. 가라고 했지, 다들 갔다고. 소용없어. 나도 깜빡깜빡 졸았지 뭐…… 술집 여주인이 한 말이었다.

당신은 그 술집을 스무 번도 넘게 찾았다. 경찰과 학교와 친구를 만나고 나면 술집을 찾아 다시 확인해야 할 일이 생겼다. 아유, 이 양반 또 왔네. 반길 리 없었지만 술집 여주인은 마다하지도 않았다. 죽었어요. 우리 아이가 죽었어요. 술집을 찾을 때마다 당신이 지겹게 한 말이었다. 그럴 때마다 주인은 응, 그러게, 그러게 누가 뭐라나, 라며 당신을 맞았다.

술집이랄 것도 없었다. 메뉴에 '주류' 항목조차 없는 김치찌개 된장찌개 파는 식당이었고, 유리창에만 막걸리, 소주, 맥주라고 쓰여 있었다. 간판도 없었다. 학생들은 그 집을 '그 집'이라고 불렀다. 안주도 파전과 닭내장탕이 전부였다. 당신의 성화로 닭내장탕은 나중에 닭염통찌개로 바뀌었다. 당신이 그곳에 열 번 정도 방문했을 때였다. 그거나 그거나…… 여주인이 우물거렸으나 당신은 굳이 닭염통찌개가 맞는다고 우겼다. 여주인은 메뉴판에 반창고를 붙이고 그 위에다 새 이름을 적었다. 그녀는 당신과 동갑이었다.

어쩌다 결혼을 일찍 했디야? 아들과 스물한 살 차이라는 말을 듣고 여주인이 물었다. 어쩌다 그토록 일찍 아들을 갖게 되었던 건지 당신도 알지 못한다고 말했다. 갈수록 참 알 수 없는 아부지네 이 사람…… 여주인은 착한 여자 동창처럼 당신을 대했다.

당신에겐 하늘에서 뚝 떨어진 아들이었다. 한 여자를 사랑했고 그 여자와 딱 한 번 잤고 아이가 생겼고 그뒤로 한 번도 잔 적이 없었고 여자는 생후 일주일 된 아들을 남겨둔 채 당신을 떠났다. 심하게 축약한 줄거리 같지만 줄인 얘기가 아니었다. 당신의 사랑은 그게 전부였다. 덧붙일 거라고는 아이를 낳자마자 여자가 다른 남자에게 갔다는 것 정도. 그러곤 없었다. 당신이 생각하기에도 오래전에 들은 남 얘기만 같은, 이젠 기억에도 없는 일장춘몽이었다.

여주인은 아들을 자꾸 깨웠다. 죽은듯 탁자 위에 엎드려 있던 아들이, 거북이처럼 뱀처럼 아주 천천히 고개를 들고 여주인을 바라보았다. 그러나 무엇도 바라보지 않는 눈이었다. 바라보는 거라면 여주인이 아닌 다른 세상의 어떤 것이었다. 아들은 그 알 수 없는 세상에 가 있는 듯했다. 충혈된 눈 한가운데에서 네온빛 푸른색이 야울야울 타올랐다. 어둔 강 건너 먼 불빛 같았다. 탁한 막걸리색으로 뒤덮인 각막이 그쪽과 이쪽 세상을 아득히 나누고 있었다. 오매, 또 그…… 여주인은 한발 물러났다. 그러나 크게 놀라지는 않았다. 술 먹던 사람들이 종종 도마뱀 눈깔이 된다는 걸 여주인은 알고 있었다. 그 집에서만 그런다는 것도 여주인은 알았다.

왜 그랬던 걸까? 라고 당신이 물으면 여주인은 언제나 똑같은 말만 했다. 망량이지 뭐야…… 더는 질문이 이어지지 않았다. 망량이 뭐야? 라고 물으면 망량이 망량이지 뭐야, 라는 대답밖에 돌아오지 않았으니까. 자꾸 물으면, 집터가 센가보지 뭐, 라고 여주인이 말했다. 그리고 그뿐이었다.

깜빡 졸다 깬 여주인의 눈에 아들은 보이지 않았다. 새벽 두시 반이었다. 천장의 갓등에서 백열 불빛이 쏴아 소리를 내며 쏟아져내리고 있었다. 들리는 거라곤 그 소리밖에 없었다. 차량의 왕래가 완전히 끊긴 지방도시 외곽 도로는 적막하기 그지없었다. 멋없이 크기만 한 대학 건물의 음영이 희끔한 달무리에 걸려 있는 것을 여주인은 잠깐 내다보았다. 망량의 눈을 한 학생이 무얼 타고 어디로 갔는지, 그녀는 알 수 없었다.

다음날 그 학생이 죽었다는 얘길 들었다. 안됐다는 느낌도 없었고 놀라지도 않았다. 모든 게 참 알 수 없는 거라는 생각만 자꾸 들었다. 형사가 오고 친구들이 오고 다시 형사가 오고 교수가 왔다. 그리고 학생의 아버지라는 사람이 찾아왔다. 학생은 리기다소나무숲에 숨진 채 반듯하게 누워 있었다고 했다. 그뿐이었다. 죽음에 대해 새롭게 알려진 것은 그후로도 없었다.

당신이 열 번 넘게 찾아갔어도 여주인의 말과 기억은 달라지지 않았다. 이미 당신의 기록장에 낱낱이 적혀 있는 내용을 되풀이해 말할 뿐이었다. 열세번째 찾아갔던 날 당신은 처음으로 아들 아닌 것에 대해 물었다. 언제 혼자되었소? 여주인이 대답했다. 첨부터 혼자였소.

*

활공장엔 아무도 없었다. 잔디는 완연한 겨잣빛이었고 주변의 진달래나무는 이파리가 거의 다 떨어져 쓸쓸했다. 봉우리에 오르니 바람이 차가웠다. 당신은 캐노피와 하네스를 지프에서 내렸다. 이상하고 궁금하던 봉분과 비석이, 사람이 없는 날은 정겨웠다.

'가까이 오르면 당신을 볼 수 있을까……' 당신은 그 짧은 말조차 끝까지 기억하지 못했다. 어차피 뺑일 건데…… 중얼거리며 당신은 머뭇머뭇 무덤으로 다가갔다. 그리고 비석 뒷면을 손끝으로 더듬었다. 천천히, 살살 더듬었다. 울퉁불퉁하고 꺼끌꺼끌했다. 아무것도 짚이는 게 없었다. 그럴 거라고 짐작은 했으나 당신은 비석에서 얼른 손을 떼지 않았다. 얼마간 그러고 있다가 허리를 폈다. 지프를 바라보았다. 주말에는 활공장을 왕복해주는 동호회 차량이 있었으나 목요일이었다. 혼자였으므로 착지 후 지프를 가지러 다시 올라와야 한다는 생각을 했다. 당연한 생각을, 아무것도 아닌 생각을, 당신은 봉분 앞에 선 채, 흘러간 옛 노래를 흥얼거리며, 오래오래 되새겼다.

그날, 아들은 일곱 명과 술을 마셨다. 학과는 같기도 하고 다르기도 했으나 모두 복학생이었다. 복학생뿐만 아니라 어떤 학생이든 그 집에 들어서면 크게 떠들고 웃고 흥분하고 탄식했다. 학생은 너나없이 다 그러는 거라고 여주인은 생각했다. 학생들이 어쩌다 옷을 털면 후춧가루를 쏟은 듯 공기가 매워졌다. 먼 하늘을 두드리는 지루한 북소리가 끊이지 않았고, 연발탄 터지는 소리와 함성이 번갈아 났다. 임진왜란이라도 일어났능개벼. 여주인이 심드렁하게 중얼거렸다. 그녀에겐 딴 세상의 아득한 굿판이었다.

아들과 친구들에게도 마찬가지였다. 겉늙은 복학생들에겐 술 마실 힘 말고는 아무것도 남아 있지 않은 것처럼 보였다. 그들은 마시고 부르고 젓가락을 두드리고 또 마셨다. 바닥난 냄비를 숟가락으로 긁었다. 불그죽죽하고 끈적하게 졸아든 고춧가루 국물을 핥고 빨았다. 스테인리스 숟가락이 이 사이를 바쁘게 드나들며 슥삭슥삭 소리를 냈다. 몸이 비틀리고 팔은 통째로 말을 듣지 않았으나 먹고 마시는 건 멈추지 않았다. 젓가락을 놓치고 술잔을 엎었다.

다시 숟가락을 움켜잡고, 냄비를 긁고, 그것을 끌어다 물거나 떨어뜨리고, 탁자를 두드리고 젓가락과 함께 휘저을 때마다, 낫과 호미와 보습 따위의 농기구 날이 아무렇게나 뒤섞이는 소리를 냈다. 칼과 칼이 마주치고, 스치고 베고 방패에 꽂히거나 부러지고, 갑옷과 투구를 찢었다. 그런 소리가 났다. 술집은 농기구 곳간이었다가 전쟁터였다가 나중에는 벌레들의 소굴이 되었다. 말은 사라지고 없었으며, 오로지 눈앞의 술을 가져다 입안에 털어넣고, 바닥이 보이기 시작한 냄비를 긁고, 두드리고 스치고 떨어뜨리고 깨지는 소리와 서슬로 가득했다. 전장의 탈진한 병사가 사력을 다해 고지를 기어오르듯, 그들은 숨조차 제대로 못 쉬면서 엉금엉금 술잔에 팔을 뻗고 냄비를 그러쥐었다. 하늘을 두드리는 먼 북소리와 연발탄과 함성이 멈추지 않았다. 여기나 저기나 맨 임진왜란이라니께…… 여주인은 그들에게 닭염통찌개 서비스를 두 그릇째 주었다.

시국 얘기 같은 건 안 합디까? 시국은 무슨…… 몰아내야 한다, 누구나 하는 그런 말쯤 했을 거 아녜요? 몰아내긴 무슨…… 뭔 얘길 했다는 거예요, 그럼? 암 말도 안 했다니께, 참 거. 줄창 술병허고 냄비에 바글바글 달라붙는 벌레였다니깐 그러네. 벌레처럼 달라붙었다구요? 벌레처럼은 무슨…… 그럼요? 진짜 벌레였다니께. 우리 아들도? 댁네 아들이라고 뭐 달러?

다른 벌레와 함께 아들도 술잔과 김치와 냄비에 달려들었다. 달그락달그락 와삭와삭하는 소리뿐이었다. 가을 풀벌레처럼 가끔 찌르륵찌르륵 노래를 불렀다. 돌아가며 부르고 혼자 부르고 부르다 말았다. 그러다 다시 불렀다. 너나없이 눈빛이 탁해갔으나 기이하게도 눈 한가운데에서는 푸르거나 붉은 불빛이 야울거렸다. 어쩌다 희뜩 돌아가는 눈동자에는 살기마저 엿보였다. 교미 후 수컷의 대가리를 날름 베어물고 아삭아삭 씹다가 문득 동작을 멈춘 채 무언가를 노려보는 사마귀의 눈이었다. 그 집엔 바퀴벌레와 딱정벌레와 풍뎅이와 사마귀가 들끓었다.

그중 한 학생이 일찌감치 탁자에서 떨어져나와 저 혼자 벽을 보고 서 있었다. 벽에는 농협 달력과 주류회사 광고 포스터가 붙어 있었다. 그 학생은 두 손을 들어 천천히, 아주 천천히 무언가를 가리키며 움직였다. 없는 지도를 더듬는 듯했고, 허공에 그림을 그리는 것 같았고, 들리지 않는 심포니를 지휘하는 것처럼 보였다. 흐느적거리는 두 팔은 이질바퀴의 긴 더듬이 같았다. 사람이 드나들고 취해 싸우고 목청껏 노래를 부르고 엎어지고 구토할 때도 그 학생은 자리를 떠나지 않았고 동작도 멈추지 않았다.

어느 순간 아들의 이마에서 피가 보였다. 이마에 피가 묻은 학생은 아들 말고 하나 더 있었다. 기차로 왕복 세 시간 거리를 통학하는 곱슬머리 학생이었다. 술에 취하면 엄마아, 자지러지게 소리치며 우는 통신병 출신 복학생이었는데 그날은 소리치지 않았고 울지도 않았다. 막차를 놓치지 않으려고 슬그머니 식당을 빠져나갔다가 아들에게 붙잡혀 다시 들어온 학생이었다. 어둔 골목에서 그들은 가야 한다, 가지 마라, 갈 거야, 내 방에서 자, 갈 거라니까, 가면 곧 올 건데 뭐하러 가, 그래도 가야 해, 하며 실랑이를 벌였을 것이다. 여러 차례 봤던 터여서 여주인은 이마가 터진 사정을 빤히 알았다. 붙들고 끌고 당기고 뿌리치고 다시 붙들고 하다가 이마끼리 부딪힌 것이었다. 터진 곳은 이마가 아니었다. 아들은 상처를 입지 않았고 통학생의 오른쪽 눈썹 밑이 이 센티쯤 가로로 찢어졌다.

피가 뭉치고 굳으면서 찢어진 곳이 빨겋게 벌어졌다. 눈 위에 빨건 눈이 하나 더 부릅뜬 것 같았다. 아래 눈은 짜부라져 시간이 갈수록 점점 일자로 감겼다. 기괴한 애꾸가 되었다. 그러거나 말거나 다른 학생들은 와삭와삭 스삭스삭거렸고, 노래를 불렀고, 뭔가를 바닥에 떨어뜨렸고, 벽과 마주선 학생은 지치지도 않고 두 팔을 흐느적흐느적 휘저었다.

통학생은 죽어도 친구의 방에서 자는 법이 없었다. 그는 단 한 차례도 기숙사나 친구의 자취방에서 잔 적이 없었다. 술에 취해 막차를 놓치는 날은 리기다소나무숲으로 도망쳤다가, 학교 교회에 숨어들어 기다란 예배 의자에 누워 잤다. 목숨을 걸 만큼 친구와의 동침을 거절하는 이유를 아무도 알지 못했다. 그는 담배를 안 피웠고 술은 많이 마셨다. 하나님을 믿으면서 교회는 다니지 않았다. 교회라면 술에 취해 숨어드는 것이 전부였다. 친구와 화장실을 함께 가는 법이 없었다. 술 취하면 엄마아, 라며 자지러졌다. 왜 그러는지, 아무도 몰랐다.

여주인이 무슨 얘길 하든 당신은 귀담아들었다. 아들의 이마에서 피가 보였다는 말을 들었을 때나 통학생이 리기다소나무숲으로 도망쳤다는 말을 들었을 때는 머리카락이 쭈뼛 섰다. 어떻게든 아들의 죽음과 연관될 만하다 싶으면 당신의 온 신경은 저절로 곤두섰다. 그러나 여주인의 말은 늘 엉뚱한 곳으로 흘렀다. 아들과 복학생 친구들은 벌레가 되었고, 통학생의 눈 위에는 또하나의 기이한 눈이 벌겋게 떠졌고, 혼자 벽을 보던 이질바퀴는 긴 더듬이로 하염없이 악단을 지휘했다.

그날 밤은 그렇게 깊어갔다. 아들 옆에 앉아 있던 학생이 그로기가 되어 탁자에 머리를 뉘었다. 간첩이라고 늘 놀림을 당하는 시골 읍장의 아들이었다. 지저분한 것 따위 아랑곳하지 않고 학생은 자기 머리통을 탁자 위에다 철퍼덕 부렸다. 왼뺨이 메추리알 껍질과 흘린 찌개 국물 위로 떨어졌다.

말이 없고, 눈치가 빠르고, 항상 무슨 약속인가 있어 술자리에 빠지면서도, 한번 참석하면 술값을 혼자 다 내는, 서울 논현동에도 집이 있고 충북 영동에도 집이 있다는 친구였다. 아버지는 영동 읍장이라는데 그의 입에서 나온 말은 아니었고, 하여간 도무지 알 수 없는 놈이라 하여 친구들은 그를 간첩이라 불렀다. 알 수 없어 대신 간첩이야라는 말이 이해가 빨랐다. 그는 말을 안 해도 간첩, 눈치를 살펴도 간첩, 약속 있다며 빠져도 간첩, 술값을 혼자 다 내도 간첩이었다. 오늘도 공작금으로 술 먹는 거지? 술판이 시작될 때 누군가 말했다.

그가 메추리알 껍질과 찌개 국물보다 백배나 더러운 것을 입으로 토해내기 시작했다. 광막한 황야를 달리는 인생아. 너는 무엇을 찾으러 왔느냐. 새 노래가 막 시작되던 참이었다. 간첩은 흐느끼듯 두어번 목울대를 울컥거린 뒤, 슬픔처럼 속엣것을 밖으로 밀어내기 시작했다. 오랜 바다 여정 끝에 따뜻한 모래에 다다른 큰거북의 은밀한 산란처럼, 그것은 느리고 진득하게 조금씩 조금씩 간첩의 입밖으로 부끄러운 듯 비어져나왔다. 눈치를 채기엔 너무 조용한 진행이었다. 죽음의 쾌감에 젖어 혼몽해진 간첩의 눈빛을 얼핏이나마 본 사람은 여주인뿐이었다. 친구들은 워낙 취했으며, 막 시작된 새로운 노래 가사를 희미한 기억으로 떠올리려 애썼으므로, 너무 고요하여 숙연하기까지 한 간첩의 애틋한 구토를 친구들은 알아차리지 못했다. 그러니 더럽고 말고 할 것도 없었다. 그 와중에도 면벽 지휘자의 팔동작은 여전히 유연했고 여주인은 깜빡깜빡 졸았다. 그래서 청커버와 청바지에 흰 운동화를 신은 사내가 들어왔다 나간 사실을 학생들은 대수롭지 않게 여겼다.

슬그머니 들어왔다 나간 것이 아니었다. 여주인이 깜짝 놀라 눈을 비볐을 만큼 사내는 후다닥 뛰어들어와 다짜고짜 어두운 구석에다 머리를 처박았고, 뒤이어 서너 명의 청년이 따라 들어와 청커버 사내를 발길로 짓이기기 시작했다. 밟히면서도 사내는 오토바이 헬멧처럼 생긴 것을 놓치지 않으려 필사적으로 끌어안았다. 밟히는 사내나 밟는 청년들이나 탁자에 널브러진 복학생들보다 앳된 얼굴이었다. 때리고 얻어맞는 꼴이 다 안쓰러워 여주인이 끼어들려는 순간 청커버가 문을 박차고 뛰어나갔고 청년들이 소리를 지르며 뒤따라나갔다.

쫓기던 청커버는 대오에서 고립된 백골단이었다. 학생 변사사건 수사차 들른 경찰에게 설명을 듣긴 했으나 여주인은 백골단이라는 말을 이해하지 못했다. 그저 잠결에 본, 밟고 밟히던 삼십 초간의 정황을 얘기했을 뿐이다. 수사관은 여주인에게 아들 일행과 백골단 혹은 백골단 폭행자들 사이에 실랑이가 있었느냐고 물었고 여주인은 없었다, 고 대답했다. 당신이 나중에 똑같이 물었을 때 여주인의 대답은 같았다. 아들 일행 중 누군가가, 방금 뭐였어? 뭐였냐고? 라며 한 차례 외쳤을 뿐이었다. 외침에 응답하는 사람은 없었다. 취해 노래하고 널브러지고 토하고 넋 나간 듯 팔이나 휘휘 내젓던 복학생들은 무언가 휙 지나갔다는 낌새만 느꼈을 뿐, 그것이 무언지는 알지 못했다. 그들은 이내 코를 박고 엎어졌고, 지휘하는 학생은 마냥 지휘를 했고, 나머지는 하나둘 눈을 감고 쓰러졌으며, 새로 돋은 통학생의 눈 하나만 피떡 가득 부릅뜬 채 어질러진 술판을 무시무시하게 노려보고 있었다. 정말 뭐냐고? 뭐냐고 이게 다? 누군가의 외침을 흉내내 시름없이 중얼거리며 여주인도 잠에 빠져들었다. 정신이 들어 눈을 뜬 것이 새벽 두 시 반쯤이었고, 아들 혼자 탁자에 머리를 뉘고 잠들어 있었다.

그날 밤은, 이상하긴 했어도 아무것도 아닌 밤이었다. 아들이 왜 죽었는지, 그 이유를 밝히는 데 필요한 단서를 하나도 찾을 수 없었다는 말이다. 단서는커녕 여주인은 냄비에 달려드는 아들과 친구들을 벌레라고 했고, 나중에는 뭉글뭉글 지저분한 양떼, 더럽고 냄새나는 돼지들이라고까지 했다. 아들의 죽음과 멀어지기만 하는 그녀의 말이 거슬렸던 당신은, 비유가 좀 지나치지 않느냐고 말했다가 낭패만 당했다. 비유는 얼어죽을…… 여주인은 비웃듯 중얼거렸다. 비유가 아니면요? 당신이 물었고, 아까도 말했잖여, 진짜라고. 여주인이 톡 쏘았다. 그녀는 당신한테 뿐만 아니라 경찰 친구 교수 등 그날 밤에 관해 알려고 찾아오는 모든 사람에게 똑같이 말했다. 진짜라고. 진짜라니까.

걸핏하면 찾아와서 맨입으로 꼬치꼬치 캐묻기만 하는 게 섭섭했던 건 아닐까. 열세번째인가 여주인을 찾던 날 당신은 작심하고 붉은 고급 가죽가방을 그녀에게 선물했고 그 집에서 가장 비싼 술과 비싼 안주를 내오라고 주문했다. 여주인은 어쩐 일로 옆 가게로 가 진로 포도주 한 병과 애들 먹는 갸름하고 길쭉한 소시지를 사와서는 당신에게 같이 먹자고 했다. 당신이 선물한 가죽가방이 영락없는 진로 포도주 색깔이었다. 언제 혼자되었소? 아들에 관한 것 아닌 질문은 처음이었다. 첨부터 혼자였소. 여주인이 선선히 대답했다.

그날 당신은 아들에 대해 묻지 않았다. 대체로 여주인의 말을 들었다. 참 외로웠겠소. 외롭기는 얼어죽을…… 포도주 때문인지 포도주 색깔 때문인지 여주인의 빰이 빨개졌다. 술을 못 마시는데 이건 달아서 먹을 수 있다며 여주인은 포도주 두 병을 더 사왔다.

남편도 자식도 부모도 없는 사람이요. 그녀가 말했다. 바우에서 태어났으니께. 여주인은 갸름한 소시지를 오물오물 씹었다. 당신도 소시지를 한입 물었으나 밀가루 냄새가 나서 간신히 한입 넘겼을 뿐이었다. 내 어미가 있다면 그 바우지 뭐, 바우틈. 당신은 고개를 끄덕였을 뿐 대꾸하지 않았다. 신랑 될 뻔했던 사람이 말여, 내 고향 내 어미 바우에 가서 확인하려다가 줄행랑을 쳤지. 니가 내 사우더냐? 라고 바우틈이 큰 소리로 물었거든. 그래서 나는 남편도 자식도 없게 된 거요. 내 말이 믿기지 않으면 가서 바우한테 물어보시든가, 아니면 그 동네 사람들헌티 물어보든가. 여기서 멀지도 않으니께.

그녀와 포도주 세 병을 나눠 마시고 당신은 그녀의 말을 믿기로 했다. 믿기로 작정한 게 아니라 저절로 다 믿어졌다. 포도주 세 병을 비우는 동안 의심의 여지라는 것이, 온전히 사라졌거나 빈틈없이 메워졌다. 그것은 기이하고 무서운 경험이었다. 아들과 친구들이 벌레와 양과 돼지였다는 말도 당신에게 그대로 받아들여졌다. 아들이 죽은 전날 밤이 이상하긴 했어도 아무것도 아닌 밤이었다는 점도 더 확고해졌다. 그 집을 나서는 당신에게 여주인은 말했다. 담부터는 이런 이쁜 거 사오지 마시우.

그 집을 다시 찾아간대도 작은 실마리조차 얻을 수 없을 것 같았다. 그러나 당신은 발걸음을 끊지 않았다. 일고여덟 번쯤 더 그 집엘 갔을 것이다. 포도주를 마시고 헤어지고 포도주를 마시고 헤어졌다. 그러면서 당신은 산에 오르기 시작했다. 그 집에서 찾을 수 없다면 다른 어디로든 가야 했다. 학교와 경찰과 아들 친구를 만나고, 전국의 산을 오르고 전국의 길을 누비고 전국의 바다를 헤맸다. 결국, 학교도 경찰도 아들 친구도 더는 찾지 않았다. 남은 것은 스스로 묻고 스스로 답을 얻는 일뿐이었다. 어째서 아들은 죽었을까. 대답을 얻을 때까지 질문을 멈추지 않겠노라 당신은 다짐했다. 이유를 찾을 때까지 가혹하고 격렬한 몸의 움직임 또한 멈추지 않으리라, 멈출 수 없으리라…… 그러길 무려, 삼십이 년이었다.

*

잔디 위에 캐노피를 펼쳤다. 꼬인 산줄과 라이저를 정돈하면서 당신은 흥얼거리던 노래를 멈추지 않았다. 이상하긴 했어도 아무것도 아니었던 밤. 그 밤을 떠올리기 위한 노래는 아니었다. 아들과 친구들이 불렀다던 노래는 곡 수가 너무 많았다. 그들만의 노래가 아니었다. 누구나 불렀던 곡이었다.

그 밤을 떠올리기 위한 노래는 아니었으나 노래를 부르면 그 밤이 떠오르는 건 어찌할 수 없었다. 그만큼 여주인의 진술은 자세했고 반복됐다. 당신도 지극정성으로 그 집을 찾았다. 묻고 기록하고 읽고 수정하고 다시 읽었다. 다 외웠다. 안 떠오를 수가 없었다.

날개의 흡입구와 통기구에 이물질이 있는지 당신은 일일이 확인했다. 점검을 소홀히 하면 죽은 곤충들이 캐노피 안에서 썩었다. 립스톱 소재가 산화하여 생긴 작은 구멍은 강한 바람을 받으면 갑작스럽게 확장되며 찢어졌다. 죽은 곤충 한 마리가 인명 사고로 이어질 수 있었다.

처음과는 달리, 노래를 부르면 종종, 아들과 친구들이 아닌 그 집 여주인이 떠올랐다. 어떻게 지내는지. 살아는 있는지. 포도주를 마시며 포도주처럼 붉어지던 그녀의 통통한 뺨이 아른거렸다.

당신은 헬멧과 하네스를 착용하고 하네스와 캐노피를 이었다. 이제 바람만 적당하면 경사면 아래로 곤두박질치듯 뛰어내리면 되었다. 당신은 봉분 옆에 세워진 윈드 스트리머를 올려다보았다. 바람이 약했다. 잔디 위에 반쯤 눕듯 앉아 바람을 기다렸다. 산 아래로 아득히 펼쳐진 논밭과 마을과 도로를 당신은 실눈을 뜨고 굽어보았다. 어쩌다 그런 사랑을 했으까…… 여주인의 음성이 들리는 듯했다. 당신의 그, 믿을 수 없이 짧고 건조한 사랑의 전말을 듣고 나서 그녀가 했던 말이었다.

몸이 불편한 어머니에게 아이를 맡기고 당신은 군에 입대하여, 머나먼 타국의 밀림까지 날아가 여러 번 죽을 뻔한 전투를 치르고 살아서 돌아왔다. 그뒤 당신은 밀림보다 더 먼 아라비아의 사막으로 건너가 전차를 몰듯 중장비를 운전했다. 파견과 귀국을 세 차례나 반복했다. 당신의 청춘은 그렇게 캐터필러 소음에 실려 흘러갔다. 그러는 동안 늙은 어머니는 죽었고, 당신의 아들은 가난한 누이 부부에게 맡겨졌다.

최종 귀국한 당신은 아라비아에서 사귄 네 명의 친구와 함께 중장비 한 대를 장만해 연명할 수 있었고, 마침내 당신보다 키도 크고 목소리도 굵어진 아들을 데려왔다. 어찌나 낯설었던지 아들은 여전히, 아무래도 하늘에서 뚝 떨어진 것 같았다.

밀림의 전장과 사막의 건설 현장에서 캐터필러 소리와 함께 청춘을 흘려보냈으나, 새로 장만한 사분의 일 지분의 중장비로 인해 당신의 인생은 좀더 캐터필러와 함께 굴러가지 않을 수 없었다. 다만 더는 타국이 아니었으므로, 아들을 곁에 두고 미안하고 죄스러운 마음을 다해서 보고 또 보며 남은 인생을 살리라 당신은 다짐했다. 그러길 몇 해 안 되어 당신의 아들은 다니던 대학의 리기다소나무숲에 반듯이 누운 채 죽었다. 삼십삼 개월의 군복무를 마치고 돌아와 당신과 멋쩍은 부자의 삶을 새로 시작한 지 겨우, 두 달 만이었다.

아들이 죽기 전에도 죽은 후에도 참으로 외롭고 시린 세월이었노라고 당신은 중얼거렸다. 산 아래 펼쳐진 논밭과 마을을 하릴없이 내려다보며, 그 어디에도 없는 당신의 짝을 상상했다. 이럴 줄 알았으면 진즉 포도주 그 붉은 빛깔의 뜻이라도 알아차렸어야 하는 건데, 바위의 딸이면 어떻고 나무의 첩인들 어땠으랴. 당신은 고개를 돌려 윈드스트리머를 올려다보았다. 바람이 왔다. 후다닥 자리에서 일어나 당신은 경사면 아래쪽을 향해 내달렸다. 어느 순간 몸이 둥둥 떠올랐다.

경찰 조사 기록 어디에도 아들이 시위에 가담했거나 가담한 것을 누군가 목격했다는 내용이 없었다. 아들이 죽은 날, 교문 밖으로 나가려던 학생 시위대는 진출을 막는 전투경찰과 전에 없이 격렬하게 부딪혔다. 시위대는 최루가루를 뒤집어쓴 채 쓰러지거나 곤봉에 맞아 머리가 깨졌다. 그날의 피해를 시위대는 한껏 부풀렸고 경찰은 어이없게 축소했다. 시위 본부는 아들의 죽음을 과잉 진압 탓으로 돌렸고 경찰은 진압 작전과 무관한 죽음으로 처리했다. 당신은 경찰의 기록과 시위대의 주장 모두 신뢰하지 않았다. 아들이 좋아했다던 교수나 절친했던 친구의 말을 들을 수밖에 없었다. 교수 말에 따르면, 아들은 그 모든 것을 유위법이라 하여 관심을 두지 않았다고 했다. 그 모든 것이라뇨? 당신이 물었고, 이쪽저쪽 다 말입니다, 라고 교수는 알쏭달쏭한 말을 했다. 유위법이란 뭘 말하는 건지요? 당신이 다시 물었고 교수는, 거야 뭐 무위법의 반대겠죠, 라고 했다. 당신은 아들이 어째서 그 교수를 좋아했는지 그게 더 궁금해지기 시작했다.

그런 식이었다. 아들의 직간접적인 사망 원인을 알려 하면 할수록 당신은 번번이 무언가에 미끄러져 엉뚱한 곳에 널브러져 있곤 했다. 언더 서클인가 뭔가에 든 거 아니었을까? 당신이 물었을 때 친구들은, 우리 학교는 꼴통 기독교 학교라 가톨릭 서클도 불교 서클도 언더예요, 라며 괴상하게 웃었다. 근데 갠 가톨릭도 불교도 아니었어요. 그럼? 도교였을 걸요, 아마. 그러곤 또 괴상하고 불쾌하게 웃었다. 도교도 그러니깐, 언더는 언더죠…… 여주인의 말마따나 그날 함께 술을 마셨다는 놈들은 어딘가 곤충 같고 벌레 같았다. 벌레 같은 인간이 아니라 인간 같은 벌레. 웃음도 웃음이 아니라 톱니처럼 생긴 이빨을 삐걱삐걱 가는 소리였다. 진짜 벌레였다니께…… 여주인이 힘주어 말했던 이유를 알 만했다.

혹시 말이야, 연애나 뭐 그런 거에 빠졌던 건 아닐까? 친구들은 또 삐걱삐걱거렸다. 연애할 깜냥이나 됐었나요 뭐, 따위의 반응이 돌아올 것 같아 당신은 어쩐지 살짝 긴장되었다. 그런데 다행히도 아들은 그런 쪽이 아니었다. 친구들이 서로 나서며 떠들었다. 기악과 여학생이 죽어라 쫓아다녔어요. 예뻤어요. 죽였지. 근데 거들떠보지도 않았어요. 무지하게 부잣집 딸이라던데. 시내 가로지르는 용비천 있잖아요, 이쪽 끝에서 저쪽 끝까지 다 그 여자네 땅이라던데요. 그런데 어째서 거들떠보지도 않았을까? 당신이 물었다. 연애는 사채라던데요. 사치가 아니라? 아니요, 사채요. 어째서? 그걸 어떻게 알아요. 당신은 자꾸 미끄러졌다.

십 년 가까이 그들을 쫓아다니며 물으면 물을수록 확인할 수 있었던 건 하나였다. 복학생들과 어울려 술 먹는 것 빼고, 아들은 아무것도 안 했다는 것이었다. 정말로 아무것도. 적게든 많게든 그저 술을 마셨으며, 삼십팔 일을 하루도 빠지지 않고 연속해 술을 마신 적도 있었다. 술 마실 핑계는 많았다. 독립기념관 도내 유치 성공을 위해 한 잔. 링에서 쓰러져 죽은 김득구 선수를 애도하며 한 잔. 나중에는 예비군의 날, 과학의 날, 세계 기상의 날을 기념하며 한 잔……

그 집 여주인을 찾아가고 경찰과 교수와 친구 들을 만날수록 당신의 기록에 추가되는 것은 트로트뿐이었다. 처음에는 열일곱 곡이었던 것이 나중에는 서른두 곡으로 늘었다. 아들이 불렀다는 노래 가사에서도 단서가 될 만한 내용은 찾을 수 없었다. 아들은 머나먼 고향으로 갔다가 소양강 처녀가 되었다가 가슴이 아팠다. 갈대의 순정으로 개나리 처녀를 안개 낀 장충단 공원으로 데려갔다. 아들은 아무 노래나 불러서 아무 노래도 안 부른 거나 마찬가지였다. 당신은 언제나 오리무중에 갇혔다. 산을 오르고 길을 달리고 맹렬히 바다를 휘젓지 않으면 안 되었던 것이다.

*

골바람이 점차 약해지면서 패러글라이더의 하강 속도가 빨라졌다.

당신은 오른쪽 조종줄을 급히 당겨 활공장 방향으로 돌아섰다. 산의 경사면에 부딪히는 상승풍을 타고 오를 생각이었다. 회청색 하늘에 떠 있는 구름의 모양만으로는 이상적인 기상 조건이었다. 그러나 활공장 부근의 바람은 당신의 날개를 좀처럼 밀어올리지 못했다.

당신은 사면의 이쪽 끝과 저쪽 끝 바깥을 위험 공역으로 설정하고 그 안에서 침착하게 8자 비행을 시도했다. 계단을 지그재그로 올라가듯, 당신의 날개는 사면의 이쪽 끝과 저쪽 끝을 번갈아 오가며 조금씩 조금씩 정상을 향했다. 일곱 차례 8자 왕복 끝에 사면을 벗어났고, 날개는 산봉우리까지 벗어나 하늘 복판으로 솟구쳤다.

상승 지역을 벗어나면 바람의 경사각이 없어지며 글라이더는 빠르게 산의 뒷면으로 밀려나게 마련이었다. 그 추진력을 이용해 얼마간 하늘로 솟구칠 수는 있으나 추진 속도를 곧장 제어하지 못하면 머잖아 뒷사면에서 발생하는 바람의 소용돌이에 휘말릴 위험이 있었다.

당신은 상승풍 영역을 벗어나지 않은 채 그 바람의 마지막 힘까지 날개에 실었다. 뒷사면으로 밀려나지 않기 위해 짧은 리을자 선회를 계속했다. 경험과 기술이 필요한 비행이었으나 당신은 베테랑이었다.

고도를 확보한 당신은, 경사각 없이 수평으로 불어오는 바람에 맞섰다. 앞으로도 뒤로도 밀리지 않으려고 풍속에 맞추어 받음각을 유지했다. 당신은 좌우상하 그 어느 쪽으로도 움직이지 않고 공중에 머물렀다. 날개를 퍼덕이지 않으면서도 제자리에 박힌 듯 활공하는 새와 같았다. 거대한 흰 독수리가 크나큰 날개를 유유히 펴고 지상의 먹잇감을 노려보는 기세였다. 그러하듯, 당신은 실눈을 뜨고 열기류를 찾았다.

태양열로 지표면이 뜨거워지면 그곳에서 상승 열기류가 발생했다. 기둥처럼 하늘로 이어지는 열기류가 있는가 하면 방울방울 거품처럼 끊어져오르는 열기류가 있었다. 더 높이, 하늘나라에 닿을 만큼 수직 상승하려면 열기류가 필요했다. 열기류 자체는 눈에 보이지 않으나 당신 같은 베테랑의 눈에는 종종 기류의 움직임이 또렷이 보였다. 당신은 독수리의 눈으로 지표면 이곳저곳을 살폈다. 주위의 지면보다 색이 짙어 열을 발생시키기에 좋은 조건의 장소를 물색했다. 표면이 넓게 움푹 파인 곳이라든가 산림에 둘러싸인 초지에 당신의 눈길이 차례로 가닿았다. 아스팔트 도로나 콘크리트 건물 집중 지역도 놓치지 않았다. 열 흡수가 좋은 곳에 열이 쌓였다. 온도가 주변보다 높아지는 대신 공기의 밀도는 낮아지며 가벼워졌다. 데워진 공기가 지표면에서 떨어져 공중으로 떠오르는 것이 열기류였다.

당신은 한동안 공중에 꼼짝 않고 떠 있었다. 하늘을 오를 때마다 그랬듯, 눈 아래 펼쳐진 세상이 방금 떠나온 곳이라는 생각이 들지 않았다. 높이 오르면 오를수록 눈 아래 세상은 점점 더 푸른 막 저쪽으로 멀어졌다. 푸른 세상은 눈 위에도 있었다. 너무도 푸르러서 뼛속까지 얼얼해지는 하늘. 가없고 가없어서 두려운 회청색 하늘이었다. 뭉게뭉게 떠 있는 희고 맑고 솜처럼 포근한 적운이 그나마 위안이었다.

당신은 눈을 들어 해를 정면으로 바라보았다. 무엇 하나 거칠 것 없이 햇빛은 폭포처럼 쏟아져내렸다. 정신이 아득하였으나 당신은 눈을 감지 않았다. 더 많은 것, 더 강렬한 것이 동공을 투과하여 당신 안에 쌓이고 고이길 바랐다. 될 수만 있다면 세상의 모든 것이 애틋하게, 차곡차곡 들어차길. 전에 없이 간절해지는 까닭을 당신은 알 수 없었다.

활짝 펼쳐진 흰 날개 밑으로 바람이 쉼 없이 울며 지나갔다. 당신의 귀에는 캐터필러 소리로 들렸다. 캐터필러 소리는 당신에게서 한시도 떠난 적이 없었다. 당신이 캐터필러에서 한시도 떠나지 않았다. 한 대의 사분의 일 지분에 불과했던 중장비 소유권은 마침내 네 대를 단독으로 부리는 기사 겸 대표로 당신을 바꾸어놓았다. 그만큼 바빴고 그만큼 시끄러웠다. 일은 갈수록 가혹했다. 청력이 떨어지는 대신 목소리 톤이 높아졌다. 어쩌면 당신은 그것에서 도망치고 싶었는지도 몰랐다. 당신은 산을 오르고 길을 달리고 바다를 누볐다. 맹렬히 하늘을 올랐다. 아들이 죽고 난 뒤, 죽은 이유를 찾지 못해, 그러나 멈출 수 없어서 오르고 달리고 누볐다.

캐터필러에서도 벗어나고 싶었을 것이다. 무한궤도라는 이름처럼, 당신의 삶은 하루라는 작은 캐터필러 조각들이 무한하게 이어지며, 끝도 없이, 요란하게 돌아갔다. 당신과 굉음은 서로를 붙들고 놓아주지 않았다. 노동을 빼면 당신 또한 아들처럼 아무것도 하지 않았다. 당신에겐 취미도 취향도 없었다. 누구 탓인지도 모르게 이미 그런 것들은 당신에게 허락돼 있지 않았다. 당신은 마냥 무언가를 무찌르며 달려만 나아갔다. 캐터필러 소음에 휩싸여 소리지르고, 흙모래 섞인 점심을 씹어먹고, 집으로 돌아와 잤다. 아침저녁으로 도심의 콘크리트 길을 바삐 걷는 무수한 사람처럼 당신도 길을 가고 길을 오고 또 길을 갔다. 그게 아무렇지도 않았다. 아들의 사망 이유를 밝히기 위해 술집 여주인을 찾고 경찰을 방문하고 학교 관계자와 친구들을 탐문하면서 당신은 어느 순간, 화살 맞은 과녁이 된 듯 잠깐 숨이 멎었다. 아무것도 하지 않았던 건 아들뿐만이 아니었다는 깨달음이, 멈춘 숨 사이를 비집고 들었다. 손에 잡히지도 않는 세월과 인생이라는 망량에 속절없이 떠밀려가는 자신을, 당신은 보아버린 게 아니었을지.

기체는 어느새 활공장의 윈드 스트리머를 아득히 뒤로하고 또다른 봉우리를 넘었다. 바리오 계기가 고도 이천 미터를 가리키고 있었다. 매우 강력한 열기류가 날개를 한껏 띄워올렸고 기체는 마침내 산악파에 진입했다.

당신은 정확하게 열기류의 발생 지점을 연이어 포착했으며 그것들을 징검다리 삼아 오르내리며 바람의 파동을 탔다. 활공은 순조로웠다. 그대로라면 세 시간 이십 분에 걸쳐 칠십육 킬로미터를 날았던 기록을 깰 수도 있을 것 같았다. 그러나 당신은 비행시간과 거리를 따지지 않았다. 다른 비행자들과 다르게 당신은 높이 오르길 원했다. 한 번도 삼천 미터에 미치지 못했다. 잘 오르는 사람은 사천 미터를 넘었다.

마침내 크고 강력한 기둥형 열기류를 만났을 때 당신은 고개를 젖혀 회청색 하늘을 올려다보았다. 이럴 줄 알았어…… 당신은 중얼거렸다. 맑고 깊은 하늘과 희고 밝은 뭉게구름을 봤을 때 전에 없는 거대한 열기류를 만날 거라 짐작했었다. 흥얼거리던 노래가 당신의 입에서 더는 흘러나오지 않았다. 라이저와 조종줄이 꼬이지 않았는지, D라이저 상태는 양호한지 살폈다.

오를수록 더 검고 푸르게 깊어가는 허공을 바라보자니 엉치 끝이 짜릿했다. 하늘은 무서운 속도로 캐노피를 빨아올리기 시작했다. 그럴 때 섣불리 라이저를 늦추거나 조종줄을 조작해서는 안 된다는 걸 당신은 잘 알았다.

눈으로 볼 수 없지만 거대한 기둥형 열기류의 움직임은 원폭의 버섯구름과 같았다. 중앙부 기둥은 수직 상승기류로 가득하지만 주변부는 정점을 돌아 떨어져내리는 강력한 와류에 휩싸이기 마련이었다. 상승기류를 이탈하지 않고 곧장 솟구쳤다가 다른 열기류를 발견해 서서히 내리막을 이루며 그쪽으로 건너가는 것이 최선이었다. 숱하게 산악파를 타본 당신에게는 상식이었다. 아무리 강하고 빠른 기류를 만나도 침착하게 원칙을 지켜 운항하면 사고의 위험에 처하지 않는다는 걸 당신은 너무도 잘 알았다. 당신 정도의 경험자에게 패러글라이딩은 매우 안전한 스포츠였다.

그랬으므로 갑작스러운 실속失速에 빠졌을 때 당신은 당황했다기보다는, 그 상황을 이해하지 못했다. 캐노피 표면에 주름을 내며 타르르르 치고 달아나는 바람 소리가 캐터필러 쇳소리 같았다. 그것에서 벗어나려 했으나 공중 한복판에서도 당신은 그 굉음을 들었다. 길을 달릴 때도 바다를 누빌 때도 그 소리는 끈질기게 당신을 따라다녔다. 내 밖에서 나는 소리가 아니었구나…… 당신이 자기도 모르게 중얼거렸을 때 캐노피의 중앙부가 브이자로 꺼지기 시작했고 날개 양 측면이 항복하듯 빠르게 투레질하며 하늘 쪽으로 뻗어올랐다. 앞, 뒤, 혹은 위쪽으로 향하던 속도를 한꺼번에 잃고 오로지 수직 낙하 상태에 빠지는, 실속이었다. 고도가 삼천사백 미터에 육박하던 순간이었다.

짜부라질 대로 짜부라져 바람 빠진 풍선처럼 펄럭거리는 캐노피를 올려다보면서도 당신은 크게 당황하지 않았다. 윈드서핑과 패러글라이딩에 맹렬히 달려들었던 일 또한 그 자체로 캐터필러의 첫바퀴 돌기와 그다지 다르지 않은 거였구나, 라는 생각이 이상하게도 그 순간에 들었을 뿐이다.

가장 높이 오른 날, 당신은 실속에 빠졌다. 실속은 얼마든지 회복될 수 있는 거였다. 안 될 때는 하네스 뒷면에 부착된 비상 낙하산을 꺼내 던지면 그만이었다. 고도는 충분했다. 기체가 더 가라앉기 전에 당신이 해야 할 일이 있었다. 가장 높이 오른 날 가장 높은 곳에서 당신은 아들에게 묻지 않을 수 없었다.

넌 어째서 죽은 것이냐.

실속에서 회복하는 요령을 당신은 잘 알고 있었다. 꾸준히 연습해온 거였다. 조종줄의 개방 정도와 타이밍을 몸으로 익힌 당신이었다. 그래서 당신은 당황하지 않았으나, 알고 익힌 대로 조치하지 않는 자신을 다만 이해하지 못했다. 당신은 지상을 향해 운석처럼 떨어져내렸다. A라이저를 늦춘 후 가볍게 조종줄을 당긴다…… 뇌의 명령은 머릿속에서만 맴돌 뿐 두 팔과 손으로 전해지지 않았다. 당신은 땅 위로 곤두박질쳐 죽을 맘이 추호도 없었다. 그런데도 당신은 공기의 저항 없이 떨어져내리는 캐노피를 내버려두었다. 죽고 싶지 않으면서 살길을 찾지도 않는 당신이 구겨진 캐노피와 함께 빠르게 추락했다. 그것은 사고도 실수도 고의도 아닌, 뭐라 이름할 수 없는 사태일 뿐이었다. 비상 낙하산을 던져, 어서! 당신의 뇌는 여전히 명령을 내렸고, 팔과 손은 듣지 않았으며, 낙하하는 물체는 운동의 법칙에서 벗어나지 않았다. 뭐라 말할 수 없고 이해할 수 없어도, 그대로라면 당신은 분명 땅에 부딪혀 죽음에 이르게 될 것이었다. 그리고 당신은 그리되었다.

*

사람들은 늙은 패러글라이더의 사인을 쉽게 밝혀내겠지만, 그들이 밝혀낸 것 중 어떤 것도 당신이 떨어져 죽을 수밖에 없었던 이유에 해당하지는 않을 것이다.

어쩌면 당신은 알았던 건지도 모른다. 나는 대답하지 않았으나, 최고도에서 추락하는 순간 당신은 스스로 묻고 들었을지도. 삼십이 년 동안 당신을 헤매게 했던 것은, 알고자 했으나 알 수 없었던 내 죽음의 이유가 아니라, 내 죽음에 반드시 이유가 있을 거라는 당신의 믿음이었다는 것을. 당신의 죽음이 답하는 바가 그것이었는지도 모른다.

하지만 당신을 삼십이 년 동안 줄기차게 오르고 달리고 날게 한 또 다른 원인을 당신은 끝내 알지 못했던 것 같다. 당신이 나의 아버지가 아닌 이웃이거나 경찰이거나 친구거나 스승이었다면 이런 일에 일생을 걸지는 않았을 것이다. 아들의 일이었기에 일생을 바칠만 했겠으나, 내 어머니에게 들은 바로는 당신은 내 아버지가 아니었다. 아버지가 아니라 아버지라는 이름에, 그래서 나는 더 눈물겨울 수밖에 없다. 이름하는 그 모든 이름이라는 게 무엇인지……

정말 무엇이 땅 위의 살아 움직이는 모든 것들을 살아 움직이게 하는지. 이곳 하늘에서는 굳이 알아야 할 필요가 없으므로, 알 수 없기는 마찬가지다.

붙임

충분의 조건—미완과 오류

구효서 & 안경수

* 이 글은 화가 안경수와 소설가 구효서가 문학과 미술 교류 전시인 〈잠 못 이루는 사람들〉의 준비를 위해 주고받았던 이메일 원본이다. 회화 및 소설 전시는 2015년 11월 19일부터 12월 17일까지 서교동의 ‘갤러리 잔다리’에서 이루어졌으며 전시회 명칭과 동일한 제목의 책자가 2015년 12월 17일 한무숙문학관 명의로 출판되었다.

■ 2015년 9월 4일/ 보내는 사람 구효서

안녕하세요.

오랜만입니다.

지난 8월 6일 한무숙문학관으로부터 전시 진행 상황을 전해 받았습니다. 최종 작가 구성을 마쳤다고 했습니다. 제가 받은 작가 구성은 이렇습니다.

구효서 × 안경수

박성원 × 하태범

정영문 × 이부록

해이수 × 염지혜

안작가께서도 받으셨겠지요?

전시 오픈을 11월 19일로 잡았다고 하니 소설은 9월 말까지 마쳐 주었으면 좋겠다는 연락을 받았습니다. 그런데 오늘이 벌써 9월 4일이잖아요. 그동안 산문 연재하는 것 때문에 바빴고 아직 바쁘지만 이제 9월이 되었으니 하던 일들을 일시 중단하고 단편소설 쓰기에 매달려야 할 것 같습니다. 그러기 위해 안작가님과 소통을 해야 하고요. 소설가와 화가가 '함께'하는 전시회니까요.

이런 건 한 번도 해본 적이 없어서 막막합니다. 지난 6월 8일 갤러리 잔다리에서 안작가를 만나 아메리카노 마시면서 얼마간 말을 나누긴 했지만 뭐랄까 매우 개략적인 말만 나눈 것 같아요. 물론 긴 시간 얘기를 나눌 여건도 아니었지만 말이죠.

그래서 이제 뭔가 얘기를 나누면서 작업을 해야 할 것 같은데 막상 무슨 얘기를 어떻게 나누어야 할지, 그게, 막막하다는 것입니다. 그래도 해야겠지요. 일은 한다고 했고, 이미 시작되었으니까요. 안 할 수 없는 겁니다.

일단 큰 틀이랄까 그런 게 필요하다고 생각했어요. 큰 틀에서 서로의 의견이 모여야 다음으로 나아갈 수 있을 테니까요. 큰 틀에서 접점이 생긴다면 어쩌면 일의 반 정도는 진행된 걸로 봐도 되지 않을까 싶습니다. 시작이 반이라고 하잖아요.

우선 저는 이번 전시에서—아, 소설은 전시가 아니니까 발표라고 할까요. 그림도 소설도 표현이고 발표인 거 맞지요?—그림과 소설 간 오브제 혹은 이미지의 유사성은 고려되지 않았으면 좋겠습니다.

이것이 저의 첫번째 의견입니다.

이번 발표가 글을 읽고 삽화를 그리는 일이 아니며, 그림을 보고 이야기를 만들어내는 일이 아니라고 생각하기 때문입니다. 소설과 그림이 '함께'하는 발표회, 혹은 그림과 소설이 '만나는' 발표회라 하더라도 그 '함께'와 '만남'이 반드시 소재와 이미지의 시각적 유사성을 전제로 할 필요는 없다고 생각합니다.

만일 안작가께서 제 첫번째 의견에 포괄적으로 동의하신다면 우리의 작업은 매우 자유로운 시작이 될 것 같습니다. 물론 동의하라는 말씀은 아니고요. 제 의견에 대한 안작가의 말씀을 듣고 싶은 거지요.

소재(대상 및 오브제)와 이미지의 시각적 유사성 대신 이번 작업에 제가 중점을 두고 생각하고 싶은 것은 이른바 '태도'입니다. '무엇을' 쓰거나 그리느냐가 아니라, '어떻게' 쓰거나 그리느냐가 아니라, '왜' 쓰고 그리느냐에 대한 답변의 모색. 그것을 저는 '태도'에 관한 문제라고 말하는 것입니다.

어쩌면 관람객은 제 소설과 안작가의 그림에서 시각적 유사성 혹은 주제적 유사성 따위를 발견하지 못하면 실망하거나 화를 낼지도 모릅니다. 뭐야? 뭐지? 하고 말입니다. 하지만 바로 그 지점이 관람객의 관심을 '무엇(내용)'과 '어떻게(형식)'가 아닌 '왜(태도)'로 유인하는 포인트가 될 수 있을 것이라 믿습니다. 사물과 세계를 대하는 작가의 태도.

안작가는 안작가의 태도를 그림으로 보여주고 저는 저의 태도를 소설로 보여주는 것입니다. 사실은 그 두 태도 사이에도 반드시 유사성이 있어야 한다고는 생각하지 않습니다. 잔다리에서 만나 이야기 나눌 때는 유사성까지는 아니더라도 두 사람의 작업 태도에 어떤 접점이 있겠다는 느낌을 받았습니다만 그것도 반드시 필요한 조건일 필요는 없다고 생각합니다. 왜냐하면 이번 발표회에서 저와 안작가는 '자신의 작업 태도를 작품을 통해 각각 드러내기'만 하면 되는 것이니까요. 공통점을 찾자면 여기에서 찾을 수 있을 것입니다. 시각적 요소의 유사성이나 접점이 없더라도 두 사람이 각자의 태도를 작품으로 보여주기만 하면 '두 사람이 보여주고자 하는 것은 내용도 형식도 아닌 바로 태도'라는 공통점이 생기는 것 아니겠습니까.

이렇게 하면 모든 소설가와 모든 화가가 누구와든 얼마든지 '함께' 작업할 수 있겠지요. 결국 소설가든 화가든 작품을 통해 자신의 태도를 드러내는 거라고도 할 수 있으니까요. 너무 쉽고 흔한 일이 될까요? 그럴지도 모릅니다.

하지만 타 장르가 '함께' 작업하여 발표할 때 누구나 태도를 특정하거나 문제화하여 작업하지는 않을지도 모릅니다. 우리 말고 나머지 세 팀도 과연 태도를 특정하여 작업을 진행할까요? 다른 팀의 사정은 알 수 없으니 모르겠습니다만, 혹시 그런다고 해도, 그것이 우리가 태도의 특정을 포기하거나 회피해야 할 이유는 아니라고 생각합니다.

이번 협업 발표회의 표제가 '오류'이기는 하지만 그보다 먼저 고려되고 전제된 것이 '소설가와 시각예술가의 협업' 아니겠습니까. '함께' 무언가를 한다는 게 가장 중요한 포인트인 것 같습니다. 그러니까 '함께 의견을 나누면서 작업하는 것'이 어쩌면 이번 발표회의 초점이랄 수 있을 것입니다. 각자 작업에 임하는 자신의 태도에 관해 이야기를 나누면서 안작가님은 베를린에서 저는 서울에서 그림을 그리고 원고를 쓰는 것이지요. 참, 베를린의 안작가님 모습은 한무숙문학관에서 보내준 반이정 평론가의 블로그에서 보았습니다. 활짝 웃는 너그러운 모습.

여기까지가 제 첫번째 의견입니다. 안작가님의 답변을 기다리겠습니다.

답변이 오는 대로 두번째 의견을 전하겠습니다.

이번 협업 발표회의 표제가 마침 '오류'입니다. 잔다리에서 나누었던 이야기에서 저는 저의 작업 태도와 안작가의 작업 태도가 '오류'라는 키워드로 만날 수 있겠다는 생각을 했었습니다.

밖에 나가 있으면 저는 먹는 게 가장 걱정이던데 그곳의 사정은 어떻습니까.

—서울에서 구효서

■ 2015년 9월 4일/ 보내는 사람 안경수

선생님, 그동안 잘 지내셨습니까?

그사이에 먼저 연락드리지 못해 죄송합니다. 저는 여기서 잘 지내고 있습니다. 물론 전시의 압박감을 매일 경험하면서 말이죠. 자주 고민하고 있었습니다.

저 또한 어떤 접점을 마련할 것인가, 하는 숙제를 안고 고민중이었습니다. 선생님이 말씀하신 바와 같이 우리가 처음 만났을 때의 대화를 기억하고 있습니다. 그래서 그것이 작게나마 힌트가 되었습니다.

그때도 선생님과 동일한 생각이었던 게 작업의 양식에 얽매여 시작하지 말자는 것이었지요. 아이로니컬하게도 '오류'라는 것이 선생님과 저의 만남과 전시 과정을 의미할 수도 있겠다는 생각도 들구요. 그래서 선생님과의 대화가 잠시나마 단절된 상황에서 저 혼자 고민하던 차였습니다. 서로 어느 측면에서 분명 간섭 혹은 공명이 있어야 할 것 같으나 그것은 각자의 작업 방식과 색깔 같은 것은 아닌 것 같고 결국 각자의 태도에서 그것이 가능할 거라고 저도 생각했습니다.

그날 선생님과의 대화 도중에 제가 잠시 느꼈던 것은 작업을 통한 관객과의 소통 방식에 대한 회의론적인 태도였습니다. 그래서 독자에게 던지는 단어 하나하나가 다소 불편한 느낌을 주는 것은 아마도 작가의 방식적 회의론에서 비롯되는 실험이었거나 혹은 작가의 멋진 객기일 수도 있겠다고 생각했습니다. 왜 이런 느낌을 받았냐 하면 충분히 이해되는 부분이거든요. 제가 그렇기도 하고.

보내주신 글에 저도 당연 공감합니다.

선생님의 의견과 중복되는 대답일진 모르겠지만 저는 '오류'라는 키워드를 통해 서로 접점을 찾을 수 있을 거라 생각하며, 표현 혹은 대화에 있어서의 오류적 경험을 활용할 수도 있고, 오류를 작품의 필연적 요소로 인식하는 작가의 회의적 태도를 직접적으로 드러내 보여도 좋겠다고 생각합니다.

다소 비극적이고 우울한 흐름의 결과물을 보여도 좋겠다는 생각도 해보았습니다. 선생님께서 말씀하셨듯이 각자의 대화 방식에서 오는 태도의 오류. 저는 그것을 좀더 회의주의자적 태도로 끌고 가면 어떨까 생각합니다. 어떤 무용론을 펼쳐가면서 말입니다. 관객으로부터 받아온 시선을 어떤 의미에서는 작가가 차단해버리거나 왜곡시켜버리는 것을 말합니다.

제 의견은 여기까지이고 선생님께서 이미 정곡을 잘 짚어서 보내주셨습니다.

선생님께서 먼저 글을 보내주셔서 감사합니다. 저는 먼저 선생님의 의견을 듣고 싶었습니다. 그리고 아마 저보다 더 많이 신경쓰이실 것 같습니다.

메일을 통해서 각자 태도에 관한 주관적인 이야기를 풀어나가면서 의견을 주고받으면 될 것 같습니다. 그러면 이미 절반은 한 거나 다름없지 않겠습니까?

저는 오류를 발견해내자는 측면보다는 순순히 오류를 인정하자, 그리고 오류를 일으키자, 라는 입장입니다. 그래서 저는 더 전시가 재미있게 될지도 모른다는 생각을 해보았습니다. 경우의 수가 많아지고 제약이 줄어드니까요. 그래서 이전 작업과는 다른 양식을 고려해보고 있습니다.

10월 1일에 잠시 들어갈 예정입니다. 다른 전시도 있고 오프닝도 있어서요. 그사이에 짬을 내서 선생님과 잔다리에서 뵐 수 있으면 좋겠습니다. 귀국하는 대로 연락을 드리겠습니다.

선생님 말씀대로 먹는 게 제일 큰 문제입니다. 별로 안 가리는 식성인데 제 선택지가 그리 많은 편은 아니네요. 비타민이나 꼭꼭 챙겨 먹어야 할 판인 것 같습니다.

그동안 여기에서의 경험은 단지 문화적 차이뿐인 것 같습니다. 이 개월이 지난 지금까지 작업을 본격적으로 하지 않고 돌아다니기만 하고 있으니까요. 좀더 보고 배우고 느끼는 시간이 필요한 것 같습니다. 항상 어딘가를 오게 되면 생각하게 되는 것이 '제가 있을 자리'를 찾는 것이었습니다. 먹고 자는 문제에서거나 붓으로 표현해내는 일에서거나 말이죠. 아직 겉돌고는 있지만 뭔가 좀 보이기 시작한 것 같습니다.

그동안 잘 지내시고 선생님께서 만족하시는 글이 나오길 기대하고 있겠습니다.

중간에 또 편지 주세요.

—안경수 드림

■ 2015년 9월 8일/ 보내는 사람 구효서

안작가께서 보낸 메일 중에 이런 말들이 저한테 쏙쏙 닿았습니다.

소통방식에 대한 회의론적인 태도. 비극적이고 우울한 흐름. 어떤 무용론을 펼쳐가면서. 관객으로부터 받아온 시선을 어떤 의미에서는 작가가 차단해버리거나 왜곡시켜버리는 것. 오류를 발견해내자는 측면보다는 순순히 오류를 인정하자. 그리고 오류를 일으키자. 경우의 수가 많아지고 제약이 줄어드니까.

그리고 안작가의 글을 읽으면서 서로 확인해두어야 할 것이 있겠다고 생각했습니다. 오류라는 말과 관련해서입니다.

일단은 제가 첫 메일에서 말했고 안작가가 첫 답장에서 말했듯, 안작가의 그림과 제 소설은 시각적 이미지를 공유하지 않는다는 점(주제나 콘텍스트도 마찬가지)입니다. 그래서 우리에게는 **경우의 수가 많아지고 제약이 줄어들어** 그만큼 자유롭지만 관객은 어딘가 그림과 소설이 '안 맞는다'고 느낄 것입니다. 잘 안 맞는다. 이러한 현상을 두고도 오류라고 할 수 있겠다, 하지만 이러한 '잘 안 맞음'은 오히려 관객을 우리의 태도에 대한 이해로 이끌기 위한 유인 요소라고 볼 수도 있겠다는 것입니다. 그러니까 이럴 경우의 '잘 안 맞음' 혹은 '오류'는 우리가 **일부러 일으키는 오류**인 것이지요. 유인책으로서의 의도적 오류. 유인책이라고 하니까 무슨 모사꾼 같네요.

그러나 오류에 대한 대담이 여기까지여서는 안 되겠지요. 의도된 오류에 의해 유인되어 온 관객들에게 보여줄 것은 우리의 태도 아니겠습니까. 이번 발표회의 목적이 우리의 태도를 보여주는 것이라면 우리는 어쨌든 그림과 소설로 태도를 보여주어야겠지요.

그 태도를 보여주는(설명하는) 방법 혹은 수단으로서 오류라는 단어를 매개로 할 수 있겠다는 생각을 했습니다. 그림이나 소설로 오류를 보여준다는 뜻이 아니라 우리가 주고받는 메일의 문장에서 오류라는 단어를 매개로 하여 서로의 태도를 이야기해보자는 말입니다. 말로 말입니다. 그러면서 그림과 소설은 각자 자신의 태도를 드러내면 되는 것이고요.

어느 뇌 과학자가 말하기를 시청각이 배제된 상태에서 글만으로는 소통이 17퍼센트밖에 이루어지지 않는다고 합니다. 그런데 우리는 지금 글만으로 주고받고 있습니다. 그래서 우리가 서로의 의견을 주고

받는 데도 수많은 오류가 있을 듯합니다.

하여튼 정리해보겠습니다. 우리가 서로 확인해야 할 사항입니다.

1. 우리의 작품이 관객에게는 '서로 잘 안 맞는다'는 느낌을 줄 것이다. 그래서 오류의 인상을 남길 것이다. 하지만 이것은 우리가 우리의 태도에 대한 이해로 그들을 이끌기 위한 의도된 오류이다.
2. 우리가 작품 활동에 임하는 각자의 태도를 메일을 통해 서로 의견을 나누되 가능한 한 오류라는 단어를 매개로 그리한다.
3. 그림과 소설은, 늘 그래왔던 것처럼 한편에서 열심히 그리고 열심히 쓴다.
4. 결국 남는 것은 그림과 소설인데 이번에는 특별히 서로 주고받은 의견(입장, 태도)도 함께 기록으로 남을 수 있으며 그것은 도록에 실리는 등 전시에 활용될 수도 있다.
5. 그리하여 서로의 의견(입장, 태도)이 반드시 같거나 유사하거나 접점이 있어야 하는 것은 아니나 있다고 해도 나쁠 건 없겠다. 솔직히 있다면 좋겠다. 하지만 아니어도 아무 문제 없다. 우리는 '함께' 작업을 하고 '함께' 의견을 나누고 '함께' 전시를 하는 거니까.

다섯 개 항목으로 나누었지만 다섯 개 항목에 대한 대체적인 동의가 이루어진다면 사실 우리가 할 것은 2번 항목뿐이지요. 나는 이런 태도를 갖고 작품을 한다. 이런 얘기를 서로 주고받으면 되는 거 아니겠어요? 이왕이면 오류라는 키워드를 활용하면서.

시간 있을 때나 베를린의 밤이 외로울 때 제 의견에 대한 의견을 주시기 바랍니다. 아, 이러다가는 소설의 분량보다 메일의 분량이 훨씬 길어질 것 같아 이 메일의 원고료는 그럼 어디서 받지? 이런 찌질한 생각을 합니다. 하지만 그림 그리시는 분과 처음 해보는 일이라서 신기하고 재밌고 그렇습니다.

서울은 좀 시원해졌습니다. 아직 덥긴 합니다만 햇빛이 가을 빛입니다. 엊그제가 백로였으니까요. 흰 이슬이라는 뜻이니 서리를 두고 약간 시적으로 하는 말이겠지요.

—서울에서 구효서

■ 2015년 9월 18일/ 보내는 사람 구효서

안녕하세요.

지난 9월 8일 메일을 보내고 오랜만에 다시 메일을 보냅니다.

그동안 안작가께서는 메일을 보내지 않으셨나요? 가끔은 메일 계정에도 오류가 생기지요. 안작가가 보낸 메일을 내가 보지 못한 건 아닐까, 생각도 합니다.

오늘은 감각의 오류라는 말로 이야기를 시작합니다.

세상은 우리가 보고 듣는 것처럼 생기지 않았겠지요. 우리는 고작 가시와 가청 범위 안의 것만 보고 들으니까요. 세상을 있는 그대로 알기에는 우리의 오관은 터무니없이 제한적이고 초라하기 짝이 없습니다. 영원히 세상의 진면목을 볼 수 없다는 것이 유한한 존재인 인간의 숙명이겠지요. 이건 제 생각이 아니라 제가 동의하는 생각입니다.

세상의 진면목을 알 수 있을 만큼 우리의 감각기능이 충분하지 않다는 말입니다. 제한된 감각에 의존해 경험되는 세상은 그래서 전부가 아닐 터인데 전부라고 믿는 순간 왜곡과 오류가 탄생합니다. 그게 다가 아닌데 다라고 우기면 왜곡과 오류와 거짓과 강요를 피할 수 없게 되지요.

보면서도 보는 게 다가 아니야, 라고 한다든가, 들으면서도 듣는 게 다가 아니야, 라고 한다면 그나마 다행이겠습니다만, 우리는 종종 보고 듣는 게 다라고 열정적으로 착각하며 그 감각적 경험으로 축적된 지知를 너무나 사랑하는 나머지, 남에게 우기고 강요하기까지 합니다. 우리의 감각이 터무니없이 제한적이고 부정확하며 초라하다는 사실을 너무 자주 잊거나, 아주 잊거나, 알면서도 모른 체하는 것이겠지요. 이것 또한 제 생각이 아니라 제가 동의하는 생각입니다.

감각기능이 제한적이어서 충분히 감각하지 못하고 만다면 오히려 다행이겠습니다. 그것은 그저 '부족함'일 테니까요. 부족함 자체를 오류라고 할 수는 없겠습니다. 부족함을 메우려고 엉뚱한 것을 채워 넣어 완전을 가장한다면 그것이야말로 왜곡이고 오류겠지요. 일테면 시각적 기능의 부족함을 메우려고 애꿎은 무지개를 일곱 가지 색으로 딱 정해버리는 것 말입니다. 아이들이 무지개를 그릴 때 일곱 가지 색깔만 쓰게 하는 것 말입니다. 무지개색은 따로 있지 않거나 있다고 해도 정확히 감각할 수 없으므로, 혹은 일곱 색깔로 정해서 가르치는 데는 문제가 있다고 생각하여 어떤 아이가 문제 제기적 차원에서 무지개를 검은색으로 칠해버렸다면 그 아이가 자신의 그림에서 보여준 것은 무지개가 아닌 무지개색에 대한 자신의 **회의론적인 '태도'**일 테지요. 그래서 그 아이는 무지개를 검은색으로 그렸다고 놀리는 다른 아이들 앞에서 당당할 수 있을 것입니다. 잘못 그린 것 같다고, 색의 오류를 범했다고 말하는 선생님 앞에서도 아이는 당당하겠지요. 한국의 아이들은 자주 하늘의 태양을 붉은색으로 칠하지만 일본 아이들은 더 자주 붉은색으로 칠한다고 합니다. 아마도 국기의 영향이 아닐까 싶습니다만, 이렇게 하나의 감각은 그 사회가 공유하는 의식에 의해 만들어지기도 합니다. 감각을 느끼고 그것을 표현하고 그것을 전달하는 일정한 방식이 생기는 거지요. 그 방식을 따르면 소통이 가능해지지만 그 방식을 따르지 않으면 소외되거나 이상한 감성으로 낙인찍힙니다. 소통이 가능하기만 하다면 그 방식이야 어떻게 조직되든 상관없습니다. 언어가 그런 거겠지요. 아버지라는 글자는 아버지의 모습과도 뜻과도 전혀 다르게 생겼는데 아무 문제 없이 통용됩니다. 언어가 만들어지는 것이듯 감각도 만들어진다는 말인데 서로 소통할 수 있는 방식이어야 언어와 감각으로 인정을 받습니다. 소통할 수 있으려면 아무래도 규약 같은 것을 공유해야겠지요. 약속이나 질서 말입니다. 언어나 감각은 규약에 의해 규격화되고 양식화된 결과물들인데 이것들은 법칙, 원칙, 원리와 같은 이데올로기로 보호받습니다. 애당초 세상의 진면목과는 아무 상관 없는 언어나 감각일지라도 그것으로 우리가 소통만 할 수 있다면 법칙과 원리로 추앙된다는 뜻이지요. 왜곡, 오류, 거짓일지라도 말입니다.

우리는 유한한 감각에서 영원히 벗어나지 못할지도 모릅니다. 인간은 인간이니까요. 벗어나자는 것도 아니지요. 다만 감각이 유한하다고 하여 그것에 의한 인지의 필연적인 왜곡과 오류와 거짓을 언제까지고 당연한 것으로 정당화할 수는 없다는 것입니다. 무지개가 일곱 가지 색으로, 하늘의 태양이 붉은색으로 양식화되어 무비판적으로 유통되는 배경에는, 그러지 않으면 왕따시켜버리겠다는 윽박지름이 존재하지 않겠습니까. 도량형을 통일하여 사회를 안정시키는 이치와 같다고 말하는 저 원리 원칙의 명분 뒤에는 다른 언어와 감각을 유통시켰다가는 극형을 면치 못하리라는 협박이 있는 것이겠지요. 그것은 안정된 사회가 아니라 각질화, 기계화, 고착화된 오류의 지옥일 테지요. 상상과 일탈의 예술 행위 없이는 빠져나올 수 없는 곳일 것입니다. 불안과 위태로움의 에너지 없이는, **비극과 우울**의 파토스가 없이는, 그리고 모든 순간 의심하고 질문을 던지는 **회의론적 태도** 없이는 결코 도망쳐 나올 수 없는……

오늘은 여기까지 쓰겠습니다.

말이라는 것이 새삼 허망합니다. 무슨 말을 하고 있기는 한데 하다 보면 무슨 말을 하고 있는지 모르겠습니다. 궁금한 것이 있다면 서로 묻기로 하죠.

조만간 다시 이어 쓰겠습니다.

—서울에서 구효서

■ 2015년 9월 24일/ 보내는 사람 안경수

안녕하세요, 선생님. 답장이 좀 늦었습니다. 사정이 있었습니다.

지금 제가 있는 레지던시 프로그램이 내일 모레부터 열릴 오픈스튜디오를 준비중입니다. 근 한 달간 이것 때문에 신경이 쓰여서 다른 것을 제대로 하지 못했습니다. 전시에서 보여줄 작업을 준비해야 해서요.

그래서 죄송하지만 오픈스튜디오가 끝나는 바로 다음주 월요일 즈음 저의 생각을 정리해서 다시 글 올리겠습니다.

아, 그리고 10월 1일에 다른 전시 오픈닝 미팅 때문에 서울에 일주일간 들어갈 예정입니다. 선생님께서 시간이 되시면 10월 1일~8일 사이에 한번 뵙고 돌아왔으면 합니다.

혹시 괜찮으신 날짜가 있는지 말씀해주세요. 제가 일정을 따라가보겠습니다.

그럼 조만간 답신드리겠습니다.

잘 지내세요.

—안경수 드림

■ 2015년 9월 27일/ 보내는 사람 안경수

안녕하세요, 선생님. 안경수입니다.

오픈스튜디오는 오늘부로 끝이 났습니다. 많은 사람들과 저의 작업 경험담을 어렵게 영어로 나누었던 이틀이었습니다.

선생님의 메일에 대한 답변을 더 미루어서는 안 된다는 생각에 두 시가 넘은 새벽에 천천히 글을 써봅니다.

먼저 선생님은 역시 글로 보여주시는 분이라 조목조목 어렵지 않고 필요한 말씀들만 쓰셔서 보내주시네요. 저는 그림을 통한 표현만 해서인지 워낙 주관적이고 한동안 아무도 못 알아보는 글을 써왔더랬는데요. 그래도 지금 읽어보면 나쁘지 않다는 생각이 드는 글들도 있습니다. 혼자만의 자위지만 글이라는 게 지극히 개인적인 것이지 않겠습니까.

일단 먼저 글만으로 서로 대화하는 우리의 전달 범위 내에 발생하는 오류는 뭔가 재미있는 발상으로 이어질 것 같은 생각이 드네요. 나중에 선생님께서 저와의 대화 글을 필요로 하신다면 저는 동의하겠습니다. 제 군더더기만 살짝 손봐주신다면요.

서로의 오류를 인정하면서 글을 나눈다는 것. 이게 재미있고 자유롭습니다. 어휘만 해도 쓰는 사람에 따라 의미가 다를 뿐더러(예를 들어 '적당한'이라는 단어를 누군가는 '평범한'의 뜻으로, 누군가는 '충분한'의 뜻으로 구사할 테니까요) 그것을 읽는 사람의 이해 또한 다르므로 뜻과 이해의 '정도'가 다르게 전달될 수밖에 없는 거라고 생각하기 때문입니다. 여기서 만약 우리가 이것을 네거티브한 의미로서의 오류라고 정의한다면 애초에 우리의 대화에서 그 '정도라는 것에 대한 표준'이 미리 정립이 되어야 한다는 의미이겠지요. 그렇지만 그건 말이 안 되는 거잖아요. 우리의 작업과 대화는 사실과 경험의 확실한 측량이 가능해야만 하는 과학이 아니니까요. 그냥 우리의 다른 지점들일 뿐이지요. 굳이 이름을 붙여야 한다면 에콜로지컬한 혹은 제너러티브한 오류라고 말해버리면 어떨까요. 오류라는 이름으로 전시를 하는데 이미 어떤 표준화된 오류의 범주를 측정한 상태에서 시작한다는 건 말도 안 되고 재미도 없지요.

만약 누군가가 제 그림에 대한 해석의 오류를 낳는다면 저는 슬플까요?

저는 기쁘게 받아들입니다. 왜냐하면 그 오류는 또하나의 사고의 전환이라 증명되는 거라고 생각하거든요. 그래서 그 오류를 저는 제 작업의 중요한 키워드로 사용합니다. 아마도 모든 예술가가 이에 동의하지 않을까 싶어요. 오류는 여기서 또하나의 길을 제시하는 표지가 되기도 하거든요. 어쨌든 저는 그저 관객에게 기표만 제안할 뿐, 기의는 관객이 가져야 하는 권리라고 생각합니다.

기표가 방향성을 가지고 있다면, 그 방향성으로 관객을 유도한다면, 거기에는 어떤 오류도 생기지 않을 것이며, 생기더라도 용납되지 않는 나쁜 오류로 인식될 것입니다. 그렇게 되면 그 기표는 죽은 기표가 아닐까요? 우리는 지금 신나고 좋은 오류를 말하고 있는데 말입니다.

오늘 배세은 큐레이터님의 메일을 받았어요. 뭔가 전시를 쉽게 가게 하는 좋은 힌트가 되는 글이었어요. 이 전시에 대한 준비를요. 그러나 저는 좀처럼 글을 반복해서 읽고 싶지 않았어요. 선생님께 오류를 받아들이자고 제안드린 것도 순수한 기표를 만들어내려는 의도에서이기도 했기 때문입니다. 무슨 내용인가를 자꾸 반복해 보고 생각하다보면 어느새 기표가 수상한 뭔가에 물들어버릴 것 같은 불안감이

듭니다.

저는 아주 오래전부터 제가 보는 색과 남이 보는 색의 차이가 분명 존재할 거라고 생각했어요. 그렇지만 그 '정도'들이 같기에 결국 내가 표현하는 것이 남에게 받아들여진다……고요. 선생님이 말씀하신 무지개의 글을 읽고 문득 다시 생각이 났습니다. 내가 보는 색과 남이 보는 색이 얼마나 어떻게 다를까. 사전에 있는 어휘도 이해의 정도에 따라 표현과 수용의 정도가 다를 거라고 말씀드렸듯이, 세상의 사물도 경험과 인식 범주에 따라 달리 보일 수 있을 것입니다. 그래서 같은 풍경 앞이라도 각자의 시각 기준점은 각각의 유미 기준선상에 놓이는 것이겠지요.

일반적 유미의 선상에 머물면서 뭔가를 표현한다면 관객 일반이 공유하는 범주의 정도를 벗어나지 않게 되겠죠. 하지만 예를 들어 사과가 빨갛다는 것은 누구나 인정을 하지만, 빨갛다고 인식하는 정도의 차이가 섬세하게 다를 수 있거나 말도 안 되게 물리적인 차이가 있을 수도 있을 것입니다.

그런데 이런 문제가 있지요. 얼마나 어떻게 관객과 만날 것인가. 다는 아니더라도 범주의 정도를 '적당히' 조율해 관객에게 다가갈 것인가, 아니면 나만의 유미 기준선을 외롭게 지키며 언젠가는 그들과 조우할 날을 기다릴 것인가. 이 또한 모든 예술가들의 과제인 듯합니다.

그런 점에서 예술가들은 정도의 범위를 때로는 늘렸다 때로는 좁혔다 하는 컨트롤러의 자세를 취하는 것이겠죠. 원활함을 방해하거나 차단하다가도 때로는 공유 가능한 기표를 통해서 이번과 같이 '의도된 오류'를 어느 정도 예측 가능하게 할 수 있을 테니까요.

사실은 작업 결과가 어떻게 나와야 할까 심히 걱정됩니다. 원래 있는 작업들을 내고 싶었지만 되레 여기서 한 작업들을 좀더 보여주고 싶어요. 선생님께 작업한 사진을 한 장 보내드립니다. 그냥 감상해주세요.

추석 잘 보내세요. 지금쯤 제사를 지내시지 않을까 생각합니다. 오늘이 추석이고 한국 시간으로 아침 아홉시쯤 될 테니까요.

가족 분들과 좋은 추억 남기시길요. 한국에 가서 뵙겠습니다. 저는 외로이 타지에서 추석을……

또 연락드리겠습니다. 송편 맛있게 드세요.

안녕히 계세요.

—안경수 드림

■ 2015년 9월 29일/ 보낸 사람 구효서

편지 잘 받았습니다.

벌써 9월도 29일, 내일이면 9월의 마지막날이군요.

제가 소설을 마쳐야 할 날짜도 내일입니다만 한무숙문학관으로부터 며칠 더 여유가 있다는 소식을 받았습니다. 얼마나 다행인지요. 소설은 막바지를 향해 치닫고 있습니다.

이번 소설에서도 저는 화자를 '여자'로 했습니다.

안작가님께 보내드렸던 제 소설의 화자들도 대개는 '여자'거나 '남자', '파'거나 '하', 혹은 '이응'이거나 '미음'입니다. 여자와 남자는 성별만 나타낼 뿐 화자에 대한 다른 정보를 막습니다. 파와 하는 가나다라의 맨 마지막 두 글자인 파와 하입니다. 이응은 시옷 이응 지읒의 이응일 뿐입니다. 미음도 그렇습니다. 화자의 칭호에 임의성을 강조한 것은 화자의 칭호로 화자에 대한 선입견을 갖지 않게 하기 위한 것이었습니다.

화자를 철수라고 하거나 정옥이라고 하면 성별은 물론이고 그들이 태어난 시대까지 가늠할 수 있으며 심지어는 그들에게 이름을 지어준 부모의 사회적 지위와 재산 정도까지를 은연중 짐작하게 합니다.

화자의 이름 하나로도 이토록 많은 정보가 우리의 경험 속에서 알음알음으로 오가는 것이겠지요. 너와 내가 크게 다름없는 방식으로 갖고 있으며 그래서 공감하고 소통하는 수단이 되기도 하는 알음알음, 즉 인식작용 혹은 감각이나 경험지 따위를 공통 선입견이라고 이름 붙여도 될지 모르겠습니다. 제가 방식화 혹은 양식화라고 했던 말, 혹은 범주화, 언어화라고 했던 말도 공통 선입견이라는 말과 바꿔 쓸 수도 있겠습니다. 정신없으니까 그냥 양식화라고만 할게요.

소설에서는 양식화된 호칭을 자주 화자의 이름에 활용하기도 합니다. 이름 두 글자만으로 전할 수 있는 정보가 엄청나니까 매우 경제적이죠. 그래서 요즘 젊은 세대를 겨냥한 소설에는 남자의 경우 민준, 서준, 준서, 지후라는 이름이, 여자의 경우에는 서윤, 지우, 민서, 하은이라는 이름이 등장하는 것입니다. 이런 이름이라면 일당백의 효과가 있는 것이지요. 하나의 이름으로 백의 캐릭터 효과. 물론 일당백의 효과는 전적으로 양식화 구조의 힘에 기대는 것이고요. 말하자면 선입견.

저는 이 일당백의 효과를 활용하기는커녕 거부하고 있으니 비경제적이고, 따라서 제 소설은 힘들게 쓰되 읽히지도 팔리지도 않는 소설이 됩니다. 거부라는 말이 나왔네요. 거부라면 양식화에 대한, 선입견에 대한 거부겠지요. 현실에 있는 것을 끌어다 쓸 생각이 없습니다. 현실과 연루되고 싶지 않아요. 우리가 흔히 말하는 현실이라는 것은 없기가 십상인데 만일 있더라도 우리가 알고 보는 것과는 다른 몰골일 테지요. 그래서 제 소설은 현실적 연관성 따위 아랑곳 않고 소설 자체가 발하는 내적인 무늬에만 주목합니다. 현실은 거대한 양식화 덩어리일 테니까요. 거부라면 그러니까, 공감과 소통의 매개일 수 있으나 동시에 지배와 억압의 수단일 수 있는 그것들에 대한 거부일 것입니다.

안작가께서는 제가 말하는 양식화 혹은 선입견에다 약간의 지향성 혹은 이념성을 곁들여 '방향성'이라는 말로 대신하신 것 같아요. "기표가 방향성을 가지고 있다면…… 그 기표는 죽은 기표가 아닐까요?"라는 문장이 편지에 있었잖아요. 저는 그 말을 '어떤 오류도 생기지 않는 완벽한 소통은 불가능하며, 만일 가능하다면 그것은 소통이 아니라 일방향성에 대한 무조건적 동의라서, 양자간에 쓸 수 있는 소통이라는 말로서는 무용하다'라고 읽었습니다. 아, 말이 또 자꾸 어려워지고 이상해지네요.

거부라는 말에서 좀 복잡해졌는데, 하여튼 저의 경우는 양식화에 대한 거부라면 안작가의 경우는 방향성에 대한 거부겠는데요, 저는 그 둘을 크게 다르지 않게 받아들이고 있다고 말하려다 말이 어려워졌습니다.

그러면서 안작가는 '순수한 기표를 만들어낸다'는 말을 했는데 '순수한 기표'라는 것은 기의를 전적으로 관객의 권리로 양보하는 태도에 의해 만들어진 기표라고 저도 받아들였습니다. 작가가 기표에 특정한 방향성을 실어서 관객을 그에 따른 기의로 유도하는 권력적 지위를 작가 스스로 거부하는 태도라고 받아들여도 되겠지요?

물론 안작가께서는 저의 과격한 거부라는 말 대신 '정도의 범위를 때로는 늘렸다 때로는 좁혔다 하는 컨트롤러의 자세'를 강조했습니다. 하지만 '원활함을 방해하거나 차단'하여 '의도된 오류를 발생'시켜야 한다는 점 또한 같은 비중으로 강조하고 있습니다. '왜냐하면 그 오류는 또하나의 사고의 전환이라 증명되는 거'며 '또하나의 길을 제시하는 표지가 되기' 때문이라고 했으니까요.

제가 여자와 남자, 파와 하 같은, 선입견이 작동하지 않는 호칭을 등장시켰던 것도 양식화되어 이미 방향지어진 독자의 감각에 '오류를 발생'시키고 싶은 짓궂은 의도 때문이었을 것입니다. 화자의 호칭뿐만 아니라 국가와 도시명을 적시하지 않고, 인물들의 과거를 지우거나, 지우지 않더라도 과거라는 것이 현재에 별다른 영향을 주지 않거나, 한 공간에 두 개의 시간을 흐르게 하거나, 동일한 존재가 다른 공간에 동시적으로 출몰하게 하고, 사태를 양식화된 감각과 사고로부터 이탈시키려 했습니다. 이는 현재의 기원이 반드시 과거에 있다는 직선적 시간관과 인과관에 대한, 시공간 구성 원리의 절대성에 대한, 그리고 의심의 대상에서 제외되는 선험적 주체에 대한 동의를 철회하려는 저의 의도였겠지요. 아마 그럴 겁니다. 어떠한 양식화된 감각과 사고에도 기대지 않으려고 하니 소설의 모든 요소가 이른바 통일성이라든가 개연성 따위의 구성 원칙을 필연적으로 벗어나게 됩니다. 인물과 사건과 배경 등의 상호 관련성이 끊어져 흩어집니다. 원리를 벗어난 원리이므로, 도무지 헷갈리지만 일치된 독후감은 오히려 소설의 실패겠지요. 안작가식으로 말하자면 '또하나의 길을 제시하는 표지로서의 오류'에 실패하고 마는 것입니다.

저는 제 소설이 제 의도에 성공적이라고 말할 수 없습니다. 발버둥치면 칠수록 양식화된 감각과 사유에서 벗어나기 힘들다고 느낄 뿐만 아니라, 이런 발버둥의 동기와 태도 또한 매우 양식화된 몸부림의 일종이 아닐까 두렵기만 할 뿐이니까요. 하지만 지금 저한테 중요한 것은 제 깜냥으로 하냥 몸부림을 치고 있다는 사실입니다. 이 몸부림은 저와 제 소설을 어디로 몰고 갈까요. 어쩌면 그 어디도 아니며, 그래서 목적지란 없으며, 있다고 해도 언제든 바뀔지 모릅니다. 어디든 얼마나 바뀌든 상관없겠습니다. 꿈틀거리기만 하면 된다고 생각하는 벌레일지도 모르지 않습니까, 제가. 관객과의 관계를 진지하게 고민하는 너그러운 안작가에 비하면 저는 저만의 옹색한 고민에 빠져, 역시 버둥거리기만 합니다.

전에도 말했듯이 표정과 음성이 배제된 글이라는 것은 의견 교환의 수단으로서 충분치 않은 것 같습니다. 하지만 세상에 충분한 게 있겠습니까. 충분하다는 것이 무엇이겠습니까. 지금까지 우리가 나눈 편지에서 우리는 어쩌면 충분하다는 것은 곧 모자란다는 것이며 소통의 오류가 또하나의 새로운 소통을 여는 단초가 될 수 있다고 말해왔는지도 모르겠습니다. 그래서 우리의 대화는 미완으로 멈추어도 될 것 같습니다. 그리고 만일 우리들이 나눈 글의 제목을 짓는다면 '충분의 조건—미완과 오류'라고 하면 되지 않을까요.

저는 안작가와는 10월 5일 오후에 만날 수 있습니다. 괜찮겠습니까? 제가 그날 오전에 일산에 갔다가 일산에서 두시에 전철로 출발합니다. 그러면 서울 중심부에 세시쯤이면 도착할 수 있습니다. 만날 수 있는 적당한 장소가 있으면 말해주십시오.

—서울에서 구효서

| 수록 작품 발표 지면 |

세한도 …… 『문예바다』 2015년 여름호

12월 12일—이상에게 …… 『작가세계』 2014년 봄호 (발표 당시 제목 「12월 12일」)

여름은 지나간다 …… 『문학들』 2013년 가을호

바다, 夏日 …… 『실천문학』 2013년 겨울호

하이눈, August …… 『잠 못 이루는 사람들』(갤러리 잔다리, 2015, 발표 당시 제목 「하이눈」)

파인 힐 에이프릴 …… 『세계의문학』 2014년 가을호

봄 나무의 말 …… 『악스트』 no.009 2016. 11/12

Fall to the sky …… 『자음과 모음』 2013년 가을호(발표 당시 제목 「Fly to the sky」)

문학동네 소설집
아닌 계절
ⓒ구효서 2017

초판인쇄 2017년 3월 27일
초판발행 2017년 4월 3일

지은이 구효서
펴낸이 염현숙
책임편집 강윤정 | 편집 김봉곤 김영수
디자인 김현우 유현아 | 마케팅 정민호 박보람 이동엽
홍보 김희숙 김상만 이천희
제작 강신은 김동욱 임현식 | 제작처 한영문화사

펴낸곳 (주)문학동네
출판등록 1993년 10월 22일 제406-2003-000045호
주소 10881 경기도 파주시 회동길 210
전자우편 editor@munhak.com | 대표전화 031) 955-8888 | 팩스 031) 955-8855
문의전화 031) 955-3576(마케팅) 031) 955-2678(편집)
문학동네카페 http://cafe.naver.com/mhdn | 트위터 @munhakdongne

ISBN 978-89-546-4490-7 03810

* 이 도서의 국립중앙도서관 출판예정도서목록(CIP)은 서지정보유통지원시스템 홈페이지(http://seoji.nl.go.kr)와 국가자료공동목록시스템(http://www.nl.go.kr/kolisnet)에서 이용하실 수 있습니다.(CIP 제어번호: 2017006531)

www.munhak.com